U0089000

古典文獻研究輯刊

十七編

曾永義 主編

第 1 冊

〈十七編〉總目

編輯部編

中國古代文論旨要（上）

劉鳳泉 著

國家圖書館出版品預行編目資料

中國古代文論旨要（上）／劉鳳泉 著 — 初版 — 新北市：花
木蘭文化事業有限公司，2018〔民 107〕
目 2+168 面：19×26 公分
（古典文學研究輯刊 十七編；第 1 冊）
ISBN 978-986-485-318-2（精裝）
1. 中國文學 2. 文學評論
820.8   107001696

ISBN- 978-986-485-318-2

9 789864 853182

古典文學研究輯刊
十七編 第 一 冊   ISBN：978-986-485-318-2

中國古代文論旨要（上）

作　　者　劉鳳泉
主　　編　曾永義
總 編 輯　杜潔祥
副總編輯　楊嘉樂
編　　輯　許郁翎、王筑　美術編輯　陳逸婷
出　　版　花木蘭文化事業有限公司
發 行 人　高小娟
聯絡地址　235 新北市中和區中安街七二號十三樓
　　　　　電話：02-2923-1455 ／傳眞：02-2923-1452
網　　址　http://www.huamulan.tw 信箱 hml810518@gmail.com
印　　刷　普羅文化出版廣告事業
初　　版　2018 年 3 月
全書字數　408218 字
定　　價　十七編 26 冊（精裝）新台幣 50,000 元
版權所有·請勿翻印

〈十七編〉總目

編輯部　編

《古典文學研究輯刊》十七編　書目

《古典文學研究輯刊》十七編
各書作者簡介·提要·目次

第一、二冊　中國古代文論旨要

作者簡介

劉鳳泉教授，1956 年生於內蒙古包頭市。1980 年於包頭師範學院中文系大專畢業，1988 年於內蒙古師範大學中文系研究生畢業，獲文學碩士學位。先後任教於內蒙古師範大學、濟南大學、韓山師範學院。主要從事中國古代文學、中國古代文論、中國古代文化的教學與研究工作。編著有《中國早期文學研究》等十多種書，發表論文六十餘篇。

提　要

本書以中國古代文學觀念歷史演進爲基本線索，具體闡述了中國古代文論不同歷史階段的重要旨意。一是先秦兩漢文論體現出文治文學觀念的特性；二是魏晉南北朝文論表現出文辭文學觀念的成熟；三是唐宋文論說明了文治與文辭文學觀念的兼容；四是遼金元明文論顯示出雅俗文學觀念的消長；五是清代及近代文論展示了文治、文辭、文娛文學觀念的糅合。本書思想線索清晰，理論重點突出，剖析細密條理，意旨明確深刻，適合中國古代文論研究者閱讀參考。

目 次

第三、四冊　傳統文論與書論會通研究

作者簡介

資成都（1948～2015），本名潛，號本塵，領洗聖名德範，生於湖南省衡陽，二歲與家人流離台灣，於北投育幼院長大，中學轉讀員林實驗中學，1970年國立台灣師範大學國文系畢業，之後擔任高雄市前鎮高中國文老師，至2000年榮退計春風化雨30年，期間榮頒二次特殊優良教師「師鐸獎」。

畢生除致力國文教學外仍潛心書法研究暨推廣，2007年以《淳化閣帖研究》取得書法碩士學位，2015年再以《傳統文論與書論會通研究》榮獲國立高雄師範大學國文研究所文學博士。其書法師承汪中、李仲籛、王宗岳、鄭廷憲等老師，上追甲骨鐘鼎，下啓明清自成一格，並以蘇東坡「技道兩進」書法觀爲習書目標。

提　要

這是一個很簡單的概念：同一文化背景之下，所產生的不同藝術類型，在理論上必然有其會通之處。

本論文即在探討我國傳統文學與書法，在理論上是否如此。共七章：分別是緒論、本源論、功夫論、創作論、風格論、品評論及結論。除首與尾二章外，本源論係就二者之根源加以探討，其餘四章從一位傳統作家與書家爲視角，觀察其養成、創作、作品的風格到觀賞者的批評，其兩兩之間的關係。其間計三十單元，來證明雖然二者藝術類型不同，理論卻有其會通處。

目　次

上　冊

第五、六冊　唐代書論與詩論之比較研究

作者簡介

洪曜南，南投縣草屯鎮人。台灣師大工業教育系 73 級、中興大學中文系碩專班 96 級（碩士論文：《篆刻與書法之關係研究》）、彰化師大國文系博士班 103 級（博士論文：《唐代書論與詩論之比較研究》）。曾發表〈略論莊子思想的脈絡與功夫〉、〈「印從書出」說探析〉、〈熊十力「經」「權」思想析論——以《讀經示要》為核心之考察〉、〈人的詩意棲居——王國維「境界說」析論〉、〈嚴羽《滄浪詩話》詩學方法論探析〉、〈從成中英「易之五義」說論書法本體美學〉……等論文多篇。

提　要

本文從成中英「本體詮釋學」本體與方法為一之理念出發，企圖以歷史發展的觀點切入唐代書論與詩論之比較。首先指出書法與詩歌的本質差異在前者具備身體義的直接性，而後者則為符號義的間接性。其次梳理唐以前書論與詩論之發展，認為前者乃由「形」、「勢」而「意」的發展，而後者為「志」、「情」而「意象」的發展，直至盛唐，二者之發展脈絡基本一致。再者，本文將唐代分初、盛、中、晚四期予以論述，指出初唐有由政策引導逐漸轉向審美自覺之發展，其主要內容在積極立「法」和「法」的背反以及對「意」的深化上；盛唐不但有相關之理論專著，以及「神」、「逸」和「興象」、「風骨」等論述，更有新批評模式的出現，展現了十足的高峰現象；中唐書論與

詩論的發展開始出現異趣，書論基本沉潛，而詩論則有因時而變的轉進，又此期有書體與字體分流、古文與詩歌分流之現象，亦值注意；晚唐釋、道思想進一步融入，在詩論方面乃有意境論之成熟，但書法因直接性本質而在理論方面少有表現，然而對法式的強調與理論之整理，則是二者在此期的共同現象。本論文另就唐代美學範疇的熱點予以討論，認為具身體義的「勢」、「骨」和活躍生命的「氣」、「神」，皆是唐代前期注重創作主體性的反映，而「法」與「非法」則是典型樹立及其背反，對「意」、「象」的重視則為主客相兼的表現，又「境」與「外」的強調，更反映了主客相融的理想追求。最後本文更從歷史發展的視角，指出「儒、道、釋思想之影響」、「美學內涵之轉進」、以及「完整的發展週期」三者，是為唐代書論與詩論發展之特色所在，由此也更進一步肯認了盛、中唐的發展轉向，誠具有「百代之中」的關鍵轉折地位。

目　次

第七冊　蘇軾詩學理論及其實踐

作者簡介

　　江惜美，台北市人。私立東吳大學中文研究所畢業，獲文學博士。曾任教臺北市金華國小、國語實小、中正高中，後轉任台北市立師院語文系擔任教授，現任私立銘傳大學華語文教學系專任教授。

　　民國八十二年，當選台北市立師院學術類傑出校友。所著《蘇軾文學批評研究》、《國語文教學論集》獲國科會甲種獎助。《編序教學在國小中年級作文上之應用》獲國科會專案獎助、《高互動作文教學》獲教育部專案獎助。曾多次應僑務委員會邀請，赴美國、加拿大、澳州、紐西蘭、中南美洲、南非、歐洲、印尼、菲律賓與馬來西亞、泰國、越南、汶萊、韓國等地，擔任「華語巡迴」講座，並獲僑務委員會頒發志工「教學優良獎」。

　　在教育界四十年，對輔導學生盡心盡力，曾擔任過市立師院輔導組主任、銘傳大學華語文教學系系主任。著有《鼓勵孩子一百招》、《小學語文教學論叢》、《國語文教學論集》、《作文答問》、《編序教學在國小中年級作文上之應用》、《學好語文一百招》、《智慧生活一百招》、《華語文教學研究》、《華語文漢字教學研究》、《烏臺詩案研究》、《蘇軾文學批評研究》、《蘇軾詩析論——分期及其代表作》、《蘇軾詩詞專題論集》、《蘇軾文藝美學研究》、《蘇軾詩詞評論研究》、《絃誦集——古典文學分論》等書，並有《高互動作文教學》光碟。本書《蘇軾詩學理論及其實踐》即為東吳大學中文所博士論文。

提　要

　　本文旨在探究蘇軾詩學理論與其實踐詩學理論的方法。研究者遍覽蘇軾 2700 餘首詩，以清王文誥、馮應榴輯注之《蘇軾詩集》和《蘇文忠公詩編注集成》為底本，兼採歷代詩話、台海兩地有關蘇軾詩之專書、期刊論文等。首論蘇軾詩學成就及論詩要旨，與夫研究之動機與目的。次論蘇詩之淵源、生平傳略，及北宋之文壇概況、東坡之個性才情，明其創作之內因與外緣。其次述及蘇軾主要論詩觀點有「詩窮後工說」，「詩有寄託說」，「詩貴真情說」，「詩應設譬說」，「詩宜使事說」。蘇軾嘗言「詩人例窮蹇，秀句出寒餓」，又說「賦詩必此詩，定知非詩人」、「唯有醉時真，空洞了無疑」。他認為詩應「出新意於法度之中，寄妙理於豪放之外」，而天下事散在經史子集中，不可徒使，必以「意」攝之。本文舉其詩作印證其理論，探究其理論與實踐是否合一，復以前章所述之詩論特色，得出其詩風特色為「雄渾豪邁」、「清源靜深」、「風骨奇高」。最後總結蘇軾於文學史中，應居何等地位，又有何重要性，俾使吾人瞭解東蘇詩創作之精華，理解蘇軾主要之詩學理論。研究結果，蘇軾詩在理論與實踐上完全一致，因此他評論諸家之作，亦多中肯中的，為後世所宗。

目　次

第八冊　元曲正義

作者簡介

　　于成我（1977～），男，漢族，山東平度人。本名于永森，自名于滄海，字成我，號負堂、否庵、復北。出身農民，曾爲化工廠一線車間工人 7 年。2010 年畢業於山東師範大學，獲文學博士學位，曾任教於寧夏師範學院文學院，現爲聊城大學外國語學院副教授。能詩詞，爲中國中外文藝理論學會、中國韻文學會、中華詩詞學會會員；主要從事中國當代文論話語體系建構與古代文論與文學、傳統文化思想研究，尤於意境理論、王國維美學有深入研究，1998 年以來提出並系統建構、闡釋了旨在突破、超越中國傳統文藝舊審美理想「意境」的「神味」說理論，爲二十世紀以後唯一具有中國「本土化」品性的新審美理想理論體系，並將理論普適性從詩歌延展到小說、雜文、戲劇、影視劇、漫畫等領域，得到學界高度評價。已出版學術專著《詩詞曲學談藝錄》、《聶紺弩舊體詩研究》、《〈漱玉詞〉評說》、《諸二十四詩品》、《稼軒詞選箋評》、《紅禪室詩詞叢話》，發表論文多篇；另撰有《元曲正義》、《論意境》、《論豪放》、《論「神味」——旨在超越「意境」的新審美理想理論體系建構與闡釋》、《論語我說》、《王國維〈人間詞話〉評說》、《王之渙詩歌研究》、《張若虛〈春江花月夜〉研究》、《否庵舊體詩集》等未版著作 10 餘種。《中國美學三十年》（副主編，撰寫古代美學部份 30 萬字）獲山東省第六屆劉勰文藝評論獎（著作類，2011 年）、山東省文化藝術科學優秀成果獎一等獎（著作類，2011 年），入選第三屆「三個一百」原創圖書出版工程（人文社科類，2011 年）；《詩詞曲學談藝錄》獲寧夏第十二屆社會科學優秀成果獎二等獎（著作類，2014 年）；舊體詩創作與評論獲第二屆聶紺弩詩詞獎（2015）。

提 要

　　《元曲正義》係于永森（于成我）在《詩詞曲學談藝錄》一書提出並系統建構、闡釋的旨在突破、超越中國傳統文藝舊審美理想「意境」理論的新審美理想理論體系「神味」說理論在元曲領域的全面闡釋之作，為「神味」說理論的繼續延展與豐富。元曲之經典性在於以「敘事性」品性開拓了中國古代詩歌的境界（在「神味」說理論體系的理論視域中，「敘事性」乃是最高的詩性，高於中國傳統文藝崇尚的「抒情性」品性），並因此改變了中國古代詩歌主要表現文人、士大夫精英階層以「雅正」為主的審美趣味的態勢，而以大雅大俗的更高境界超越了以「雅正」為主的審美趣味、意蘊為核心而建構的「意境」境界，此種大雅大俗、以俗為主為美、崇尚淋漓盡致的表達風格的境界即「神味」之境界。元曲的最佳最高最勝最妙之處即其最高境界不是「意境」，而是「神味」，元曲無論從精神還是從體制上而言，都是中國古代詩歌的巔峰狀態的呈現。以此思想觀點為核心，全書以曲話體的靈活方式對元曲進行了全面的觀照，不但闡釋了元曲以「神味」最勝的原因、藝術特色和魅力，而且在理論層次進行了系統闡說，廣泛涉及了如下理論問題：元曲存亡的原因；元曲開拓的意義；元曲的人格境界、思想境界、精神境界；元曲之「俗」之精神；元曲能與唐詩宋詞並列根本言之乃劇曲之功勞；曲的體制形式的價值；曲的體制形式以「豪放」為主的特色；元散曲的不足；王國維後「意境」理論的發展；關漢卿、王實甫等著名曲家的作品評論；中國文學史為詩與小說爭霸之歷史；「細節」及其精神；王國維、任中敏、吳梅等人的曲論；中國詩學之核心內涵與傳統文化精神；等等。全書以「神味」這一新的審美理想理論的眼光觀照、闡釋、評價元曲，為自古以來的論者所未有，因而具有鮮明的獨創性特色。

目 次

第九、十、十一冊　論豪放

作者簡介

　　于成我（1977～），男，漢族，山東平度人。本名于永森，自名於滄海，字成我，號負堂、否庵、復北。出身農民，曾爲化工廠一線車間工人 7 年。2010 年畢業於山東師範大學，獲文學博士學位，曾任教於寧夏師範學院文學院，現爲聊城大學外國語學院副教授。能詩詞，爲中國中外文藝理論學會、中國韻文學會、中華詩詞學會會員；主要從事中國當代文論話語體系建構與古代文論與文學、傳統文化思想研究，尤於意境理論、王國維美學有深入研究，1998 年以來提出並系統建構、闡釋了旨在突破、超越中國傳統文藝舊審美理想「意境」的「神味」說理論，爲二十世紀以後唯一具有中國「本土化」品性的新審美理想理論體系，並將理論普適性從詩歌延展到小說、雜文、戲劇、影視劇、漫畫等領域，得到學界高度評價。已出版學術專著《詩詞曲學談藝錄》、《聶紺弩舊體詩研究》、《〈漱玉詞〉評說》、《諸二十四詩品》、《稼軒詞選箋評》、《紅禪室詩詞叢話》，發表論文多篇；另撰有《元曲正義》、《論意境》、《論豪放》、《論「神味」——旨在超越「意境」的新審美理想理論體系建構與闡釋》、《論語我說》、《王國維〈人間詞話〉評說》、《王之渙詩歌研究》、《張若虛〈春江花月夜〉研究》、《否庵舊體詩集》等未版著作 10 餘種。《中國美學三十年》（副主編，撰寫古代美學部份 30 萬字）獲山東省第六屆劉勰文藝評論獎（著作類，2011 年）、山東省文化藝術科學優秀成果獎一等獎（著

作類，2011 年），入選第三屆「三個一百」原創圖書出版工程（人文社科類，2011 年）；《詩詞曲學談藝錄》獲寧夏第十二屆社會科學優秀成果獎二等獎（著作類，2014 年）；舊體詩創作與評論獲第二屆晶紺弩詩詞獎（2015）。

提 要

　　「豪放」是中國古代文論、美學的重要範疇，具有深厚久遠的社會歷史基礎和文化意蘊，富有不斷創新的內在思想精神，是中國古代最具有主體性精神的文論、美學範疇。有關「豪放」的研究一般局限在詞學的狹隘領域之內，而本書則是全面、系統、繼承性研究「豪放」的首部學術專著，不但突破了詞學的狹隘範圍，而且貫穿了文化思想、文學（含所有文體）、藝術的廣泛領域，並凸顯了「豪放」的思想精神品性。

　　本書係在作者博士學位論文的基礎上修訂而成，並增寫了有關「豪放」審美意蘊的一章。全書涉及的理論問題眾多，主要有：（1）「豪放」範疇的義界、生成和內涵的研究；（2）「豪放」在文藝中的表現及其美學風格特點的探討和闡釋；（3）「豪放」與「中和」、「崇高」、「壯美」和「浪漫」等範疇的同異之辨正；（4）「豪放」從先秦到當代的形成與嬗變的宏闊的歷史考察；（5）「豪放」的根本思想精神、哲學辯證法精神與詩學精神的研究和闡釋；（6）「豪放」的審美意蘊的分析和闡釋；（7）「豪放」相關的重要理論問題辨正，主要涉及「豪放」和「婉約」、「豪放」與「本色」及「豪放」對於詩詞曲體制演變的作用等六大理論問題的研究；（8）「豪放」在思想精神層次和壯美風格層次對於中國未來民族審美意識和文藝發展的重要意義的闡釋；等等。

　　本書所論「豪放」範疇及其所具有的思想精神，乃作者所提出、建構、闡釋的意在突破、超越中國傳統文藝舊審美理想「意境」的「神味」說新審美理想理論體系的核心思想精神，為「神味」說理論體系建構的「三論」（《論豪放》、《論意境》、《論「神味」》）的重要組成部份。

目 次

上 冊

第十二冊　三國兩晉貶謫文化與文學

作者簡介

　　羅昌繁，男，1984 年 10 月生，土家族，湖北五峰人。2008 年獲得華中師範大學雙學士學位（漢語言文學、心理學）、2011 年獲得華中師範大學碩士學位（中國古典文獻學）、2014 年獲得武漢大學博士學位（中國古代文學）。2016 年於華中師範大學博士後（中國古典文獻學）出站。現爲華中師範大學文學院教師，研究方向主要爲古典文獻學、漢魏六朝唐宋文學。至 2017 年，發表論文近 30 篇，主持國家社科基金青年項目、中國博士後基金等項目。

提　要

　　本書首章概述三國兩晉貶謫事件，尾章綜述其體現的時代文化精神，其他諸章依次擷取各朝具有代表性的貶謫案例，結合時代、群體、政權特徵考察案例背後的文化、政治與文學生態。士人貶謫方面，以仕途蹇躓的曹植、虞翻、潘岳等人爲例，考察他們貶謫前後創作活動與人格心態的變化，探賾他們由此形成的文化心態與獨立人格精神的範式意義，附及部分作品編年考訂。此外，還考察了蜀漢諸起廢貶案例，它們反映了諸葛亮公平刑政的作風與對蜀地清議之風的控制。發掘了由吳入晉的「二陸」文學中家族意識、鄉曲之思與東吳「二宮構爭」的潛在聯繫，分析了東吳孫　強權下的士人流貶與政權衰亡的關係。並索解了東晉諸例士人之貶與門閥士族勢力彰顯的關係。帝王宗室貶謫方面，以廢貶的西晉諸多帝王宗室爲例，考索金墉城嬗變爲專門幽禁廢主的代名詞的原因。並通過比對桓溫與桓玄父子先後舉兵向闕大施貶黜的史事，論述東晉士族專兵對皇權統治的嚴重影響。要之，全書從貶謫視域揭橥出三國兩晉士人與帝王宗室在偏霸、暴政、黨爭、易代、門閥政治等背景下的生存實態與別樣命運，以及在貶謫文化史、文學史上的相應意義。

目　次

第十三、十四冊　孤城、孤舟與京華 ——杜甫夔州與兩湖時期的創作視角

作者簡介

　　陳曜裕，1982 年生於豐原，台中一中、師大國文系畢業，成大中文所碩士，筆名吾土，現任教於蘭陽女中。熱愛教學，喜歡思想課程、指導學生創作。寫過一些字，曾獲聯合文學獎、時報文學獎等，還是個學走路的人，聆聽四方教訓，以及學生的素樸。執教十年多，很高興，永遠是個努力學習的老師。著有學術專書《孤城、孤舟與京華——杜甫夔州與兩湖時期的創作視角》、散文集《河流》，散文、新詩散見於《趨光》、《沉舟記》、報紙等。

提　要

　　本文以杜甫夔州、兩湖詩歌作品為研究對象，「孤城」、「孤舟」與「京華」為統攝，探討杜甫兩段時期裡，歸路上的生活與思考，全文分為六章：

　　第一章為「緒論」，說明本文研究動機與目的，從杜甫尋家談起，透過安居與理想、卜居與返鄉的糾葛，討論杜甫出蜀後道路的雙重內涵。其次對前

人已有的研究成果進行回顧，並對本文義界、取材範圍與研究方法進行說明。

第二章爲「孤城駐足——京華歸路的障礙與追尋」，本章首先探討杜甫歸路的阻礙及掙扎，接著分析詩人如何藉由訪古尙友尋得精神慰藉、拓展生命視角。而因停留時間延長，文中分別闡述駐足夔州時的生活調適與寄寓孤城的今昔情。最後透過孤城殊俗的他鄉體驗，確立杜甫於開展生活體驗外，亦堅守了儒者身分。

第三章爲「孤城夜色——遙望當歸的京華圖象」，本章從杜甫夜色之作入手，探討杜甫黑夜裡的憔悴形象及理想謳歌，其次論及杜甫遙望京華，並在不得歸去的想像中，記憶、思索京華圖象。最後以連章詩的情思組合，串起孤城與京華間的多重關係。

第四章爲「孤舟漂蕩——兩湖時期的舟陸去住兩難」，本章主要探討杜甫兩湖漂蕩的生活，從萍蓬生活的抉擇與預言、人情與命運雙重影響的舟陸兩難，論證杜甫由工具之舟到生活之舟的生活轉變與傾斜。最後，詩人更因長期與舟船相依爲命，使得生命充滿舟船意涵，形塑出與舟船至死方休的密切關係。

第五章爲「孤舟物理——杜甫兩湖飄泊中的人生困境與疏解」，本章主要探討杜詩中「物理」一詞的內涵，藉由此詞分析杜甫兩湖生活中，物理難齊的人生困境與孤舟中的生命展現。文末更以物理一詞，討論兩湖飄泊下所體認的天理，從而建立杜甫對「天」這一議題在歷史中承上啓下的關鍵。

第六章爲「結論」，概述全文所得外，並對未來研究方向進行簡單分析與展望。

目　次

上　冊

誌　謝

第十五冊　明中葉吳中文人集團研究

作者簡介

　　邱曉平（1974～），女，漢族，黑龍江省望奎縣人。前後就讀於齊齊哈爾師範學院、湖北大學、首都師範大學。師從張燕瑾教授，獲古典文學博士學位。現爲首都圖書館歷史文獻中心研究館員，研究方向爲明清文學、古典文獻學，曾於《文獻》《中國典籍與文化》《圖書館雜誌》等期刊發表論文多篇。

提　要

　　明中葉吳中文人集團並不是一個古已有之的名稱，它是今人用來稱呼明朝中葉以沈周、文徵明等人爲代表的吳中地區文人團體的。

　　明中葉吳中文人的聯合基於地域原因而形成，以友相待，互相交往，互相切磋在集團的形成及發展過程中起到了類似於組織手段的作用。在成化至弘治間，集團以吳寬、王鏊、沈周爲主要中心點，前兩人是集團的心理指歸，是聯繫吳中文人與其他群體的中心點；後者生活在吳中，是吳中文學活動的

主要組織者、參與者、代表性人物；弘治正德時期，主要以祝允明、唐寅、文徵明爲主要中心點，他們在文學創作、文藝思想、行爲處事等方面，體現出吳中文人博學、擬古、隨性、具有批判性等特徵；進入嘉靖後，文人陣營越來越宏大了，中心點也有所增加。

明中葉吳中文人集團的文人們一度在弘治、正德年間開展了古文辭運動，文學創作也相應地呈現出某種與古人相近的風格面貌。在詩歌理論上，強調詩歌創作的思想性、情感興、有文采及以古法作詩。在文學創作中，以學養濟創作，詞采神韻兩相間，除了注意向古人學習外，還喜歡用日常口語、俚語。

沈周、祝允明、唐寅、文徵明是明中葉吳中文人集團中較爲重要的人物。沈周熱愛自然，書寫了對自然和人情的熱愛和認同。祝允明思想深邃，對許多問題有自己獨到的認識，他顯示出吳中文人集團在思想認識上超前的一面。唐寅前期創作偏於古風，後期則有近代文學的特徵。文徵明的文學創作體現出關心社會生活和偏向於追求恬淡的特徵。

目 次

第十六、十七、十八冊　知識生產與文化傳播：新論楊慎

作者簡介

　　王鐿容，國立台灣師範大學國文系學士、國立暨南國際大學中國語文學

系碩士、國立中央大學博士，目前為國立武陵高中國文老師。研究領域和志趣為明清文人相關議題、女性文學、文學理論、文化研究，碩士論文為《傳播·聲譽·性別——以袁枚《隨園詩話》為中心的文化研究》，期刊論文著作有：〈從淮海詞看秦觀的心境與情史〉〔收於《歷史月刊》167 期（2001.12）〕；〈文學批評有情天：錢謙益對鍾惺之情誼與攻排探微〉〔收於《清華中文學報：明清詩文研究特輯》（2009.11）〕；〈冒襄《影梅庵憶語試論》〉〔收於《中國文化大學中文學報》第十八期〕；〈文學思潮與影響的焦慮：袁枚性靈說新論〉〔收於《第十四屆全國研究生論文研討會論文集》（中央大學中文系）〕；〈社交與權力——以袁枚《隨園詩話》為中心的女性文學社群研究〉〔收於《第二屆全國研究生文學社會學學術研討會論文集》（南華大學）〕；〈諷刺與解構：試從臥閑草堂評本看《儒林外史》的文章章法〉〔收於《第三屆中國修辭學國際學術研討會論文集》（銘傳大學中文系）〕；〈修辭的力量：錢謙益論竟陵派鍾惺探微〉〔收於《第九屆中國修辭學國際學術研討會論文集》（輔仁大學中文系）〕；〈性別與閱讀——以秦觀婉約詞為例〉〔收於《中極學刊》第一輯（南投：暨南大學中國語文學系，2003）〕；〈從小眾到大眾：「隨園」的文化圖景〉〔收於《中極學刊》第二輯（南投：暨南大學中國語文學系，2004）〕；〈傳播與時尚：《隨園詩話》與出版文化〉〔收於《中極學刊》第三輯（南投：暨南大學中國語文學系，2005）〕；〈傳「奇」乎？傳「教」乎？——《千古奇聞》的編選視域初探〉〔收於《中極學刊》第七輯（南投：暨南大學中國語文學系，2009）〕。

提　要

本文為文化研究模式的明中葉文人個案討論，論題核心首為「傳播」。據《明史·楊慎傳》得知楊慎（1488～1559）是明代著作最多的文人，本文就文學／文化傳播角度，探究其人其文遠傳廣播的知名成因。

本文也處理楊慎其文的讀者反應議題，藉由正反兩方如：李卓吾、謝肇淛、考據學群等，對楊慎的閱讀、理解、評論，重新檢視此一文化／文學接受現象。

楊慎其人一生充滿傳奇和爭議，本文將以展演、自我形象建構等視角，就其行其事，如以大禮議事件為核心的一連串展演，重新詮釋其行在文學和文化史上啟蒙屬性。

楊慎遠放雲南三十餘年的「千古奇謫」，卻帶來雲南景域文化聲譽的提

升，本文對此，以人文地理學和後殖民概念，探討其人對雲南史地、文學、教育的啓蒙之功，觀察其人藉由貶謫經驗、地域書寫提升其文文化聲譽和文學多元性，和其中透顯的漢人中心意識。

明中葉考據學興起，楊愼諸多有關「物」質的考據論述成爲當時文人雅士建構品味生活的知識載體。在這種文化生態下，考據學具有物質文化「新」知識體的屬性。

另一「新」屬性是楊氏夫婦的文章唱和和以黃峩爲名的作品頗多，且論《升庵詩話》、《赤牘清裁》、《江花品藻》、《漢雜事秘辛》、《麗情集》、《倉庚傳》等楊愼相關編撰作品，以及評點《文心雕龍》、《史記題評》、當代文人文集等，凡此，皆可謂楊愼爲先驅人物的例證。

目　次

上　冊

第十九、二十冊　富教並重，教化至上──李綠園教育思想及其《歧路燈》創作觀念研究

作者簡介

徐雲知，女，1965 年生人，祖籍山東文登，北京西城教育研修學院教研員。1988 屆哈爾濱師範大學教育學學士、2001 屆首都師範大學教育學碩士、2005 屆文學博士。

1992 年破格晉升講師，1996 年獲黑龍江省綏化地區「教育行業女狀元」稱號，1998 年拔尖晉升高級講師，2008 年入選「北京市新世紀百千萬人才工程」。2005 年由高等教育出版社出版的學術專著《語感和語感教學研究》被教育部選爲新基礎課程教師培訓教材，2012 年由教育科學出版社出版的《原來他們這樣做校長：北京西城智慧校長訪談錄》作爲精品書由《中國教育報》和《中華讀書報》向全國推介。

提　要

在十八世紀的中國，與《儒林外史》和《紅樓夢》幾乎同時產生的還有一部《歧路燈》，它是李綠園耗時 30 年撰寫而成的我國古代第一部長篇白話教育小說，是浪子回頭題材的集大成者。

浪子得以滋生的土壤是經濟的繁榮，康乾盛世因經濟繁榮而滋生的浪子成

為當時的社會問題。李綠園以其作家敏銳的觸角將浪子出現與經濟繁榮聯繫起來，明確提出「富教並重」、「教化至上」的思想，顛覆了千百年來儒家以孔子為代表的「先富後教」的思想觀念，給予經濟繁榮時期的教育以準確的定位。

本研究在吸納以往研究成果的基礎上，將文學考證和歷史考證研究相結合，從讀者論、時代論、作家論及創作實踐論四個維度切入，既關注小說文本意蘊的闡釋，也關注作家生平遭際對其創作的影響，更關注康乾盛世經濟繁榮對教育的影響，進而對李綠園創作觀念的成因、《歧路燈》文本意義的構成以及經濟繁榮與人才培養二者之間的關係進行探析和論證，從而揭示《歧路燈》的意義不單純是李綠園對文學的理解和詮釋問題，也是其對教育的價值判斷與理念支撐問題，更是經濟繁榮時期如何定位教育的問題，以此透視《歧路燈》於康乾盛世文學意義、教育意義、經濟意義、社會意義的構成，在人文反思和重構社會文化語境中尋求文學理解與教育理解的普遍性，以期在經濟迅猛發展的當代，尤其是為解決改革開放近 40 年來出現的「肚子飽了，眼睛亮了，靈魂卻餓著」的現實問題尋求可資借鑒的參照系統。

本研究試圖突破學界的既有研究窠臼，從知人論世的傳統思路入手，也在這一環境背景中闡釋李綠園《歧路燈》的文本意蘊，最大限度地還原作家的創作觀念及其小說的文本涵義，以期匡正時誤舊說，推陳出新，進而揭示出教育是一個由學校、社會和家庭組成的綜合影響系統，全面地對受教育者施加教育影響，教育的內容與形式要與個體的發展與時代的要求相適應，方能達到培養人的目的。

為了更好地進行本研究，筆者根據保存下來的李綠園的全部作品、結合自己視野所及範圍內獲得的與此相關的文獻資料作為參照，對李綠園生平、交遊、卒地和《歧路燈》版本、傳播問題進行考證，附錄在後，以備參考。

目　次

上　冊

第二一冊　蘇州派傳奇研究

作者簡介

　　董曉玲，女，黑龍江人，黑龍江大學國際文化教育學院副教授。1991 年考入黑龍江大學文學院，1995 年師從劉敬圻教授研習明清小說，1998 年獲文學碩士學位。2002 年考入哈爾濱師範大學文學院，師從張錦池教授、劉敬圻教授攻讀博士學位，研究方向爲宋元明清文學，博士論文題目《蘇州派傳奇研究》。現從事對外漢語教學和中國古典文學研究。發表古典小說戲曲學術論文十餘篇。

提　要

　　蘇州派是明末清初一個陣容強大的創作群體。他們的作品以獨特的風貌成爲戲曲史上不可或缺的重要一環，其價值和意義都有待於更進一步的發現與研究。《蘇州派傳奇研究》討論了蘇州派作家身份、人格的邊緣化特徵，勾勒了作家作品存在的時空坐標。並從總體和個案兩個視角對蘇州派傳奇作品

予以檢視，對其思想內涵、藝術品位進行了更深入的發掘和解讀。

目　次

第二二、二三冊 白居易古文研究

作者簡介

王偉忠出生臺灣花蓮，祖藉福建惠安。畢業東吳大學中文系、臺灣師大國文四十學分班、臺北市立教育大學中國文學研究所博士班。曾任教臺北市立奎山中學十二年、新北市立林口國中一年，今任教新北市立泰山高中、並在實踐大學、黎明科技學院兼任助理教授。任教課程：國語文、應用文、閱讀與寫作、現代散文、唐詩宋詞、中西戲劇等。

提 要

白居易主要生活於中唐，兼工詩文，才氣縱橫，為人稱許。後人因其詩名而忽視其古文，本文特以「白居易古文」提出研究；以白居易古文寫作的淵源與思想、文體與風格、特色與藝術、評價、地位與影響等提出探討。採歸納、演繹的推理、比較、分析等方法，析論白居易的古文，期能以另一種面貌，將白居易介紹給世人認識。

白居易的古文，無論在文體或內容上，皆以關注現實、關心民生為主；行文平易自然，語言通俗易懂；以婉曲有致寫意，以真情真趣寫實，將其內心的感受表達出來，此為其創作古文的特有風格。白居易古文的結構，以簡易為主，不標新立異，以嚴謹的態度寫作，寄慨深遠而有寓意。

本論文對於白居易古文有以下發現：其一，論淵源及動機，計有：詩經精神、儒家思想、科舉考試、學習陶潛、古文運動、貶謫解脫等六種；其二，論思想，可歸納為：儒家、政治二種思想；其三，古文文風多元化，計有：論說──情理兼文理的百道判、說理圓融的策林、說理明確的書論；實用文──說理明志的奏表、平實淺易的詔誥；記敘文──真情流的祭銘、清新雋

永的記序；抒情文含描述——情理有韻的散賦、韻味濃厚的箴贊等；其四，論古文特色，可歸納爲：經世濟民、關懷女性、兼融佛道、小品平易等；其五，論散文藝術，計以韻散兼具體製、實用文的結構、五種主要句型、以及八種修辭技巧等呈現。末章則綜論歷代對白居易古文的評價，並與唐宋散文家比較，以凸顯其地位；終乃論述其散文對後世之影響。

目　次

第二四冊　劉禹錫古文研究

作者簡介

　　王偉忠出生臺灣花蓮，祖籍福建惠安。畢業東吳大學中文系、臺灣師大國文四十學分班、臺北市立教育大學中國文學研究所博士班。曾任教臺北市立奎山中學十二年、新北市立林口國中一年，今任教新北市立泰山高中、並在實踐大學、黎明科技學院兼任助理教授。任教課程：國語文、應用文、閱讀與寫作、現代散文等。

提　要

　　劉禹錫，字夢得，生於唐代宗大曆七年，卒於武宗會昌二年（西元七七二～八四二年），享年七十一歲。劉禹錫一生遭遇，十分特殊。二十二歲中進士，翌年又登博學宏辭科，爲時人所重。因政治改革，參與王叔文、韋執誼所組織之政治集團，不幸失敗。憲宗即位後，遭貶謫至西南邊區，長達二十

三年之久，至五十五歲始得重回長安。在京城四年，又受讒言毀謗，再度被調出京，此後不再回朝。直至六十五歲，才告老歸居洛陽。

劉禹錫長於律絕，白居易稱其詩似有炙物護持，故有「詩豪」之譽；晚年，二人齊名，而有「劉白」之稱。其古文，在古文運動之背景下，頗負盛名，與韓、柳並稱，在中唐文壇，亦極具地位。

本論文以深入淺出方式寫作有：唐代古文簡述、劉禹錫生平、背景、散文淵源、思想、文論、體裁、風格、特色、影響等。劉氏文集四十卷，保存至今，仍近完整；唯獨散文，後人研究者蓋尠，余雖才疏學淺，資質駑劣，仍願以「野人獻曝」之心，作拋磚引玉之舉，俾供後學參考。

目 次

第二五冊　人間天地七月情——元明清時期牛郎織女文學的傳承與嬗變

作者簡介

　　周玉嫻，女，中國電力作家協會會員。《國家電網報》記者、編輯。畢業於首都師範大學中國古代文學專業，文學碩士。師從著名學者張燕瑾教授。作品散見《人民日報》《工人日報》《經濟日報》《脊梁》等報刊雜誌。有報告文學獲全國報紙副刊年賽金獎。

提　要

　　本書對元明清時期的七夕詩詞作概括性研究。元明清時期的七夕詩詞數量大、表現內容豐富，出現了大量的女性詩人，但是目前幾乎沒有學者深入研究，甚至連單篇論文都很少。作者在搜集了一定量的元明清七夕詩詞的基礎上對這些詩詞分析，總結這一時期七夕詩歌的特點。對明代小說《新刻全像牛郎織女傳》和清末民初小說《牛郎織女傳》展開對比研究，闡述這兩部明清時期的小說對前代作品的傳承與嬗變的關係，論證這兩部小說是牛女故事從古典走向現代的關鍵作品。對清代中期有一系列的關於牛郎織女神話傳說的傳奇和雜劇作品，反映了清代七夕文學之盛。昇平署月令戲是乾隆年間，內閣詞臣應旨而做的承應戲，屬於昆弋腔的折子戲，文辭優美。考察牛郎織女故事和董永故事等其他民間故事的相互影響，揭示出這一類型的民間故事在發展中的相互影響與

具體差異。揭示出我們民族愛情文學的多樣性和相似性。牛郎織女故事在歷史演變中具有發展的不平衡性，不同時代文士們對這個故事的側重點和關注點都不同，結合時代原因和社會思潮進行綜合分析。闡釋了牛郎織女故事在明清文學作品中，愛情主題不斷得到強化。隨著洪昇的《長生殿·密誓》的廣泛搬演，牽牛織女星也成爲了文學作品中的愛情守護神。最終，牛郎織女式的愛情成爲中華民族最具代表性的愛情模式，傳唱至今。

目 次

第二六冊 漢譯南傳大藏經《本生經》故事研究

作者簡介

陳曉貞，私立中國文化大學中文系學士，私立中國文化大學中文研究所碩士，現爲國中教師。

提 要

本論文研究範圍是以吳老擇編譯的《漢譯南傳大藏經・本生經》爲主，以黃寶生、郭良鋆編譯的《佛本生故事精選》和夏丏尊據日譯本重譯的《小部經典—本生經》爲輔。

《本生經》不僅是一部宗教典籍，也是一部時間古老、規模龐大、流傳極廣的民間故事集。由於學界尚未見到以南傳《本生經》全經爲研究對象者，也未見運用民間故事中「故事類型」與「情節單元」的觀念做這部經的故事研究。因此希望透過這個角度探討其故事特性、淵源與流傳，並延伸至與各國同類型故事的比較，顯示出其文化和學術價值。

本篇論文首先第一章緒論，將有關本生故事的前賢研究論文作簡要敘述。第二章，先介紹本生經的集成與各國翻譯本之流傳，將漢譯三種版本的目錄列表比較，再列舉幾則翻譯內容之異同比較，最後介紹本篇論文所使用版本的目錄、篇章結構，以釐清成書年代及各版本篇章情形，確定所論述的對象及範圍。

第三章到第六章，運用民間故事中「情節單元」與「故事類型」的觀念，對《本生經》內容進行探討，運用故事類型的歸類原則與方法，將《本生經》中的成型故事一一加以歸類編號，並且針對每一個類型故事，多方蒐集相關資料，整理每一個故事類型的情節單元排序比較其故事細節差異，進一步探討各地方故事所產生的變化及文化意涵，試著對故事進行探源工作。第七章結論，整理《本生經》成型故事中所蘊含的意義以及民間故事流傳所產生的改變。期望藉由本篇論文對類型故事流傳及探源能有所成果。

目 次

中國古代文論旨要(上)

劉鳳泉　著

作者簡介

劉鳳泉教授，1956 年生於內蒙古包頭市。1980 年於包頭師範學院中文系大專畢業，1988 年於內蒙古師範大學中文系研究生畢業，獲文學碩士學位。先後任教於內蒙古師範大學、濟南大學、韓山師範學院。主要從事中國古代文學、中國古代文論、中國古代文化的教學與研究工作。編著有《中國早期文學研究》等十多種書，發表論文六十餘篇。

提　要

　　本書以中國古代文學觀念歷史演進爲基本線索，具體闡述了中國古代文論不同歷史階段的重要旨意。一是先秦兩漢文論體現出文治文學觀念的特性；二是魏晉南北朝文論表現出文辭文學觀念的成熟；三是唐宋文論說明了文治與文辭文學觀念的兼容；四是遼金元明文論顯示出雅俗文學觀念的消長；五是清代及近代文論展示了文治、文辭、文娛文學觀念的糅合。本書思想線索清晰，理論重點突出，剖析細密條理，意旨明確深刻，適合中國古代文論研究者閱讀參考。

緒論：古代文學觀念的歷史演進

　　文學觀念是文學意識的理論表達，而文學意識是文學具體存在的反映。一種文學觀念的產生和演進，當以文學的具體存在為基礎。所以，中國古代文學觀念的歷史演進，只有從中國古代文學的具體存在中才能得到正確理解。

　　在中國古代文學漫長歷史過程中，形成了次第演進的不同的文學形態；在文學具體存在的基礎上，形成了次第演進的不同的文學觀念。這些文學觀念互相矛盾、互相依存、互相滲透、互相糅合，構成了中國古代文學觀念世界。

　　中國古代文學觀念世界是不同的文學觀念先後發生，而又互相縐結的複雜的文學觀念世界。它不是由單一文學觀念主宰的，而是不同文學觀念交疊作用的；它不是文學觀念的靜止狀態，而是文學觀念的演化進程。

　　認識中國古代文學觀念世界，揭示不同文學觀念的發生與發展，釐清不同文學觀念的區別與聯繫，對於整體把握中國古代文學觀念，深入認識中國古代文學理論，都是非常重要的思想探索。

一、經天緯地，人文肇始

　　文學意識於文學存在中發生，而文學存在作為人類的社會存在，乃是人類社會實踐活動的產物。意欲探尋文學觀念發生的源頭，必然要上溯到人類最初的社會實踐活動過程之中。

　　萬物生存於天地之間，本來是完全自然的；人類作為萬物之一，原本也是自然的。然而，作為萬物之靈的人類，不僅能夠認識自然，而且能夠改造自然；於是，人類突破了天地萬物的自然狀態，給天地萬物打上了自己的印記。從此，人類告別自然生存的狀態，迎來了第一縷文明的曙光。

　　人類文明的意蘊，積澱於漢字的構造之中。「文」字之初形，甲骨文爲「　」，金文爲「　」〔註1〕，它是一個象形字，很像一個站立的人，胸部刻有圖符。古文字專家認爲，此字形象初民的紋身，無疑是「文」的本義。這項字義也得到早期文獻的印證。如《左傳・哀公七年》曰：「仲雍嗣之，斷髮文身，裸以爲飾。」〔註2〕《淮南子・原道訓》曰：「於是民人被髮文身以象鱗蟲。」〔註3〕人類之紋身行爲，標記了人的氏族歸屬，同時也改變了人的自然狀態，突出了人的主體特性，從而體現出人類文明的深刻意蘊。至於許慎《說文解字》曰：「文，錯畫也，象交文。」〔註4〕這個解釋顯然是後起之義，它反而遮蔽了「文」字的初始文化蘊含。人類改變原本的自然狀態，便開始了以主體姿態面對天地萬物的文明歷程。《逸周書・諡法解》曰：「經天緯地曰文。」〔註5〕天地本爲自然，經緯意爲把握，「經天緯地」，乃是人類以主體姿態來把握天地自然，這樣便給天地自然打上了人類的印記，也即所謂「自然的人化」。「經天緯地曰文」一語，可謂深得「文」字之眞義。

　　在人類以主體姿態認識自然、改造自然的社會實踐活動中，逐步展開了人類文明的歷史畫卷。《周易・繫辭下》曰：「古者庖羲氏之王天下也，仰則觀象於天，俯則觀法於地，觀鳥獸之文，與地之宜。近取諸身，遠取諸物，於是始作八卦。」〔註6〕觀察天象地理，是對生存空間的認識；觀察鳥獸之文，是對畜牧生產的認識；觀察土地之宜，是對農業生產的認識。「近取諸身，遠取諸物」，是將天地萬物作了符號化的把握。於是，人類對天地萬物的認識，不斷積澱在他們所創造的文化版圖之內。通過物質生產實踐活動，人類不斷擴大文化版圖，其中也逐步顯露出最初文學活動的面容。

　　最初文學活動是人類物質生產實踐活動整體的有機組成部份，它完全包孕在物質生產實踐活動中，而絕沒有脫離物質生產實踐活動。在人類發展的最初階段，精神生產和物質生產是交織在一起的。馬克思指出：「思想、觀念、意識的生產最初是直接與人們的物質活動，與人們的物質交往，與現實生活

〔註1〕　鍾旭元：《上古漢語詞典》，海天出版社1987年版，第36頁。

〔註2〕　楊伯峻：《春秋左傳注》，中華書局1981年版，第1641頁。

〔註3〕　（漢）高誘：《淮南子注》，上海書店1986年版，第6頁。

〔註4〕　（漢）許慎：《說文解字》，中華書局1963年版，第185頁。

〔註5〕　黃懷信：《逸周書校補注譯》，三秦出版社2006年版，第265頁。

〔註6〕　黃壽祺、張善文：《周易譯注》，上海古籍出版社2004年版，第533頁。

的語言交織在一起的。」〔註7〕譬如，在巫術文化背景下，原始神話、原始歌謠，以及原始的諺語和格言等，它們事實上都是人類物質生產實踐活動的有機部份。在與物質生產實踐活動的交織中，最初的文學得以發生，形成最初的文學形態，筆者稱之爲「源文學形態」。

在源文學形態內，文學活動本身從屬於物質實踐活動，因而還不可能形成明確的文學觀念。然而，隨著人類文明的進步，人們對天地萬物的把握，必然表現出人類主體的價值取向。《周易・賁卦・彖傳》曰：「觀乎天文，以察時變；觀乎人文，以化成天下。」〔註8〕天文，指天地自然現象；人文，指人類文化現象。天文與人文，體現了不同的文化分野。觀天文以察天時，體現了對自然的認識；觀人文以化天下，體現了對社會的改造。從原始文明的混沌母體之中，終於分化出天文與人文的不同領域，顯示了原始文化的發展演進。譬如，甲骨文第一期有「文」字的出現，殷王太丁被稱爲「文武帝」，這體現了人文之於國家統治的重要性。由此可見，早在殷商時期，文學觀念的萌芽已經從人文意識土壤中破土而出了。

二、禮樂仁德，郁郁乎文

殷周之際是中國古代文化劇烈變革的時期。王國維說：「中國政治與文化之變革，莫劇於殷周之際」，而變革的實質是「舊制度廢而新制度興，舊文化廢而新文化興」。〔註9〕關於這種新舊交替的特點，《禮記・表記》曰：「殷人尊神，率民以事神，先鬼而後禮；周人尊禮尙施，事鬼敬神而遠之，近人而忠焉」〔註10〕。天道與人事相較，周人更重視人事，這便在殷人的宗教蒙昧世界上打開了缺口，從而將理性的陽光照射了進來。

商周之思想分野，顯示著文明與野蠻的區別。《禮記・祭法》曰：「文王以文治。」〔註11〕文治的核心是不以暴力手段來維持統治，而以仁德感召來平治天下。如孔子所言：「遠人不服，則修文德以來之。」〔註12〕在周武王取

〔註 7〕（德）馬克思、恩格斯：《德意志意識形態》，《馬克思恩格斯選集》（一），人民出版社 1972 年版，第 30 頁。

〔註 8〕黃壽祺、張善文：《周易譯注》，上海古籍出版社 2004 年版，第 174 頁。

〔註 9〕傅傑：《王國維論學集》，中國社會科學出版社 1997 年版，第 1～2 頁。

〔註 10〕王夢鷗：《禮記今注今譯》，天津古籍出版社 1987 年版，第 700 頁。

〔註 11〕王夢鷗：《禮記今注今譯》，天津古籍出版社 1987 年版，第 799 頁。

〔註 12〕楊伯峻：《論語譯注》，嶽麓書社 2009 年版，第 201 頁。

得政權之後，周公旦開始制禮作樂，建構了完整的文治制度，用以規範人們的思維方式和行為方式。禮樂制度既以君子仁德為基礎，又以培養君子仁德為目的。《逸周書・諡法解》云：「維周公旦、太公望，開嗣王業，建功于牧之野，終將葬，乃制諡。」〔註13〕其言「文」曰：「道德博聞曰文，勤學好問曰文；慈惠愛民曰文，愍民惠禮曰文。」〔註14〕由仁德而禮樂，由禮樂而仁德，禮樂與仁德之互動模式，體現著深刻的人文精神。以至幾百年之後，孔子仍由衷讚歎道：「郁郁乎文哉，吾從周！」〔註15〕周人之郁郁乎文，屬於廣義的文學。禮樂仁德是周人在物質生產實踐基礎上建構的上層建築和意識形態。它已經超越了物質生產實踐活動，也超越了源文學形態，而進入新的文學形態。馬克思認為，隨著人類社會發生第一次「真正的分工」，精神生產作為一個獨立部門發展起來，「意識才能擺脫世界而去構造『純粹的』理論、神學、哲學、道德等等。」〔註16〕在這個階段上，文學已經擺脫了直接的物質生產實踐活動，可是還沒有從其他意識形態中獨立出來，文學與其他意識形態處於摻雜混生的狀態。這種文學形態，筆者稱為「雜文學形態」。

在雜文學形態內，文學包含了宗教、歷史、哲學、政治、道德等因素，文學不是為了審美的需要，而是為了傳播禮樂仁德的需要。譬如，在樂官—史官文化背景下，最初詩歌便不是為了吟詠情性，而是為了記載歷史，或是為了宗教祭祀。從「詩」字的字形分析中，我們可以得到許多信息。「詩」字由「言與志」、「言與寺」會意而成。「詩，言志」，透露出詩以韻言記事的信息；「詩，言寺」，透露詩為寺人禱言的信息。驗之於早期詩歌創作，完全信而有徵。可見，最早詩歌並非吟詠情性，而是記錄史事與祈禱神靈，其中包含著豐富的歷史和宗教的意識。

在雜文學形態內，形成了中國第一代文學觀念——文治文學觀念。在文治文學觀念內，以文治為目的，以文辭為工具。所以，人們只注重文學的政教功用，而不注重文學的文辭藝術。《尚書・堯典》曰：「命汝典樂，教冑子。直而溫，寬而栗，剛而無虐，簡而無傲。」〔註17〕從一開始便明確文學的道德

〔註13〕黃懷信：《逸周書校補注譯》，三秦出版社 2006 年版，第 263 頁。
〔註14〕黃懷信：《逸周書校補注譯》，三秦出版社 2006 年版，第 265 頁。
〔註15〕楊伯峻：《論語譯注》，嶽麓書社 2009 年版，第 28 頁。
〔註16〕（德）馬克思、恩格斯：《德意志意識形態》，《馬克思恩格斯選集》（一），人民出版社 1972 年版，第 36 頁。
〔註17〕顧頡剛、劉起釪：《尚書校釋譯論》，中華書局 2005 年版，第 192 頁。

目的。孔子論《詩》多關注內在道德與外在政治。所謂「有德者必有言」〔註18〕，強調言辭從屬於道德；所謂「雖多亦奚以爲」〔註19〕，強調詩歌從屬於政治。立足於道德政治，他提出「興觀群怨」說，全面概括了文學的社會作用。隨著政治趨向於統一，對文學的政治控制得以加強。如荀子主張崇聖宗經、導正防邪，揚雄主張徵聖宗經、依經立義，便都屬於對文學政治控制的思想。《毛詩序》總結儒家詩論，確立漢儒詩教原則。從詩人言，要「發乎情，止乎禮義」；從詩作言，要「主文而譎諫」〔註20〕，更從文學創作和文學風格的深層，將文學完全納入政治教化的軌道。可以說，先秦兩漢時期，儒家闡發的文學思想，大抵體現了文治文學觀念。

當然，禮樂仁德也需要文辭作介質，對文辭的作用畢竟不能視而不見。孔子曰：「文武之政，佈在方策」〔註21〕、「言之不文，行而不遠」〔註22〕。所以，儒家於文辭亦多有關注，孔子言「辭達」，孟子言「知言」便是。在儒家之外，由於受到文治觀念束縛較少，人們對文辭的認識更爲深入。如道家的莊周，雖主張「道不可言」，卻開創了寓言的表達方式；縱橫家的游說，需要關注說辭效果，便自覺追求言辭的辯麗。至於南國的楚辭，華藻要妙；兩漢的賦作，雍容揄揚，它們都充分展示了語言的藝術魅力。以至後來唐人爲復古而反對文華，竟然追責到了楚辭、漢賦的頭上。如王勃《上吏部裴侍郎啓》曰：「自微言即絕，斯文不振，屈、宋導源於前，枚、馬張淫風於後。」〔註23〕可見，隨著文學創作的發展，人們講求文辭的華美，已經不是文治文學觀念所能制約。於是，在文治文學觀念之內，潛滋暗長出文辭文學觀念的萌芽。

當然，在整個雜文學形態之內，文治文學觀念仍居於主導的地位。如王充固守文治文學觀念。他說：「文人宜遵五經、六藝爲文，諸子傳書爲文，造論著說爲文，上書奏記爲文，文德之操爲文。」〔註24〕所謂「文」，包括了寫作著述與德行操守，而竟然不包括文辭之華美。王充重視文學的社會作用。

〔註18〕楊伯峻：《論語譯注》，嶽麓書社2009年版，第165頁。

〔註19〕楊伯峻：《論語譯注》，嶽麓書社2009年版，第151頁。

〔註20〕（唐）孔穎達等：《毛詩正義》，上海古籍出版社1990年版，第13頁。

〔註21〕楊伯峻：《論語譯注》，嶽麓書社2009年版，第869頁。

〔註22〕楊伯峻：《春秋左傳注》，中華書局1981年版，第1106頁。

〔註23〕（清）董誥等編：《全唐文》（卷一八〇），山西教育出版社2002年版，第1096頁。

〔註24〕（東漢）王充：《佚文》，《論衡》，上海人民出版社1974年版，第313頁。

他說：「爲世用者，百篇無害；不爲世用，一章無補。」〔註25〕而完全忽視文學的審美作用。他甚至詰問道：「文豈徒調筆弄墨爲美麗之觀哉？」〔註26〕可見，直到東漢中期，文治文學觀念仍然堅守著雜文學的領地。

三、文筆之辨，沉思翰藻

經過戰國秦漢，文辭藝術長足發展。章學誠說：「兩漢文章漸富」，「辭章之學興」〔註27〕。原來只是作爲工具的文辭，竟可以超越了文治目的而充分展示出語言的魅力。在這樣的基礎上，便有了「文學」與「文章」的區分。班固《漢書》曰：「文章則司馬遷、相如。……劉向、王褒以文章顯。」〔註28〕如司馬遷寫作《史記》，是爲了「究天人之際，通古今之變，成一家之言」，可也是「鄙陋沒世而文采不表於後世也」。〔註29〕可見，文辭之美已經成爲人們一種自覺追求。

文辭之美的凸顯，促進了文學從雜文學形態向純文學形態的演進。在人類社會發展到相當的程度，審美藝術便從精神文化的大家庭中逐漸地凸顯了出來，從而促成了文學藝術的獨立發展。在審美藝術視野下，文學活動開始表現出主體的審美自覺與對象的審美獨立。於是，文學就進入了「純文學形態」。如楚漢的辭賦、漢末的五言詩，無疑都是純文學形態的作品。然而，在兩漢獨尊儒術的思想禁錮下，文學的自覺意識還受到嚴重的思想壓抑。而隨著漢王朝的滅亡，儒家思想禁錮得以解除，文學自覺意識終於破土而出了。

魯迅先生指出：「他（曹丕）說詩賦不必寓教訓，反對當時那些寓訓勉於詩賦的見解，用近代文學眼光看來，曹丕的一個時代可說是『文學的自覺時代』。」〔註30〕曹丕否定文學「寓教訓」、「寓訓勉」，已經衝破了文學的政教藩籬。《典論・論文》從文學活動的整體著眼，表達了全新的文學觀念。從文學主體言，提出「文以氣爲主」，強調創作主體的精神個性。從作品文體言，提出「文本同而末異」，拈出了「詩賦欲麗」的審美特徵。從文學批評言，提

〔註25〕（東漢）王充：《自紀》，《論衡》，上海人民出版社 1974 年版，第 453 頁。

〔註26〕（東漢）王充：《佚文》，《論衡》，上海人民出版社 1974 年版，第 313 頁。

〔註27〕（清）章學誠：《文史通義》，古籍出版社 1956 年版，第 178～179 頁。

〔註28〕（漢）班固：《公孫弘倪寬傳贊》，《漢書》，中華書局 1962 年版，第 2634 頁。

〔註29〕（漢）班固：《報任安書》，《漢書》，中華書局 1962 年版，第 2733 頁。

〔註30〕魯迅：《魏晉風度及文章與藥及酒之關係》，《魯迅選集》，人民文學出版社 1983 年版，第 380 頁。

出「審己以度人」，確立了文學批評的原則。〔註31〕曹丕總結了純文學形態的藝術經驗，宣告了中國第二代文學觀念——文辭文學觀念的誕生。

在魏晉南朝時期，文辭文學觀念得以迅速成長。陸機的《文賦》，研究了文學創作的規律；葛洪的論著，闡述了文學鑒賞的特點；鍾嶸的《詩品》，總結了五言詩的藝術經驗；沈約的《四聲譜》，揭示了詩歌音律的奧秘。尤其，這個時期人們對文筆之辨的深入思考，釐清了文學與非文學的界限。文筆之區別，最早著眼於文體的外部功能。文即詩、賦，筆即詔、策、奏、章。隨著音律說的興盛，便著眼於文體的音韻形式，所謂「今之常言，有文有筆，以爲無韻者筆也，有韻者文也。」〔註32〕隨著認識的深入，最後著眼於文體的內在情感。所謂「吟詠風謠，留連哀思者謂之文。……筆退則非謂成篇，進則不云取義，神其巧惠，筆端而已。至如文者，惟須綺穀紛披，宮徵靡曼，唇吻遒會，情靈搖蕩。」〔註33〕由文體功能，至音韻形式，至情感內容，對文學審美特徵的認識得以不斷深化。

在文學審美認識基礎上，文辭文學觀念走向成熟，突出表現在蕭統的《文選》中。蕭統完全擺脫文學的教化傳統，而竭力張揚文學的審美本質。《文選序》在概述各種文體之後，總結說：「譬陶匏異器，並爲入耳之娛；黼黻不同，俱爲悅目之玩。」文學原是爲了賞玩而已，「歷觀文囿，泛覽辭林，未嘗不心遊目想，移晷忘倦」〔註34〕，從中能夠得到一種超功利的精神愉悅。於是，他「以能文爲本」的標準來編撰一部純文學選本，將儒家經典、諸子著作、歷史記事、縱橫說辭等，統統排除於文學範圍之外。何謂「能文」？他說：「事出於沉思，義歸乎翰藻。」沉思，指藝術構思；翰藻，指華麗辭藻。可見，只有通過藝術的構思，訴諸華麗的語言，才能歸屬於純文學範圍。這樣嚴格區分文學與非文學，充分顯示了文辭文學觀念的理論內涵。

文辭文學觀念的深化，推動了語言藝術的繁榮。從魏晉以至初唐，詩歌、辭賦、駢文，各種文體都追求言辭的華麗，成爲難以逆轉的文學風氣。這固然導致了形式主義的弊病，而由此也奠定了純文學的審美基礎。在文辭文學

〔註31〕（魏）曹丕：《曹丕集校注》，魏宏燦校注，安徽大學出版社 2009 年版，第 312 ～314 頁。

〔註32〕（梁）劉勰：《文心雕龍注釋》，周振甫注，人民文學出版社 1981 年版，第 469 頁。

〔註33〕（梁）蕭繹：《金樓子校箋》，許逸民校箋，中華書局 2011 年版，第 966 頁。

〔註34〕（梁）蕭統：《文選》（一），上海古籍出版社 1986 年版，第 2 頁。

觀念居於主導地位的時期，文治文學觀念並沒有從文壇悄然淡出。它在不斷調整著理論狀態，積極影響文辭文學觀念，進而糾正形式主義的弊病。

劉勰寫作《文心雕龍》，原初動機是「敷贊聖旨」。他對文辭文學觀念造成的弊病深致不滿。其云：「去聖久遠，文體解散，辭人愛奇，言貴浮詭，飾羽尚畫，文繡鞶帨，離本彌甚，將遂訛濫。……於是搦筆和墨，乃始論文。」〔註35〕於「文之樞紐」之中，他標舉《原道》、《徵聖》、《宗經》，明確尊崇傳統的文治文學觀念。當然，對於文學創作的發展和文學觀念的演進，他並沒有迴避而能夠客觀認識。如神思、熔裁、聲律、章句、麗辭、誇飾、事類、鍊字之類，他都有著深刻的理解。劉勰的目的在於，在新的歷史條件下，他要恢覆文治為本，文辭為末的傳統理論格局，從而將文辭文學觀念納入到文治文學觀念的框架之內。他說：「道沿聖以垂文，聖因文而明道」，「辭之所以能鼓天下者，乃道之文也」〔註36〕。通過闡述文辭與聖人之道的關係，指出文辭是表現聖人之道的手段，而審美文學同樣可以發揮政治道德的功用。

南北朝時期，南北政治的分離，造成文學觀念的不同。南方盛行文辭文學觀念，而北方固守文治文學觀念。因為牽涉文化正宗地位的爭奪，更加強化了南北文學觀念的差異。顏之推由南入北，他既理解文辭文學觀念，又認同文治文學觀念。因此，他並不否定文學的審美特徵，而更強調文學的社會功用。其云：「宜以古之制裁為本，今之辭調為末，並須兩存，不可偏棄也。」〔註37〕古今問題，其實就是南北問題。「江左宮商發越，貴於清綺；河朔詞義貞剛，重乎氣質。氣質則理勝其詞，清綺則文過其意。理深者便於時用，文華者宜於詠歌。」對於這個問題，唐初的魏徵提出解決的思路：「若能摵彼清音，簡茲累句，各去所短，合其兩長，則文質斌斌，盡善盡美矣。」〔註38〕

當然，在盛行文辭文學觀念的時代，無論劉勰、顏之推，還是魏徵，他們致力於建構文治為本，文辭為末理論格局的努力，顯然都沒有能夠在文學創作中奏效。文治文學觀念只能在文學創作的邊緣徘徊，等待著重新支配文學創作的文化契機。

〔註35〕（梁）劉勰：《文心雕龍注釋》，周振甫注，人民文學出版社 1981 年版，第534 頁。

〔註36〕（梁）劉勰：《文心雕龍注釋》，周振甫注，人民文學出版社 1981 年版，第 2 頁。

〔註37〕（北齊）顏之推：《文章》，《顏氏家訓》，王利器集解，中華書局 1993 年版，第 221～299 頁。

〔註38〕（唐）魏徵、令狐德棻：《隋書》（六），中華書局 1973 年版，第 1729～1731 頁。

四、通變復古，文道相兼

文辭文學觀念的盛行，促進了語言藝術繁榮，也造成了華麗頹靡的文風。陳子昂登上文壇，文學弊病已經令人忍無可忍。於是他大聲疾呼：「文章道弊五百年矣！」〔註39〕他極力倡導文學革新，鼓吹興寄風骨傳統，以復古來矯正時弊，從而開啓了文道相兼的歷史進程。文者，文辭觀念也；道者，文治觀念也。文道相兼，乃是兩種文學觀念的相互兼容，這是唐宋時期文學觀念的基本狀態。

盛唐詩歌之所以達到藝術高峰，也是因爲兩種文學觀念兼容而促進文學創作的結果。李白推崇《詩經》正聲，也讚賞小謝之清發；杜甫親近風雅傳統，也喜愛清詞與麗句。在詩歌創作實踐中，他們超越兩種文學觀念的對立，而努力追求兩種文學觀念的兼容。

中唐時期，文道相兼的意識更爲自覺。韓愈、柳宗元發動古文運動，提倡古文，反對駢文，表面上似乎以筆爲文，使「文章之界，又復漫漶」〔註40〕，實質上卻是將文辭藝術的精神貫穿於散行文字之中。如韓愈主張「惟陳言之務去」〔註41〕，柳宗元主張「旁推交通而以爲之文也」〔註42〕，說明他們對言辭文采的關注。否則，他們何以能夠創作出富有審美價值的古文？當然，韓愈、柳宗元更強調「文以明道」，文辭爲載體，文治爲目的，文辭又被納入文治的框架內。於是，道德政治重新回到文學的中心位置。如韓愈重道德，稱「氣盛言宜」；柳宗元重政治，言「輔時及物」。韓、柳的古文之所以取得成功，正是因爲明道與作文相兼相容，相須爲用的結果。所以，中唐古文運動不是文治文學觀念對文辭文學觀念的否定，而是文治文學觀念對文辭文學觀念的兼容。

兩種文學觀念也並不總處於和諧兼容的狀態，當不同文學觀念發生衝突之時，自然給文學創作造成損害。白居易的新樂府運動，片面強調「文章合爲時而著，歌詩合爲事而作」〔註43〕，甚至完全否定文學的審美價值，宣稱

〔註39〕（唐）陳子昂：《陳子昂集》，徐鵬點校，中華書局1960年版，第15頁。
〔註40〕陳鍾凡：《中國文學批評史》，江蘇文藝出版社2008年版，第3頁。
〔註41〕（唐）韓愈：《韓昌黎文集校注》，馬其昶校注、馬茂元整理，上海古籍出版社1987年版，第169～171頁。
〔註42〕（唐）柳宗元：《柳宗元集》，中華書局1979年版，第871～874頁。
〔註43〕（唐）白居易：《與元九書》，《白居易集》（卷四五），顧學頡校點，中華書局1999年版，第959頁。

「總而言之，爲君、爲臣、爲民、爲物、爲事而作，不爲文而作也」〔註44〕。白居易認爲，《詩經》以後，除了陳子昂、鮑魴、杜甫的部份詩作算差強人意之外，其餘的詩歌竟完全沒有價值。他不僅否定了晉宋、梁陳，而且也否定了楚漢、李白。在他看來，整部詩歌史竟是舉目荒涼。這種狹隘的文治觀念，完全拒斥了文辭藝術，導致新樂府在藝術上的蒼白無力。至於晚唐五代，文辭文學觀念復辟，又完全拒斥政治功用，文學成爲繡幌佳人「用助嬌嬈之態」，西園英哲「用資羽蓋之歡」的消遣玩意兒，〔註45〕文學創作便又走上形式主義道路。

到了北宋詩文革新，兩種文學觀念終得有機融合。道不離文，文不離道，文道相須，文道合一。兩種文學觀念的融合，要以道與文之內涵調整爲條件。除了理學家之外，宋人理解的「道」，已經不同於韓愈，他們將「道」具體化、生活化了。歐陽修說：「非道之於人遠也。」〔註46〕在他看來，「道」不是空洞高調，而具有現實內容。因此，他反對「舍近取遠，務高言而鮮事實」，而主張「履之以身，施之於事，而又見之於文」〔註47〕。蘇軾則明確反對儒者所謂「道」。他說：「儒者之病，多空文而少實用」〔註48〕；「甚矣，道之難明也。論其著者，鄙滯而不通；論其微者，汗漫而不可考。……聖人之道，日以遠矣。」〔註49〕而他對「道」的理解，其實就是事物規律的別名。他說：「日與水居，則十五而得其道」〔註50〕；「古之學道，無自空虛入者。輪扁斫輪，痀僂承蜩，苟可以發其智巧，物無陋者」〔註51〕。於是，「道」放下了嚴肅面

〔註44〕（唐）白居易：《新樂府詩序》，《白居易集》（卷四五），顧學頡校點，中華書局 1999 年版，第 974 頁。

〔註45〕（五代）趙崇祚輯：《花間集注》，李一泯校，人民文學出版社 1981 年版，第 1～2 頁。

〔註46〕（宋）歐陽修：《與吳充秀才書》《歐陽修全集》，李逸安點校，中華書局 2001 年版，第 663 頁。

〔註47〕（宋）歐陽修：《與張秀才第二書》，《歐陽修全集》，李逸安點校，中華書局 2001 年，第 977 頁。

〔註48〕（宋）蘇軾：《答王庠書》，《蘇軾文集》（卷四九），孔凡禮點校，中華書局 1986 年版，第 1422 頁。

〔註49〕（宋）蘇軾：《中庸論》，《蘇軾文集》（卷二），孔凡禮點校，中華書局 1990 年版，第 60 頁。

〔註50〕（宋）蘇軾：《日喻》，《蘇軾文集》（卷六四），孔凡禮點校，中華書局 1986 年版，第 1980 頁。

〔註51〕（宋）蘇軾：《送錢塘聰師閒復敘》，《蘇軾文集》（卷十），孔凡禮點校，中華書局 1986 年版，第 325 頁。

具，變得可近可親，這就爲與「文」的融合，提供了無限可能。

宋人對「文」的理解，頗不同於韓愈。韓愈雖然關注文辭，而對駢文則心存芥蒂。他「非三代兩漢之書不敢觀」〔註52〕，便擔心受了駢文的不良影響。歐陽修則不然，即便四六駢文，也不一概排斥。他說：「偶儷之文，苟合於理，未必爲非」〔註53〕；「如蘇氏父子，以四六敘述，委曲精盡，不減古文」〔註54〕。這樣便能夠吸收多種藝術營養，用來豐富古文藝術。至於蘇軾的文章，更達到出神入化的境地。他說：「吾文如萬斛泉湧，不擇地而出。在平地滔滔汩汩，雖一日千里無難。及其與山石曲折。隨物賦形，而不可知也。所可知者，常行於所當行，從止於不可不止，如是而已矣。」〔註55〕打破了思想禁忌，擴大「文」的視域，才能促進語言藝術的發展。

從魏晉文學自覺以來，直至唐宋文學的繁榮，純文學形態以詩文創作爲主，只是一幫文人學士在那裡忙活，其實與民間大眾並沒有多少關係。因此，這種文學創作當屬於純文學形態的一個亞型——雅文學形態。而文道相兼的文學觀念，也只是對於雅文學形態而言。

從文學發展而言，歷來存在著兩種文學，即上層士人的高雅文學與下層民間的通俗文學。中唐之前，上層士人的高雅文學占居主導地位，而下層民間的通俗文學以暗流狀態隱性存在。中唐之後，隨著社會發展，經濟繁榮，城市興起，市民聚居，便出現了民間通俗文學的更多需求。如唐代的曲子詞，便是起源於民間；唐代的變文俗講，也是面對著民眾。進入了宋代，民間通俗文學更是方興未艾。如孟元老《東京夢華錄》記載「瓦肆伎藝」，有小唱、雜劇、說唱之類；羅燁《醉翁談錄》記載說話藝術，有靈怪、煙粉、傳奇、公案等類。下層民間的通俗文學開始由文學世界的邊緣逐步向文學世界的中心移位。於是，在雅文學形態之外，逐漸形成了純文學形態另一個亞型——俗文學形態。

〔註52〕（唐）韓愈：《韓昌黎文集校注》，馬其昶校注、馬茂元整理，上海古籍出版社 1987 年版，第 170 頁。

〔註53〕（宋）歐陽修：《尹師魯墓誌銘》，《歐陽修全集》（卷二八），李逸安點校，中華書局 2001 年版，第 432 頁。

〔註54〕（宋）歐陽修：《試筆》，《歐陽修全集》（卷一三〇），李逸安點校，中華書局 2001 年版，第 1975 頁。

〔註55〕（宋）蘇軾：《自評文（文說）》，《蘇軾文集》，孔凡禮點校，中華書局 1986 年版，第 2069 頁。

五、市音古範，雅俗競傳

蒙古人入主中原建立元朝，為民間通俗文學的崛起提供了契機。元代社會徹底解構了唐宋社會的文人階層。元朝立國九十多年，八十年沒有舉行科舉，即便僅有的幾次科舉，高中甲科和狀元的幾乎都是蒙古人和色目人，漢族文人完全淪入了社會的底層。加之民間文藝的商業化發展，如賈仲明稱元曲在「茶坊中唱，勾肆裏嘲」〔註56〕；《青樓集志》稱元代「內而京師，外而郡邑，皆有所謂構欄者，闔優萃而隸樂，觀者揮金與之」〔註57〕。於是，在社會制度的擠壓和文藝商業化的誘導之雙重作用下，文人紛紛進入通俗文藝行業，這便為通俗文學的繁榮準備了有利條件。元代文人既已沉淪市井，成為了書會才人，也便不再標榜高雅，只能入世隨俗。民間文藝的受眾本為市井的愚夫愚婦，自然愛好《下里巴人》；而元代統治者來自游牧民族，也不欣賞《陽春白雪》。於是，上下同好，趨俗若鶩。在藝術消費與藝術生產的相互作用下，元代通俗文學迅速走向了興盛。

元代通俗文學的藝術成就，主要表現在戲曲和小說方面。在金諸宮調和宋雜劇的基礎上，元雜劇走向了成熟和繁榮。元代前期，便湧現出關漢卿、王實甫、白樸、馬致遠等戲曲大家。在宋人說話基礎上，元代小說也有了長足發展。小說話本與講史話本積累了豐富藝術經驗，為長篇小說的出現作好了準備。元末明初有《三國演義》和《水滸傳》問世。元代通俗文學的繁榮，形成了俗文學形態。俗文學形態以民間大眾為接受對象，必然迎合民間大眾的審美趣味。它們多寫愛情、公案、歷史、社會等題材，思想傾向多持民間立場，故事情節多追求新奇，語言運用多通俗平易。因為只有向民間價值觀念和審美趣味的傾斜，才能夠收到娛樂民間大眾的藝術效果。於是，在俗文學形態之內，產生出中國第三代文學觀念——文娛文學觀念。

俗文學賴以生存的經濟基礎，不是朝廷給予的俸祿和賞賜，而是文藝的商業化運營所帶來的利潤。因此，文娛文學觀念不同於文治文學觀念關注於文學的政治功能，也不同於文辭文學觀念關注於文學的文辭藝術，而它更多關注於文學的文化娛樂效果。《醉翁談錄》曰：「說國賊懷奸縱佞，遣愚夫等輩生嗔。說忠臣負屈銜冤，鐵心腸也須下淚。講鬼怪令羽士心寒膽戰，論閨

〔註56〕（元）鍾嗣成、賈仲明：《錄鬼簿正續編》，巴蜀書社1998年版，第78頁。
〔註57〕孫崇濤、徐宏圖：《青樓集箋注》，中國戲劇出版社1990年版，第43頁。

怨遣佳人綠慘紅愁。」〔註58〕可見注重說話的藝術魅力。關漢卿《四塊玉》云：「離了利名場，鑽入安樂窩，閒快活！」〔註59〕這種追求快樂的立場，也是文娛文學觀念的思想基礎。

應當看到，雖然元代是俗文學形態的盛期，但藝人多潛心於創作實踐，而很少闡述文藝觀念，文娛文學觀念更多體現在作品之中。由於傳統文學觀念根深蒂固，文娛文學觀念要進入文壇，也往往採用借殼上市的文化策略。如鍾嗣成要給「門第卑微，職位不振」的戲曲家立傳，便需要拉「聖賢之君臣，忠孝之士子」作鋪墊。〔註60〕馮夢龍要肯定通俗小說的價值，也需要請《六經》之類來幫忙〔註61〕。李開先推崇市井豔詞，也需要請《詩三百》爲陪襯〔註62〕。可見，在傳統文學觀念長期浸潤的社會內，文娛文學觀念只能在傳統觀念的夾縫間曲折生長；直至中國古代文學走向終結，它也沒有能夠占居文學觀念世界的主導地位。

明朝恢復了漢族統治，便要回歸民族文化。科舉制度更爲嚴密，八股制藝橫空出世，文人士子湧向仕途，傳統詩文身價飆升。於是，明代文壇呈現出雅俗競傳的局面：一方面，俗文學形態業已形成；另一方面，雅文學形態重獲生機。浸潤於雅文學與俗文學匯聚之中，明代文人既在傳統詩文領域舞文弄墨，也在戲曲小說方面引領風騷。雅俗文學相互滲透，文學觀念相互疊合，形成了比較複雜的文學面貌。

在詩文領域，復古成爲文壇的基調。開國文人之首的宋濂便倡導「宗經師古」，拉開了詩文復古的序幕。復古本來意在創新，而處於封建末世，明人缺乏創新的魄力。古代詩文曾經的榮耀，成了他們的精神包袱；他們不敢超越古人，文學創作縮手縮腳；只能一味模仿古人，復古最終竟成擬古。從「前七子」，到「唐宋派」，到「後七子」，競以模擬古人爲能事。所謂「文必秦漢，詩必盛唐」，「變秦漢爲歐曾」，只是學得了古人的皮毛，而完全脫離了現實生活，給文學發展帶來了消極影響。

〔註58〕（宋）羅燁：《醉翁談錄》，古典文學出版社 1957 年版，第 3～5 頁。

〔註59〕（元）關漢卿：《關漢卿集》，馬欣來輯校，山西人民出版社 1992 年版，第 436 頁。

〔註60〕中國戲曲研究院編：《中國古典戲曲論著集成》（二），中國戲劇出版社 1959 年版，第 101 頁。

〔註61〕（明）馮夢龍編：《醒世恒言》，顧學頡校注，人民文學出版社 1956 年版，第 863～864 頁。

〔註62〕（明）李開先：《李開先集》（上），路工輯校，中華書局 1959 年版，第 320 頁。

在戲曲領域，雅化成為審美潮流。元代戲曲家只是藝人身份，而明代戲曲家回歸文人地位。由文人來擺弄戲曲，雅化便蔚然成風。如戲曲初始，只有本色一家；文人參與其事，又有了文詞家一體。王驥德說：「大抵純用本色，易覺寂寥；純用文調，復傷琱鏤」；「本色之弊，易流俚腐；文詞之病，每苦太文。雅俗淺深之辨，介在微茫，又在善用才者酌之而已」〔註63〕。文詞家引雅入俗，將雅文學營養融入戲曲，便提升了戲曲的藝術水平。在這樣的基礎之上，產生出東方的莎士比亞——湯顯祖。明代戲曲的雅化，表現為俗文學與雅文學的交融，也包含著文娛文學觀念與文辭文學觀念的互滲。

在小說領域，理論批評勃然興起。明代小說的繁榮，促使人們思考認識。而認識的基礎，一是立足於傳統思想觀念，二是立足於小說文體特徵。對歷史小說，有重史傳信和重文傳奇兩種認識。重史者以歷史真實為本位，重文者以小說虛構為基礎。對《水滸傳》，也有強調思想旨意和強調小說藝術的兩個方面。李贄的評點著多眼於社會意義，而葉晝的評點多著眼於小說藝術。小說家的文學觀念往往雜糅交結。他們既有小說提供娛樂的思想，稱小說「無過消遣於長夜永晝，或解悶於煩劇憂態，以豁一時之情懷」〔註64〕；又有標榜道德教化，有俾世道人心，稱小說「欲天下之人，入耳而通其事，因事兒悟其義，……了然於心目之下，裨益風教，廣且大焉。」〔註65〕。不同的理論主張，既體現了小說藝術經驗的總結，也體現了傳統觀念向俗文學的延伸。

元明文學既市音喧嘩，又古範儼然，呈現出一種雅俗競傳的狀態。然而，雅文學脫離現實，恰似日薄西山；俗文學紮根生活，正如紅日初升。李贄以「童心」來論述文學，便點明了文學的核心。「童心」乃一「真」字——真性靈、真感情等，而「真詩只在民間」〔註66〕，俗文學連通著文學的精神血脈，包蘊著文學發展的無限生機。

六、藝論紛呈，觀念糅合

清朝是滿族貴族建立的中國最後的封建王朝。對於漢族知識分子，滿族統治者既要利用他們，又要防範他們，於是採取籠絡與鉗制兩種政治策略，

〔註63〕 中國戲曲研究院編：《中國古典戲曲論著集成》（四），中國戲劇出版社 1959 年版，第 122 頁。

〔註64〕 朱一玄：《明清小說資料選編》（上），齊魯書社 1990 年版，第 144 頁。

〔註65〕 朱一玄：《明清小說資料選編》（上），齊魯書社 1990 年版，第 77 頁。

〔註66〕 （明）李開先：《李開先集》（上），路工輯校，中華書局 1959 年版，第 320 頁。

將意識形態控制權緊緊抓在手裏。馬克思說：「統治階級的思想在每一個時代都是占統治地位的思想。這就是說，一個階級是社會上占統治地位的物質力量，同時也是社會上占統治地位的精神力量。」〔註67〕在現實政治空間的制約之下，中國古代不同的文學觀念，便以占統治地位的思想為取向而相互糅合，以利於服務封建王朝的統治。

文學服務於政治統治，文治文學觀念得以加強。清初，王夫之建立的文學理論體系，便以文治觀念為理論框架。他所謂的「文」，是人文之「文」，屬於廣義的「文」。他說：「文者，聖人之有所為也。天無為，物無為，野人安於為而不能為。」〔註68〕這裡指政教之文，強調聖人的文明教化。至於言辭之文，亦當服務於政教。他說：「君子之有文，以言道也，以言志也。道者，天之道；志者，己之志也。上以奉天而不違，下以盡己而不失。則其視文也，莫有重焉。」〔註69〕至乾嘉時期，章學誠作《文史通義》，也以文治觀念為理論基礎。他說：「立言與立功相準，蓋必有所需而後從而給之，有所鬱而後從而宣之，有所弊而後從而救之，而非徒誇聲音色彩以為一己之名也。」〔註70〕文辭從屬於事功，也即從屬於文治。在清代文學中，文學服務政治統治是無須證明的命題；在文治文學觀念之下，才談得上文辭藝術和文娛效果。

在文學創作的深厚基礎上，清代文辭文學觀念也得以具體深化，各種文體形成比較完整的理論體系。如作為後起之秀的小說與戲劇的理論，在清初便得以成熟興盛。金聖歎的小說評點，論述了小說的藝術特徵、性格塑造、情節結構、語言特點，做到具體而深刻，建立了系統的小說理論。後來的毛宗崗、張竹坡、脂硯齋，對之只能局部有所補益，而整體超很難越它。李漁的《閒情偶寄》，強調戲劇的特殊規律，論述了戲劇結構、語言要求、題材選擇、人物表演，而且論及戲劇導演，建立了完整的戲劇理論體系。

在傳統雅文學領域，有幾千年的藝術積累，使清人對詩、文、詞的認識得以深化，進而形成了完整的藝術理論。就詩歌而言，王夫之論情景融和，興觀群怨；葉燮論理、事、情與才、膽、識、力，可謂高屋建瓴，探索了詩歌創作、詩歌特徵、詩歌作用的藝術規律。其後，王士禎言神韻，沈德潛言

〔註67〕（德）馬克思、恩格斯：《德意志意識形態》，《馬克思恩格斯選集》（一），人民出版社1972年版，第52頁。

〔註68〕（清）王夫之：《詩廣傳》，中華書局1964年版，第74頁。

〔註69〕（清）王夫之：《讀通鑒論》，世界書局1936年版，第218頁。

〔註70〕（清）章學誠：《文史通義》，古籍出版社1956年版，第42頁。

格調，翁方綱言肌理，袁枚言性靈，他們從具體角度深化了對詩歌藝術的認識。就文章而言，戴名世論精、氣、神，闡述所以為文，開桐城派之先聲；方苞論義與法，探索古文藝術規律；劉大櫆論神氣、音節、文字，闡述文人之能事；姚鼐論義理、詞章、考據的統一，發展了桐城派理論。就詞體而言，清代為詞學中興時代，如雲間派、陽羨派、浙西派、常州派，詞派紛呈，琳琅滿目。各派的詞學認識多有不同，或標盛衰、或主創新、或崇雅正、或尚寄託，共同推進了詞的創作和詞學理論。至於王國維的「境界說」，更將詞學理論推向頂峰，可謂曲終奏雅。

文辭文學觀念下的文學創作經驗，經過清代文論家的不斷努力，已經提升至系統的藝術理論水平，顯示中國古代文學理論取得了巨大成績。然而，在封建專制統治的政治背景之下，文學創作必然受到政治意識形態的制約，而文辭文學觀念始終受到文治文學觀念的嚴重束縛。

伴隨俗文學形態而萌生的文娛文學觀念，在清代遭遇到了沉重的打壓。文學創作以娛樂為宗旨的認識，完全不能見容於封建專制統治。儘管俗文學需要博得民間大眾的喜愛，而作家也還得扯出道德教化帷幕來遮掩。如李漁的戲劇以商業運作為基礎，他說：「傳奇原為消愁設，費盡杖頭歌一闋。何事將錢買哭聲？反令變喜成悲咽。惟我填詞不賣愁，一夫不笑是吾憂；舉世皆成彌勒佛，度人禿筆始堪投。」〔註71〕然而，他又豈敢不顧道德教化而追求娛樂？故《香草亭傳奇序》曰：「情文具備而不軌乎正道，無益於勸懲，使觀者啞然一笑，而遂己者，亦終不傳。」〔註72〕不只戲劇、小說這樣社會影響大的俗文學樣式，連專門抒寫個人情感的小詞，也要「感慨所繫，不過盛衰」〔註73〕，即要求感情體現社會政治的內涵。將文娛觀念納入文治觀念框架，無疑窒息了文娛文學觀念。

由此可見，在清代的政治背景下，俗文學也納入了專制意識形態監控之下，文娛文學觀念只能在文治觀念框架內長期休眠，而沒有得到發展和成熟。文娛文學觀念的復蘇和成熟，要等到中國古代文學向現代文學轉型之後

〔註71〕（清）李漁：《笠翁傳奇十種》（上），《李漁全集》（四），浙江古籍出版社1991年版，第203頁。

〔註72〕（清）李漁：《笠翁一家言文集》，《李漁全集》（一），浙江古籍出版社 1991年版，第47頁。

〔註73〕（清）周濟：《介存齋論詞雜著》，顧學頡校點，人民文學出版社1959年版，第4頁。

才能實現。有清一代，不同文學形態同時共處，不同文學觀念相互糅合，造成了比較複雜的文學面貌。文治文學觀念處在政治上層而籠罩全局，文辭文學觀念處在文學中層而異彩紛呈；文娛文學觀念處在社會底層而默默無聲。不同文學觀念處於文學觀念世界的不同層次，在文學世界之內彼此碰撞，相互適應，相互滲透，相互糅合，從而造成文學理論藝采紛呈，觀念糅合的複雜局面。

中國古代文學的終結也同時宣告中國古代文學觀念成為了歷史。然而，應當看到，中國古代文學向現代文學的轉型，存在著內在與外在兩方面的原因。就外在原因而言，伴隨著西方列強的大炮而湧入的西方文化截斷了中國古代文學進程，為中國古代文學轉型提供了社會條件。王富仁說：「從鴉片戰爭至今的中國文化，沒有一次有實質意義的轉變不是在吸收西方文化的前提下實現的，沒有一次不把西方文化的原則作為自己變革的原則。」〔註74〕就內在原因而言，中國古代文學內部本來蘊藏著文學變革的力量。在中國古代文學世界中，被壓抑著的俗文學形態，以及俗文學形態下的文娛文學觀念，隨著商品經濟的發展，遲早會沖決封建政治藩籬，從而走向面向民間大眾的現代文學。在古代文學轉型的過程中，內在原因無疑是最根本的原因，外在因素只是促使這一進程更早到來而已。

所以，中國現代文學觀念並不完全是舶來品，也是融入了中國古代文學觀念的雜交品。近代中國的文學變革既批判了傳統文學觀念，如桐城派、文以載道、《毛詩序》；同時也吸收了傳統文學觀念，如六朝文辭觀念、明清性靈思想、民間文娛觀念。中國現代文學觀念是在批判繼承了中國古代文學觀念基礎上而形成的，忽略這些文化傳承的事實，顯然不符合歷史的真實。

〔註74〕王富仁：《對一種研究模式的置疑》，《佛山大學學報》1996 年第一期，第 9 頁。

第一章　禮樂仁德　郁郁乎文

一、中國詩論的誕生

朱自清先生稱：「詩言志」是中國詩論的「開山綱領」〔註 1〕，這個說法包含了兩個意思：一是它產生很早，二是它思想重要。因此，古代文論研究者一般都將「詩言志」作爲中國詩論的起點。「詩言志」最早見於《尚書·堯典》，《堯典》在記載「舜命夔典樂」時，提出了「詩言志」的看法。這說明了「詩言志」誕生於「典樂」之文化母體。因此，只有深入理解「典樂」所攜帶的文化信息，才能深入揭示「典樂」與「詩言志」的思想蘊涵，也才能顯示出中國詩論誕生的歷史面貌。

（一）《堯典》：遠古至秦漢的層累

《尚書》是中國第一部古史，《堯典》是《尚書》的第一篇。然而，《堯典》並不全是堯舜時代的產物，這早已成爲學術界的共識。探討《堯典》的形成，顧頡剛先生對於古史形成的論斷頗有借鑒價值。他說：「古史是層累地造成的。」〔註2〕其實，《堯典》何嘗不是層累地造成的。《堯典》的形成經歷了漫長的歷史過程，因而在它的上面攜帶著不同時代的文化信息。

關於《堯典》的形成，《尚書》學家已經有過詳細考證。蔣善國先生對《堯典》的形成便有具體闡述。他說：春秋人有記堯舜事者，說明當時堯舜事蹟頗有流傳；《墨子》引《書》很多卻沒有引《堯典》，而《孟子》是第一個引

〔註 1〕 朱自清：《詩言志辨序》，《詩言志辨》，華東師範大學出版社 1996 年版，第 9 頁。
〔註 2〕 顧頡剛：《我是怎樣編寫〈古史辨〉的》，《古史辨》（一），上海古籍出版社 1982 年版，第 17 頁。

《堯典》的，說明《堯典》成篇於墨子之後，孟子之前；《孟子》所引《堯典》的有些材料並不見於今本《堯典》，說明今本是在孟子之後又重新整編的，而這很有可能是秦博士所為。〔註3〕劉起釪先生的觀點與此接近。他說：《堯典》的內容可理解為由三部份組成，一是遠古素材，二是儒家思想，三是秦漢影響。〔註4〕可見，《堯典》是層累地造成的，它包含了不同時代的思想內容。

不加分析籠統地認定《堯典》產生時代，這種見解是不符合科學精神的。因此，對《堯典》材料進行具體分析就顯得格外重要。《堯典》哪些內容有遠古以來的傳說資料？哪些內容有儒家思想的文化印記？哪些內容有最後整編的時代色彩？弄清這些問題是揭示「典樂」與「詩言志」思想蘊涵的前提條件，也是認識中國詩論誕生歷史面貌的認識基礎。

《堯典》云：

> 帝曰：「夔！命汝典樂，教胄子。直而溫，寬而栗，剛而無虐，簡而無傲。詩言志；歌永言；聲依永；律和聲。八音克諧，無相奪倫，神人以和。」

> 夔曰：「於！予擊石拊石，百獸率舞。」〔註5〕

首先，「舜帝命夔掌管樂」這件事情，應該是遠古流傳的素材，不可能是後人嚮壁虛構的。「舜帝命夔掌管樂」是這則材料的核心事件。按照傳說的傳播規律，任何傳說都是圍繞著核心事件滾動堆垛而形成的，儘管滾動堆垛會有所增潤和變異，而核心事件往往接近事情本身。歷史與文獻的層累也是圍繞著核心事件展開的，而核心事件的傳述當距事情發生的時代不遠。因此，我們認為，「舜帝命夔掌管樂」這件事情的確存在，而且是非常古老的。

其次，夔的典樂方式也是非常古老的，它帶有著濃重的原始文化信息。面對舜帝的任命，夔的回答是：「於！予擊石拊石，百獸率舞。」這句話除了出現在《堯典》，也出現在《尚書·皋陶謨》與《呂氏春秋·古樂》之中。可見，這一句是個套語，很可能就是當時指揮樂舞的習慣套語，它相當於：「準備！打鼓了，跳舞了。」作為套語，它具有語言穩定性，它不因時代變化而變異，往往保持著古老的語言面貌，因而它所指稱的典樂方式同樣應該是非常古老的。

〔註3〕蔣善國：《尚書綜述》，上海古籍出版社1988年版，第168頁。
〔註4〕劉起釪：《尚書研究要論》，齊魯書社2007年版，第161頁。
〔註5〕陳戊國：《尚書校注》，嶽麓書社2004年版，第11頁。

王國維先生提倡二重證據法，他說：「吾輩生於今日，幸於紙上之材料外，更得地下之新材料。由此種材料，我輩固得而據以補正紙上之材料，亦得證明古書之某部份全爲實錄，即百家不雅馴之言亦不無表示一面之事實，此二重證據法惟在今日始得爲之。」〔註6〕結合文獻記載和考古發現的材料，也可以證明夔的典樂方式的確年代久遠。

譬如，「擊石拊石」乃是在擊打石磬。最早的樂器不是管、絃樂器，而是石質樂器，它在新石器時代就已經出現了。在山西夏縣東下馮夏代文化遺址，發現了至今年代最早的「石磬」，它的斜上方有一個懸掛用的圓孔，並有長期使用磨損的痕跡，測音音高爲#C，至今仍然能夠發出清脆嘹亮的聲音〔註7〕。

又如，「百獸率舞」是非常古老的氏族圖騰舞蹈。原始社會發展到母系氏族階段，人們產生了圖騰崇拜的宗教觀念。不同氏族以不同的動物作爲圖騰而加以信仰，反映在人們生活的各個方面。舞蹈是圖騰巫術儀式的重要形式，在圖騰舞蹈中，人們裝扮成各種不同的動物是可以理解的了。1973 年在青海大通縣上孫家寨一座甘肅馬家窯類型墓葬出土了一件繪有舞蹈紋飾的彩陶盆，經測定年代距今 5000 年至 5800 年，這是迄今爲止出土文物中可確定年代最古老的一幅原始舞蹈圖。〔註8〕在這幅舞蹈圖中，有三組舞者，一組五人，手挽著手，列隊起舞，舞姿優美，頭上有小辮，身後有尾巴。這很容易讓人聯想到原始社會「百獸率舞」的舞蹈場面。

（二）樂：從綜合至分化的軌跡

《堯典》彷彿是一個壓縮文件，只有在解壓之後才能顯示出它的豐富內容。這些內容凝結了漫長歷史過程的文化信息，它論述廣義的「樂」，其中主要包含三個方面：一是「樂」的形態，二是「樂」的目的，三是「詩」的性質。

所論「樂」的形態，保存有遠古的傳說，體現了原始時代之詩、樂、舞三位一體的綜合性藝術特徵。《堯典》之原始樂舞的綜合性特徵，也得到其他文獻材料的支持。《呂氏春秋·古樂》云：「昔葛天氏之樂，三人操牛尾，投足以歌八闋：一曰《載民》，二曰《玄鳥》，三曰《遂草木》，四曰《奮五穀》，五曰《敬天常》，六曰《建帝功》，七曰《依地德》，八曰《總禽獸之極》。」〔註9〕人們

〔註6〕 王國維：《古史新證總論》，《古史新證》，清華大學出版社 1996 年版，第 2 頁。
〔註7〕 吳釗：《中國音樂史略》，人民音樂出版社 1993 年版，第 4 頁。
〔註8〕 孫景琛：《中國舞蹈史》（先秦部份），文化藝術出版社 1983 年版，第 17 頁。
〔註9〕 （漢）高誘：《呂氏春秋注》，嶽麓書社 2006 年版，第 51 頁。

手執牛尾，踏足而歌，祈求圖騰、祖先、天地的保祐，希望五穀豐稔、牲畜興旺。這種載歌載舞的熱烈場面，與舜命夔典樂的情形相當一致。

然而，《堯典》所論「樂」的形態，也透露出原始樂舞的趨向解體，從而走向詩、樂、舞分途發展的信息。《堯典》云：「詩言志，歌永言，聲依永，律和聲，八音克諧」，「百獸率舞」。廣義的「樂」包含著詩、歌、聲、律、音、舞等不同層次的六種具體因素。其中詩是歌詞，歌是聲樂，音是器樂，聲是音階，律是半音，舞是舞蹈，它們共同組成一個藝術綜合體。表面上這是對廣義「樂」的內部因素的認識，而實質上透漏了廣義「樂」已經解體的信息。應該知道，文藝理論的認識總是晚於文藝實踐，《堯典》對廣義「樂」的具體因素有如此系統明晰的理論概括，說明這些具體因素已經從綜合藝術體中凸現了出來，從而詩、樂、舞的分途發展呼之欲出了。除詩、樂、舞之外，就狹義「樂」而言，《堯典》的分析也可謂精細：「歌永言，聲依永，律和聲，八音克諧。」這樣的分析沒有音樂理論的發展是根本作不到的。所以，這種理論認識的產生，時代當然不會很早，極有可能產生在周公制禮作樂之後，甚至也還有秦漢時期音樂理論高度成熟的影子。

綜上所述，《堯典》的材料既保存了廣義「樂」之詩、樂、舞三位一體的綜合性特徵，同時也透露了詩、樂、舞分途發展的跡象，它凝結了不同時代「樂」形態的信息，體現了廣義的「樂」由綜合進而分化的歷史軌跡。

（三）樂教：從宗教至政教的變遷

《堯典》論「樂」有兩個目的：一是「教胄子」，一是「神人以和」。前者是政教目的，後者是宗教目的，兩個目的表現著不同的價值取向，顯然不可能產生於同一個時代。一般而言，宗教目的產生在前，政教目的產生在後。

先說宗教目的。在原始社會中，由於的生產力水平還非常低下，人們還沒有能力控制和支配自然力。在強大的自然力面前，人們完全無能為力，只好把自然力想像為神，向它們頂禮膜拜，向它們獻媚討好，以祈求神們的保祐。在生產力水平非常低下的時期，人類與自然的矛盾是主要矛盾，人們企圖運用巫術手段，在想像、幻想中征服和支配自然力。遠古時代巫術文化中的娛神樂舞和祭神儀式，目的多在於調和人類與自然的矛盾，從而達到「神人以和」的宗教目的。殷商卜辭就有大量雩祭樂舞的記錄，如：「乎□舞，從

雨」〔註10〕;「今日奏舞,有從雨」〔註11〕。這些樂舞無非娛神祈願,求得風調雨順。毋庸置疑,「神人以和」曾經是樂舞的主要目的,這個認識是非常古老的,體現了原始宗教文藝觀的思想內涵。

再說政教目的。隨著人們生產力水平的提高,人們能夠逐步地控制和支配自然力,理性精神也終於衝破宗教迷霧而登上歷史前臺。於是,人們把目光從宗教領域移向了政教領域,便產生出對樂舞政教目的的認識。樂師典樂以「教冑子」,強調政治教化作用,這便是所謂「樂教」。通過樂教,培養貴族子弟正直而溫和,寬宏而莊嚴,剛正而不暴虐,平易而不傲慢的道德品質。《堯典》的這些論述,既是對樂舞教化作用的認識,同時也是對樂舞內容的政治要求。這種認識當是先秦理性精神的產物,與「神人以和」的認識有著本質的區別,體現了政教文藝觀的思想內涵。

從宗教文藝觀向政教文藝觀的變遷,這是一場巨大的思想變革。《禮記·表記》云:「殷人尊神,率民以事鬼,先鬼而後禮。周人尊禮尚施,事鬼敬神而遠之,近人而忠也。」〔註12〕在「尊神事鬼」的意識形態中,政教文藝觀是不可能產生的;而「尊禮近人」意識形態佔據了主導地位,才是政教文藝觀產生的思想基礎。所以,「教冑子」的樂舞目的,應該不會早於西周時期。西周的統治者非常重視樂教,讓大司樂專職以「樂」教育貴冑子弟,《周禮》明確記載道:「以樂德教國子:中、和、祗、庸、孝、友。以樂語教國子:興、道、諷、誦、言、語。以樂舞教國子:舞《雲門》、《大卷》、《大咸》、《大磬》、《大夏》、《大濩》、《大武》。以六律、六同、五聲、八音、六舞、大合樂,以致鬼神祗,以和邦國,以安賓客,以悅遠人,以作動物。」〔註13〕可見,以樂舞「教冑子」的認識應該是西周以來的思想。

當然,《周禮》、《禮記》都提到所謂五帝時代的樂教,稱為「成均」與「成均之法」。《玉海》引「《春秋繁露》云:『成均,均為五帝之學』。」〔註14〕《周禮》「大司樂」疏云:「堯以上當代學亦各有名,無文可知。但五帝總名成均,當代則各有別稱。」〔註15〕鄭玄曰:「均,調也。樂師主調其音」,而且「成

〔註10〕 郭沫若:《甲骨文合集》,中華書局2004年版,(前6.26.2)。
〔註11〕 郭沫若:《甲骨文合集》,中華書局2004年版,(前3.20.4)。
〔註12〕 王夢鷗:《禮記今注今譯》,天津古籍出版社1987年版,第700頁。
〔註13〕 林尹:《周禮今注今譯》,書目文獻出版社1985年版,第231頁。
〔註14〕 (宋)王應麟:《學校》,《玉海》(卷一一一),線裝書局2003年版。
〔註15〕 (清)阮元:《十三經注疏》,中華書局1980年版,第787頁。

均之法者，其遺禮可法者。」〔註16〕所言成均包含樂教，其傳統流傳於後世。其實，這些多是西周人以今測古的牽強附會，並不完全可信。

至於「教冑子」而要達到「直而溫，寬而栗，剛而無虐，簡而無傲」的道德要求，那完全是儒家思想的告白了，它的產生時代自然要更晚些。《皋陶謨》也提出所謂「九德」：「寬而栗，柔而立，愿而恭，亂而敬，擾而毅，直而溫，簡而廉，剛而塞，強而義。彰厥有常吉哉！」〔註17〕這些內容無論思想意蘊，還是語言形式，竟與《論語》非常接近。如《論語》云：「子溫而厲，威而不猛，孝而安」；「君子惠而不費，勞而不怨，欲而不貪，泰而不驕，威而不猛」。〔註18〕所以，這類記述當產生於《論語》之後，大約與《荀子》、《中庸》同時，這已經是戰國後期了。

《堯典》論「樂」的目的，反映了漫長歷史過程中文藝觀念的變遷。從「神人以和」到「教冑子」的認識，顯示了宗教文藝觀向政教文藝觀的質變，在中國文藝思想史上有著重要地位。

（四）詩：從記事到抒情的發展演進

《堯典》在論「樂」的話題中涉及到「詩」，並且提出了「詩言志」的觀點。一般對於「詩言志」的理解，便是「詩是表達心志的」，這個認識清楚說明了詩歌抒發情志的基本性質。

前面論到，《堯典》對廣義「樂」的具體因素有著系統明晰的理論概括，說明這些因素已經從綜合藝術體中凸現了出來，而詩、樂、舞的分途發展呼之欲出了。因此，「詩言志」的觀念絕不可能是舜帝時代的，這早已是學術界的共識了。

那麼，「詩言志」觀念究竟形成於何時？陳良運先生認為，「詩言志」觀念形成於秦漢之際。〔註19〕他提出：舜曰「詩言志」應當否定，其論據有三：一是「詩」字和「志」字都出現較晚，甲、金文字中都沒有「詩」和「志」，「志」出現在春秋時代，但多用在政治場合，尚未進入詩歌語言。二是據專家考證，《堯典》出現很晚，如陳夢家肯定今本《堯典》是秦代官本。三是孔子談詩從沒有引用過「詩言志」的話，孟子、荀子雖將「詩」與「志」聯繫起來，也沒有引用過「詩言志」。

〔註16〕（清）阮元：《十三經注疏》，中華書局1980年版，第787頁。
〔註17〕陳戍國：《尚書校注》，嶽麓書社2004年版，第18頁。
〔註18〕楊伯峻：《論語譯注》，中華書局1980年版，第77、201頁。
〔註19〕陳良運：《中國詩學體系論》，中國社會科學出版社1992，第34～48頁。

　　否定舜曰「詩言志」本來無庸置疑，進而而說「詩言志」觀念形成於秦漢之際，這個看法則有進一步推敲的必要：一是甲、金文字中沒有發現「詩」和「志」，尚不能就此斷言甲、金文字沒有「詩」和「志」；二是《堯典》即便是編定在秦代，而它也是掇拾秦代之前的舊聞而編成；三是孔子、孟子、荀子雖沒有引用過「詩言志」，可他們都表達過同樣的意思。譬如，孔子云：「吾以《葛覃》得敬初之志，民性固然」、「《蓼莪》有孝志」、「詩無隱志」〔註20〕，這些便都是「詩言志」的意思；而《左傳》有「詩以言志」〔註21〕，《孟子》有「以意逆志」〔註22〕，《莊子》有「詩以道志」〔註23〕，《荀子》有「詩言是其志也」〔註24〕。雖然他們的確沒有直接引用「詩言志」三字，而所表現的意思無疑又都是「詩言志」的觀念。所以，筆者以為，說「詩言志」觀念形成於秦漢之際顯然晚了，而它形成於西周時期則是完全可能的。

　　《堯典》「詩言志」反映了西周以來人們對詩歌性質的認識，而西周以前人們對詩歌性質的認識又是怎樣的呢？從「詩言志」的語言形式中，我們是否可以推測到一些更為古老的對詩歌性質認識的消息呢？對於這個問題，從語言學和文化人類學角度進行思考倒是蠻有意思的。

　　聞一多先生在《神話與詩》中說：「漢朝人每訓詩為志」，「志有三個意義：一記憶，二記錄，三懷抱。」〔註25〕這個概括是有訓詁根據的。「志」字在甲骨文中未見（「志」與「識」同源，「識」的本字應該是「𢝕」，而「𢝕」在甲骨文中倒是常見字），在金文中僅一見，作「𢖻」〔註26〕。從字形來看，從心從止，本義應該是停在心上，也就是藏在心裏。《荀子》曰，「志也者，臧（藏）也」〔註27〕，說的就是這個意思。藏在心裏的，可以是客觀事物，也可以是主觀情意。前者便有「記憶」、「記錄」義，後者便有「情意」、「志向」義。「志」的「記憶」、「記錄」義，在後世也一直沿用著。從音韻來看，「志」和「識」

〔註20〕黃懷信：《上海博物館藏戰國楚竹書〈詩論〉釋義》，中國社會科學出版社2004年版，第19、20、22頁。
〔註21〕楊伯峻：《春秋左傳注》，中華書局1981年版，第1135頁。
〔註22〕楊伯峻：《孟子譯注》，中華書局1988年版，第215頁。
〔註23〕曹礎基：《莊子淺注》，中華書局1985年版，第492頁。
〔註24〕梁啟雄：《荀子簡釋》，中華書局1983年版，第89頁。
〔註25〕聞一多：《神話與詩》，華東師範大學出版社1997年版，第184～185頁。
〔註26〕張政烺：《中山王𧻫壺及鼎銘考釋》，《古文字研究》（第一輯），中華書局1979年版，第208頁。
〔註27〕梁啟雄：《荀子簡釋》，中華書局1983年版，第294頁。

是同源字，之職對轉，而「識」正有「記憶」義，如「默而識之」。從文獻來看，《莊子》云：「《齊諧》者，志怪者也」〔註28〕；《論語》云：「博學而篤志」〔註29〕，「志」都是記錄、記憶的意思。在對「志」的字義梳理的基礎上，聞一多認爲，「這三個意義正代表詩的發展途徑上三個主要階段」〔註30〕。如此一來，最早的詩當是記憶、記錄的，它的性質不是抒情的，而是記事的。

楊樹達《積微居小學金石論叢》云：「𡳿、志、寺古音無二，(詩) 古文從言𡳿，言𡳿即言志也。篆文從言寺，言寺亦言志也。」〔註31〕用「言志」、「言寺」詮釋「詩」字，這與《說文解字》的釋字規則是一致的。《說文》云：「詠，歌也。從言永聲。」〔註32〕而《堯典》的「詩言志，歌永言」，正是一個重要佐證。原來，「詩言志」內竟隱藏著「詩，言志」、「詩，言寺」這樣的訓詁線索，從中可以探求到「詩」的本義，從而也可以領悟到對詩歌性質更古老的認識。

先說「詩，言志」。「志」的初義是記憶、記錄，它的詞性原是動名同體的。先秦詞彙有一個特點，就是動名同體。先秦古籍多稱古時流傳下來的典籍爲《志》，如《左傳》援引孔子話：「《志》有之：『言以足志，文以足言。』」〔註33〕《志》作爲一類典籍的名稱是非常古老的，如《夏志》、《周志》、《軍志》之類。那麼在產生這個事物的名詞之前，當然先有了形成這個事物的動詞。也就是先有了記憶、記錄的「志」，然後把記憶、記錄的結果命名爲《志》。我們不能因爲現存典籍中「志」字出現晚而否定「志」本來的古老含義。

把「志」理解爲動詞，那「詩，言志」的意思是：詩是用語言來記事的。其實，在文字產生以前，人們除結繩記事之外，主要依靠韻語來記事。因此，早期詩歌大多以記事爲主。在文字產生以前，世界各民族大多形成了敘述民族起源、記載歷史事件的史詩。由於漢字產生比較早，導致漢民族史詩沒有來得及在口頭流傳中形成豐富的情節和宏大的結構。然而，中國早期詩歌還是記錄

〔註28〕 曹礎基：《莊子淺注》，中華書局1985年版，第2頁。

〔註29〕 楊伯峻：《論語譯注》，中華書局1980年版，第200頁。

〔註30〕 聞一多：《神話與詩》，華東師範大學出版社1997年版，第185頁。

〔註31〕 楊樹達：《釋「詩」》，《積微居小學金石論叢》，上海古籍出版社2007年版，第21頁。

〔註32〕 (漢) 許慎：《說文解字》，中華書局1963年版，第53頁。

〔註33〕 楊伯峻：《春秋左傳注》，中華書局1981年版，第1106頁。

了祖先活動的事蹟。如《詩經》中《生民》、《公劉》、《緜》、《皇矣》、《大明》，便記載了周民族發祥的傳說和史蹟。我們認為，「詩，言志」的確透露了早期詩歌用語言記事的消息。當然，隨著文字的產生和發展，韻語記事便逐步讓位於文字記事，所謂「詩言是其志也，書言是其事也」〔註34〕。詩、書分工，文字承載了記事功能，詩歌便淡出記事，突出了抒發懷抱的功能。

再說「詩，言寺」。詩，從言從寺，作會意理解，那就是「寺人之言」。寺人，古代宮廷侍御小臣〔註35〕，很類似於薩滿教中的薩滿，他們在宗教活動中擔任祭司，如同「巫覡」一樣。《說文》云：「巫，祝也。女能事無形，以舞降神者也。象人兩袖舞形。覡，能齋肅事神明者。在男曰覡，在女曰巫。」〔註36〕巫覡側重於舞，而寺人側重於言。這種現象在周代尚有遺存，如《巷伯》之「寺人孟子，作為此詩」〔註37〕。可見，寺人作詩由來以久。可以想見，在原始巫術樂舞中，作為祭司的寺人自然要念念有詞，這便是原始祭祀詩歌，如《禮記·郊特性》云：「土反其宅，水歸其壑，昆蟲毋作，草木歸其澤。」〔註38〕在祭祀祖先的樂舞中，祭司也要唱出祖先的艱辛和民族的歷史，這便是民族史詩。如此看來，詩曾經是寺人之言，也是無可懷疑的歷史事實。

「詩，言志」是從詩歌性質而言，說明原始詩歌的敘事特徵；「詩，言寺」是從表達主體而言，說明原始詩歌的宗教特徵，它們從不同方面透露了古老詩歌的文化信息，對於深入理解原始詩歌的產生和發展具有重要意義。

後來，儒家從政教本位出發，對「詩言志」加以政治的限定，「志」被解釋為合乎禮教規範的思想，而「情」被視為與禮教規範對立的私情，從而導致加濃了「志」的理性色彩而淡化了感性色彩，於是出現「言志」與「緣情」的對立。然而，「志」與「情」都是人的主觀情志，「言志」與「緣情」的對立完全是政治觀念下的人為割裂。《毛詩序》云：「詩者，志之所之也，在心為志，發言為詩，情動於中而形於言。」〔註39〕便已經認識到情與志的深刻聯繫；而唐代孔穎達更明確提出：「在己為情，情動為志，情志一也。」〔註40〕

〔註34〕梁啓雄：《荀子簡釋》，中華書局1983，第89頁。

〔註35〕袁梅：《詩經譯注》，齊魯書社1982，第585頁。

〔註36〕（漢）許慎：《說文解字》，中華書局1963，第100頁。

〔註37〕袁梅：《詩經譯注》，齊魯書社1982，第583頁。

〔註38〕王夢鷗：《禮記今注今譯》，天津古籍出版社1987，第344頁。

〔註39〕（漢）毛公傳、鄭玄箋、唐孔穎達等正義：（十三經注疏）《毛詩正義》，上海古籍出版社1990，第13頁。

〔註40〕（唐）孔穎達：《春秋左傳正義》，上海古籍出版社1991年版，第891頁。

他把情與志統一了起來，擴大了「詩言志」的表現範圍，在文學思想上自然是一個進步。

「詩言志」包含了豐富的文化內涵，從隱性的記事性質和宗教性質，發展到顯性的抒情性質，深刻揭示了詩歌演進的歷史軌跡；而後世對「詩言志」的理解，也反映了文學思想間的複雜關係。

綜上所述，《堯典》是層累地造成的文本，它攜帶了漫長歷史過程的文化信息，包含著豐富深刻的思想內涵，從綜合到分化的歷史軌跡，從宗教到政教的思想變遷，從記事到抒情的性質演進，掀開了中國詩論誕生的歷史帷幕，在文學思想史上具有非常重要的地位。

二、儒家詩論的發軔

儒家詩論發軔於孔子和孟子。對於《詩》的態度，孔子重在實用，因而關注《詩》的外在作用；孟子重在解讀，因而關注《詩》的內在詩意。從孔子的「用詩」到孟子的「解詩」，反映了早期儒家詩論的具體狀態。

（一）孔子的「用詩」

孔子（前 551～前 479），名丘，字仲尼，魯國陬邑（今山東曲阜）人。他創立了儒家學派，成為著名的思想家和教育家。孔子對《詩》的論述，開啓了儒家對文學的理論認識。在禮崩樂壞的春秋末期，孔子開始了私家講學，而《詩》是重要的教材之一。《論語》記載了孔子給弟子們講解《詩》的一些言論，反映了孔子對《詩》的理解和態度，這些論述奠定了儒家文學思想的基礎。

孔子論《詩》，特別關注它的政治實用功能。當然，這個視角並不是孔子主觀設定的，而是春秋時代文化背景下的必然選擇。春秋時代，在政治外交場合有「賦詩言志」的文化慣例，所謂「春秋觀志，諷誦舊章，酬酢以爲賓榮，吐納而成身文」〔註41〕。「賦詩言志」只是就詩中的某種思想，某句意思來象徵性地表明賦詩者的用意。賦詩者往往不顧詩的原義，所謂「賦詩斷章，余取所求焉」〔註42〕。而聽詩者的理解也並不在乎字面意思，而只是領會弦外之音。「賦詩言志」的現象綿延了近一百五十多年，僅《左傳》記載下來的

〔註41〕陸侃如、牟世金譯注：《文心雕龍譯注》，齊魯書社 1995 年版，第 138 頁。
〔註42〕楊伯峻：《春秋左傳注》，中華書局 1981 年版，第 1145～1146 頁。

就有 58 首 69 次之多。在當時，「賦詩言志」顯示著人們的文化水平和政治能力，如果缺乏了這些文化素質，那是非常尷尬的事情。處在這樣的文化背景之下，孔子論《詩》自然採取實用主義態度。

孔子說：「不學《詩》，無以言。」〔註 43〕便以《詩》為政治外交交流的語言工具，他要求弟子們學《詩》，就是要他們掌握這個語言工具。當然，對工具的評價重在效用；如果工具沒有了實際效用，那就失去了工具價值。因此，孔子又說：「誦《詩》三百，授之以政，不達；使於四方，不能專對。雖多，亦奚以為？」〔註 44〕這正暴露他對《詩》的真實態度。原來他肯定《詩》不在於《詩》本身，而在於《詩》的政治效用。其實，對文學的這種態度是很不牢靠的，一旦文學不能滿足他所期望的政治效用，他完全可能毫不猶豫地否定了文學。

一般認為，儒家肯定文學，而法家否定文學，他們對文學的態度似乎水火不容。其實，從他們的出發點看來，又都是從政治角度立論的。法家從政治出發，認為文學有害於政治，所以否定文學。商鞅把包括《詩》、《樂》在內的儒家典籍稱為「六蝨」，他說：「農戰之民千人，而有《詩》、《書》辯慧者一人焉，千人者皆怠於農戰矣。農戰之民百人，而有技藝者一人焉，百人者皆怠於農戰矣。」認為這些東西使使國家「必貧至削」，在政治上危害極大〔註 45〕。韓非更提出：「燔《詩》、《書》而明法令」〔註 46〕，主張「無書簡之文，以法為教；無先王之語，以吏為師」〔註 47〕，從根本上否定文學。在這種思想指導下，秦始皇終於做出「焚書坑儒」的決策，從而造成中國歷史上的一場文化浩劫。

對於不利於自己政治的文學，儒家的態度又怎樣呢？孔子說：「攻乎異端。」〔註 48〕又說：「放鄭聲，遠佞人；鄭聲淫，佞人殆。」〔註 49〕據《荀子》記載：「孔子為魯攝相，朝七日而誅少正卯」〔註 50〕。這種態度與法家的態度

〔註 43〕楊伯峻：《論語譯注》，中華書局 1958 年版，第 178 頁。
〔註 44〕楊伯峻：《論語譯注》，中華書局 1958 年版，第 135 頁。
〔註 45〕（戰國）商鞅：《商君書》，上海人民出版社 1974 年版，第 12 頁。
〔註 46〕陳奇猷校注：《韓非子集釋》，上海人民出版社 1974 年版，第 239 頁。
〔註 47〕陳奇猷校注：《韓非子集釋》，上海人民出版社 1974 年版，第 1067 頁。
〔註 48〕楊伯峻：《論語譯注》，中華書局 1958 年版，第 18 頁。
〔註 49〕楊伯峻：《論語譯注》，中華書局 1958 年版，第 164 頁。
〔註 50〕北京大學《荀子》注釋組：《荀子新注》，中華書局 1979 年版，第 476 頁。

相比，似乎也只有量的差別，而沒有質的不同。所以，儒家、法家對待文學的態度，究其實質只是五十步笑百步而已。所以，儒家、法家對待文學的態度，表面似乎不同，而實質驚人相似。從政治視角看待文學，是一種政治本位的文學觀。這樣的文學觀，在儒家、法家的共同推動下，深深紮根於中國早期文學，使之成爲中國文學的穩定基因，制約著中國文學的價值取向，形成了中國文學的政治化傳統。

對於文學政治效用的認識，除了語言操作層面的效用，孔子更重視思想道德層面的效用。孔子集政治家、教育家、思想家於一身，他用《詩》來教育弟子們，其目標乃是「修身、齊家、治國、平天下」〔註51〕。這就使他對《詩》的認識超越了語言操作的表層，而進入至道德思想深層。他說：「興於詩，立於禮，成於樂。」〔註52〕又說「女爲《周南》、《召南》乎？人而不爲《周南》、《召南》，取猶正牆面而立也與？」〔註53〕這是說《詩》用於修身。他說：「小子何莫學夫《詩》？《詩》可以興，可以觀，可以群，可以怨。邇之事父，遠之事君，多識於鳥獸草木之名。」〔註54〕「興觀群怨」歸結爲「邇之事父，遠之事君」，這是說《詩》用於齊家、治國。孔子突出了《詩》的道德思想價值，因而在「賦詩言志」消歇之後，《詩》仍然是儒家思想教育的範本。

孔子既重視《詩》的語言操作，更重視《詩》的思想價值，在這種政治實用態度之下，他闡述了一些具體的文學觀點。

其一，「思無邪」。從政治實用角度出發，重視《詩》的思想價值，必然將文學內容放在首位。文學內容是什麼？它就是文學所表現的思想感情。孔子繼承「詩言志」的傳統，論《詩》注重作品所表達的心志。就《論語》看，孔子論《詩》具體分析比較少。而《上海博物館藏戰國楚竹書》的《孔子論詩》則提供了孔子具體分析詩篇內容的嶄新材料。如《葛覃》寫女子歸寧父母：「言告師氏，言告言歸。薄污我私，薄澣我衣。害澣害否，歸寧父母」，孔子稱「吾以《葛覃》得敬初之志，民性固然」，強調詩篇表達的敬初歸本的親情；又如《蓼莪》寫孤兒悼念父母：「父兮生我，母兮鞠我。拊我畜我，長

〔註51〕陳戊國：《禮記校注》，嶽麓書社2004年版，第485頁。
〔註52〕楊伯峻：《論語譯注》，中華書局1958年版，第81頁。
〔註53〕楊伯峻：《論語譯注》，中華書局1958年版，第185頁。
〔註54〕楊伯峻：《論語譯注》，中華書局1958年版，第185頁。

我育我。顧我覆我，出入腹我。欲抱之德，昊天無極」，孔子稱「《蓼莪》有孝志」，強調詩篇表達的一片孝心。

　　孔子重視文學內容，關注它們可資利用的思想道德資源。他論《詩》往往超越具體內容而作出抽象概括。他說：「《詩三百》，一言以蔽之曰：思無邪。」〔註55〕這是對文學內容的總體認識。《孔子論詩》也有這樣的論述，如：「《頌》平德也」；「《大雅》，盛德也」；「〔《小雅》□德〕也，多言難而怨懟者也，衰也，小矣」；「《邦風》其納物也博，觀人俗焉，大斂材焉」〔註56〕。這些都是超越了詩歌具體內容而作出的政治概括。

　　關於「思無邪」，還有一個疑難問題。孔子說：「《詩》三百，一言以蔽之曰：思無邪！」傳統解釋「思無邪」為思想純正，看來也存在著疑問。「思無邪」原是引用《魯頌‧駉》的成句。《駉》是讚美魯僖公養馬眾多的詩，詩有四節，四節結尾分別是：「思無疆，思馬斯臧」、「思無期，思馬斯才」、「思無斁，思馬斯作」、「思無邪，思馬斯徂」。思，為語首助詞。按《詩經》重章，無疆、無期、無斁、無邪，它們的意思應該接近，都是廣博而沒有邊際的意思，用來讚美魯僖公駿馬眾多。魯僖公公元前 659～626 年在位，而孔子公元前 551～479 年在世，孔子的活動時期距魯僖公在位只有百十年，他對《魯頌‧駉》當然不至於發生理解錯誤。合理解釋當是：「《詩》三百，一言以蔽之曰：太廣博啦！」除此之外，尚有兩條證據：一是，用孔子思想衡量《詩經》作品，並不都是思想純正的。《鄭風》、《衛風》的情詩不必說，楚簡《孔子詩論》便說：「〔《相鼠》〕言惡而不憫，《牆有茨》慎密而不知言」，「《小旻》多疑矣，言不中忠志者也」〔註57〕，都明確表示對作品內容的不滿。聞一多《詩經的性欲觀》一文也說：「認清了《左傳》是一部穢史，《詩經》是一部淫詩，我們才能看到春秋時代的真面目。……我們應該驚訝的，倒是《詩經》怎麼沒有更淫一點！」〔註58〕二是，楚簡《孔子詩論》曰：「《邦風》其納物也博，觀人俗焉，大斂材焉」。「納物也博」、「大斂材」正說明《詩經》內容廣博特點，與「思無邪」的本義恰好相互印證。當然，在「賦詩言志」的時代，人

〔註55〕楊伯峻：《論語譯注》，中華書局 1958 年版，第 11 頁。

〔註56〕黃懷信：《上海博物館藏戰國楚竹書〈詩論〉釋義》，中國社會科學出版社 2004 年版，第 21 頁。

〔註57〕黃懷信：《上海博物館藏戰國楚竹書〈詩論〉釋義》，中國社會科學出版社 2004 年版，第 20 頁。

〔註58〕李定凱編校：（聞一多學術文鈔）《詩經研究》，巴蜀書社 2002 年版，第 25 頁。

們又是可以斷章取義的。即便將「思無邪」理解爲「思想純正」，即便不符合詩篇本義，也應該是被允許的。雖說「思無邪」的傳統解釋未必完全概括《詩三百》，而它確實體現了孔子的政治價值取向。

其二，「辭達」。孔子重視文學內容又不忽視文學形式。他說：「不學《詩》，無以言。」《詩》是以語言形式表現的，用《詩》也是以語言形式操作的；沒有無形式的內容，忽視文學形式便無法使用文學內容。所以，孔子不忽視文學的言辭形式，又不過份強調言辭形式。只說：「辭達而已矣！」〔註59〕言辭達意即可，而不能走得太遠。

對於文學內容與文學形式的關係，孔子採取一種中庸的態度。他說：「質勝文則野，文勝質則史。」文采不足就顯得粗野，文采過份又顯得浮華，他所希望的是「文質彬彬，然後君子」〔註60〕。對《韶》、《武》的評論，也體現了這種態度。「子謂《韶》，盡美矣，又盡善也。謂《武》，盡美矣，未盡善也。」〔註61〕善是衡量內容的尺度，美是衡量形式的尺度，而「盡善盡美」則是內容和形式的完美統一。孔子這樣理解文學內容和形式的關係，是非常切實而穩妥的，即使在任何時代也都能站得住腳。

其三，「興觀群怨」。從政治實用出發，文學的政治效用便成爲孔子詩論的立足點。他論「詩無邪」，論「辭達」，最終都須落實到政治效用上。孔子說：「小子何莫學夫《詩》？《詩》可以興，可以觀，可以群，可以怨。邇之事父，遠之事君，多識於鳥獸草木之名。」其中，「多識於鳥獸草木之名」是說《詩》的知識性，這可以置而不論；「興觀群怨」，是說文學發揮社會作用的具體方式；「事父事君」才是文學作用社會的最終目的。「事父事君」的實質，自然是維護宗法秩序，也就是他津津樂道的「克己復禮」。《詩》通過「興觀群怨」的具體方式，才能達成孔子的政治目的。

對於「興觀群怨」，後世有各種解釋，而只有理解孔子的用詩背景和用詩目的，才能做出符合孔子本意的解釋。所謂「興」，孔安國注：「興，引譬連類。」〔註62〕這是說《詩》可以由此及彼，引發聯想。其實，引發聯想乃是「賦詩言志」的心理前提，《詩》如果不能由此及彼而引發聯想，那「賦詩言

〔註59〕楊伯峻：《論語譯注》，中華書局1958年版，第170頁。
〔註60〕楊伯峻：《論語譯注》，中華書局1958年版，第61頁。
〔註61〕楊伯峻：《論語譯注》，中華書局1958年版，第33頁。
〔註62〕（魏）何晏集解、（梁）皇侃義疏：《論語集解義疏》，中華書局1985年版，第245頁。

志」也就無法進行了。《詩》爲什麼能夠「引譬連類」？這與它具體形象的特徵有關。《孔子詩論》云：「其隱志必有以諭也。」是說詩人之志必須通過具體形象的事物來表達。如：「《關雎》以色喻於禮」；《木瓜》「因木瓜之報以諭其願者也」〔註63〕。這是說小夥子的懂禮通過淑女之色，大姑娘的娟美通過木瓜之報得以表現出來。一個「喻（諭）」字，概括了詩歌的藝術特徵。然而，不能因此認爲孔子已經領會到藝術聯想的眞諦。其實，孔子對詩歌引發聯想只是一種政治利用。所謂「可以興」，只是政治實用的理解，而不是詩歌藝術的理解。他在「賦詩言志」政治操作聯想的基礎上，又將聯想運用到道德修養方面來。他說「興於詩」便是用《詩》來修身，進而闡發政治思想，這才是孔子用詩聯想的最高境界。

《論語》記載兩則孔子與弟子論《詩》的材料，可以幫助理解「《詩》可以興」的意蘊。一是《學而》：

> 子貢曰：「貧而無諂，富而無驕，何如？」子曰：「可也；未若貧而樂，富而好禮者也。」子貢曰：「《詩》云：『如切如磋，如琢如磨』，其斯之謂與？」子曰：「賜也，始可與言《詩》已矣，告諸往而知來者。」〔註64〕

二是《八佾》：

> 子夏問曰：「『巧笑倩兮，美目盼兮，素以爲絢兮。』何謂也？」子曰：「繪事後素。」曰：「禮後乎？」子曰：「起予者商也！始可與言《詩》已矣。」〔註65〕

在這兩則材料中，孔子所激賞的正是一種對《詩》的政治道德聯想。「如切如磋，如琢如磨」，本是《衛風·淇奧》的詩句，原是讚美一個男子的文采風流，而這裡卻聯想到「貧而樂，富而好禮」的道德境界。「巧笑倩兮，美目盼兮」，本是《衛風·碩人》的詩句，原是讚美莊姜夫人的美貌，而這裡卻聯想到繪畫之先素後彩，進而聯想到爲人之先仁後禮。這種聯想顯然不是藝術聯想，而是把人們從詩歌藝術中引開，從而強行附會到政治道德方面。這裡除了理性的推悟之外，絲毫沒有情緒感興的影子。如此解詩，乃不可以言詩已矣！由此可見，政治本位文學觀對文學的束縛和危害是不可低估的。

〔註63〕黃懷信：《上海博物館藏戰國楚竹書〈詩論〉釋義》，中國社會科學出版社2004年版，第19、20頁。
〔註64〕楊伯峻：《論語譯注》，中華書局1958年版，第9頁。
〔註65〕楊伯峻：《論語譯注》，中華書局1958年版，第25頁。

所謂「觀」，包括兩層意思：一是觀人志。《漢書‧藝文志》稱「古者諸侯卿大夫交接鄰國，以微言相感，當揖讓之時，必稱《詩》以諭其志」〔註66〕。在賦詩者是「賦詩言志」，在聽詩者便要「聽詩觀志」。《左傳‧襄公二十七年》記載晉國趙孟請鄭國七位大夫賦詩，稱「以觀七子之志」〔註67〕。孔子教《詩》用於通達政事，應對諸侯，自然也具有「觀人志」的意思。二是觀民俗。《漢書‧藝文志》稱「古有采詩之官，王者所以觀風俗，知得失，自考正也」〔註68〕，說明觀民風民俗，是有詩以來就有的用詩思想。《孔子論詩》也云：「《邦風》其納物也博，觀人俗焉。」〔註69〕「觀人俗」即「觀民俗」，孔子「可以觀」也具有這個意思。

早在孔子七歲的時候，吳公子季札曾到魯國「觀於周樂」。《左傳‧襄公二十九年》記載了這件事情：「吳公子札來聘……請觀於周樂。使工為之歌《周南》《召南》，曰：美哉，始基之矣，猶未也。然勤而不怨矣！……為之歌《小雅》，曰：美哉，思而不貳，怨而不言，其周德之衰乎？猶有先王之遺民焉。為之歌《大雅》，曰：廣哉，熙熙乎！曲而有直體，其文王之德乎？為之歌《頌》，曰：至矣哉！」〔註70〕他通過詩樂的思想藝術特徵來探討各地的民情風俗和政治盛衰，認識到了詩歌藝術與現實政治的密切關係。可見，觀民俗的用詩思想源遠流長。

所謂「群」，主要指《詩》的溝通作用。有人釋為「群居相切磋」，雖未必準確，而大意存焉。早在儀式歌詩的時代，正是通過《詩》的演奏來聯絡宗族感情，增進君臣團結。到了賦詩言志的時代，《詩》是政治外交專用語言，也起著思想溝通的作用。所以，從歌詩到賦詩，雖然用詩方式發生了變化，而《詩》始終發揮著重要的溝通作用。

所謂「怨」，有釋為「怨刺上政」，這是有道理的。《國風》、《小雅》中有許多表達對統治者不滿的作品，《孔子詩論》也談到這一點。有人問孔子曰：「《詩》，其猶平門，與賤民而舒之，其用心也將何如？」孔子回答說：「《邦

〔註66〕（漢）班固：《漢書》中華書局 1964 年版，第 1755 頁。
〔註67〕楊伯峻：《春秋左傳注》，中華書局 1981 年版，第 1134 頁。
〔註68〕（漢）班固：《漢書》中華書局 1964 年版，第 1708 頁。
〔註69〕黃懷信：《上海博物館藏戰國楚竹書〈詩論〉釋義》，中國社會科學出版社 2004 年版，第 21 頁。
〔註70〕楊伯峻：《春秋左傳注》，中華書局 1981 年版，第 1161 頁。

風》是也。」〔註71〕是說《國風》具有舒解民怨的功能。又云：《小雅》「多言難而怨懟者也，衰也，小矣。」〔註72〕同樣說《小雅》也有抒發怨懟的政治功能。

「興觀群怨」，將文學的社會作用講的很全面了，可以說達到了當時人們文學認識的高峰。這些作用又都指向一個目的，即「邇之事父，遠之事君」，歸根結底文學是爲政治服務的。

（二）孟子的「解詩」

孔子爲儒家詩論發軔，確立了儒家政治本位的文學觀。然而，時移世易進入戰國時代，「賦詩言志」風氣已經消歇，人們多在議論中引詩明理。隨著用詩方式的變化，人們對《詩》的關注便由外在效用轉移到內在詩義上來。從用詩到解詩，完成這個轉變的是孟子。

孟子（前372～前289年），名軻，字子輿，鄒國人。他繼承孔子的思想，成爲戰國中期儒家代表人物。處在戰國中期，用詩方式從賦詩言志轉爲引詩明理，孟子便可以擺脫孔子的用詩態度了。賦詩言志允許斷章取義，而引詩明理必須深諳詩義。所以，孟子非常不滿意人們對詩義的曲解，因而提出解詩的方法，從文學解讀方面發展了儒家的文學思想。

孟子提出的解詩方法有三點：

其一，「以意逆志」。

《孟子·萬章下》云：

咸丘蒙曰：「舜之不臣堯，則吾既得聞命矣。《詩》云：『普天之下，莫非王土；率土之濱，莫非王臣。』而舜既爲天子矣，敢問瞽瞍之非臣如何？」

曰：「是詩也，非是之謂也。勞於王事，而不得養父母也。曰：『此莫非王事，我獨賢勞也。』故說詩者，不以文害辭，不以辭害志；以意逆志，是爲得之。如以辭而已矣，《雲漢》之詩曰：『周餘黎民，靡有孑遺。』信斯言也，是周無遺民也。」〔註73〕

〔註71〕黃懷信：《上海博物館藏戰國楚竹書〈詩論〉釋義》，中國社會科學出版社2004年版，第22頁。

〔註72〕黃懷信：《上海博物館藏戰國楚竹書〈詩論〉釋義》，中國社會科學出版社2004年版，第21頁。

〔註73〕（清）焦循：《孟子正義》，中華書局1987年版，第637～641頁。

咸丘蒙錯誤理解《小雅‧北山》的「普天之下，莫非王土；率土之濱，莫非王臣。」在「賦詩言志」時代，這本是很正常的情況，而戰國時代孟子就對此不能容忍了。他明確反對「斷章取義」，提出理解作品的要求。他說：「故說詩者，不以文害辭，不以辭害志；以意逆志，是爲得之。」文是文字，辭是言辭，志是志意，解說詩篇，關鍵在於理解詩人的志意，即詩篇的整體含義。文字、言辭組成篇章，顯示著詩人的志意；而割裂篇章整體，片面理解文字、言辭，又足以妨害對詩篇的理解。如將「周餘黎民，靡有孑遺」理解爲「周無遺民」，便是「以文害辭」；將「普天之下，莫非王土；率土之濱，莫非王臣」理解爲舜臣瞽瞍，便是「以辭害志」。孟子提出「以意逆志」，就是以讀者之心意去追尋詩人之心志。只有發揮讀者的能動作用，通過文字和言辭，從整體去體悟詩篇，才能領悟詩人之志意。孟子的解《詩》，突破斷章取義，強調整體意蘊，重視讀者體悟，可以說找到了解讀詩歌的正確方法。

其二，「知人論世」。

讀者要追尋詩人之志意，除了理解文字、言辭，還要研究詩人和他的時代。孟子謂萬章曰：「一鄉之善士，斯友一鄉之善士；一國之善士，斯友一國之善士；天下之善士，斯友天下之善士。以友天下之善士爲未足，又尚論古之人。頌其詩，讀其書，不知其人，可乎！是以論其世也：是尚友也。」〔註74〕這便是「知人論世」的研究方法。

詩篇表達詩人之志，而詩人之志是詩人主體精神的產物，也是詩人所處時代的產物，不深入瞭解詩人和詩人所處的時代，便不能走進詩人的精神領地。所以，「知人論世」是解讀詩歌的重要條件。孟子認識到詩篇是詩人思想感情的表現，詩人的思想感情又離不開具體的社會環境。他從詩人與時代的統一中，去深入理解詩篇含義，這是非常深刻的思想見解。

其三，「養氣知言」。

解讀詩篇，理解詩人，讀者也需要具備相應的條件。如果讀者缺乏相應的精神境界，那是很難解讀具有複雜內涵的文學作品的。《公孫丑上》云：

> 「敢問夫子惡乎長？」曰：「我知言，我善養吾浩然之氣。」「敢問何謂浩然之氣？」曰：「難言也。其爲氣也，至大至剛，以直養而無害，則塞於天地之間。其爲氣也，配義與道。無是，餒也。是集義所生者，非義襲而取之也。行有不慊於心，則餒矣。……」「何謂

〔註74〕 （清）焦循：《孟子正義》，中華書局1987年版，第725～726頁。

知言？」曰：「詖辭知其所蔽，淫辭知其陷，邪辭知其所離，遁辭知

其所窮。……」〔註75〕

「知言」，其實就是全面深刻地理解作品，即「詖辭知其所蔽，淫辭知其所陷，邪辭知其所離，遁辭知其所窮」，表現出讀者對語言作品的深刻洞察力。怎樣才能達到這種能力呢？讀者自身修養是不可缺少的。因為井底之蛙不知東海之闊，雀燕小鳥不知鴻鵠之志。只有讀者具備了浩然之氣，才能準確地解讀語言作品。孟子提倡「養氣」，不僅是「知言」的前提，也是「發言」的前提，有浩然之氣言辭才能理直氣壯。所以，「養氣」說具有文學接受與文學創作的雙重價值。

孟子提出的解《詩》方法，豐富了儒家的詩論，對文學批評影響深遠，具有重要的理論價值。儒家詩論從孔子用《詩》到孟子解《詩》，從關注詩歌外在效用轉為關注詩歌內在詩義，其實質還是為了更好的發揮文學的社會作用，而這在荀子那裡得到了更深刻的體現。

三、道家的言象道論

道家主張「道不可言」，自然對文學持反對的態度，而他們的一些認識卻對文學理論產生了深遠影響。這是怎麼一回事呢？要弄清這個問題，還要先從老子說起。

（一）老子的「大象」

老子，（？前571～？），姓老，名聃，陳國人。陳國後為楚國所滅，故也說他是楚國人。或說老子姓李，名耳，當是後起說法。春秋之前無李姓。老、李一聲之轉，古音相同，後世以「老」為「李」；「耳」與「聃」義府相同，古人寫字尚簡，常寫一半代全字，它們當是同一字；故李耳就是老聃。老子曾任周守藏室之史（又稱徵藏史、柱下史），掌管國家的圖書文獻，以及禮儀占卜等事。史官是個世襲職位，可見他出身於史官世家，從小在東周洛陽生活，接受了很好的教育，熟悉歷史文獻，後承父業做了史官。

老子是道家學派的創始人，他奠定了道家哲學的基礎。他的思想影響於文學理論，主要是他對「大象」的論述。

老子從根本上反對人類精神文化。他說：「大道廢，有仁義。智慧出，有

─────────────

〔註75〕（清）焦循：《孟子正義》，中華書局1987年版，第199～209頁。

大僞」；「絕聖去智，民利百倍」〔註 76〕。在他看來，科學與藝術對人類是有害的。「五色令人目盲，五音令人耳聾，五味令人口爽；馳騁田獵，令人心發狂；難得之貨，令人行妨。是以聖人爲腹不爲目，故去彼而取此。」〔註 77〕爲了物質而犧牲精神，便要否定一切精神文化，自然也包括文學藝術。

老子輕視語言的表現能力，認爲「道」不能用語言表達。他說：「道可道，非常道；名可名，非常名。」因此，「知者不言，言者不知」；「信言不美，美言不信」〔註 78〕。他完全否定語言表達「道」的能力，主張實行「不言之教」。語言是精神文化的載體，也是文學的媒介，老子對語言的否定態度，體現了他對文學的否定態度。

否定了語言，老子怎樣表述「道」呢？他提出了「大象」的概念。他說：「道之爲物，惟恍惟惚。惚兮恍兮，其中有象，恍兮惚兮，其中有物。」〔註 79〕「其中有象」，「其中有物」，而又仍然「惟恍惟惚」，說明「道」所呈現的絕不是人們一般感知的物象。他說：「大象無形」；「視之不見，名曰夷；聽之不聞，名曰希；搏之不得，名曰微。此三者，不可致詰，故混而爲一。其上不曒，其下不昧，繩繩不可名，復歸於無物。是謂無狀之狀，無物之象，是謂惚恍。」〔註 80〕可見，「大象」的特點是：無形、無狀、無物。它不是具體事物的外部形態，而是完全超越了視聽之區的某種觀念在想像中的形態。

對於「大象」這種超驗的特徵，韓非子曾有過淺顯的解釋。《解老》云：「人希見生象也，而得死象之骨，案其圖以想其生也；故諸人之所以意想者，皆謂之象也。」〔註 81〕這種恍惚之象，它超越了視覺、聽覺、觸覺的經驗感知，成爲把握超驗之「道」的橋梁，比之於表現經驗感知的語言來，它具有更強的表現力。在老子看來，「道」不能用語言來表達，而可以用心靈去體悟。對「道」有不同的體悟，「象」便有不同的呈現。

（二）《易傳》的卦象

老子的看法對《易傳》有直接的影響。以往人們受《易傳》屬儒家典籍的傳統認識局限，對《易傳》與道家思想的聯繫認識不夠。隨著《易》道關

〔註 76〕陳鼓應：《老子注譯及評介》，中華書局 1984 年版，第 134、136 頁。
〔註 77〕陳鼓應：《老子注譯及評介》，中華書局 1984 年版，第 107 頁。
〔註 78〕陳鼓應：《老子注譯及評介》，中華書局 1984 年版，第 53、280、361 頁。
〔註 79〕陳鼓應：《老子注譯及評介》，中華書局 1984 年版，第 148 頁。
〔註 80〕陳鼓應：《老子注譯及評介》，中華書局 1984 年版，第 114 頁。
〔註 81〕陳奇猷：《韓非子集釋》，上海人民出版社 1974 年版，第 368 頁。

係真面目的揭示，人們終於看到它們之間存在繼承的清晰線索。《繫辭傳》產生在戰國中期，它用「象」這個範疇概括整個《易經》，深入闡述了「觀物取象」、「立象盡意」等觀點，成為先秦「意象」論的重要環節。《易傳》的「意象」論包括以下方面：

其一，「象也者，像也」。

《繫辭下》曰：「是故《易》者，象也，象也者，像也。」〔註82〕唐人孔穎達在《周易正義》中解釋說：「《易》卦者，寫萬物之形象，故《易》者象也。象也者像也，謂卦為萬物象者，法像萬物，猶若乾卦之象法像於天也。」〔註83〕宋人項安世在《周易玩辭》中說：「凡卦辭皆曰象，凡卦畫皆曰象。未畫，則其象隱，已畫，則其象著，故指畫為象，非謂物象也。」〔註84〕具體而言，《易》象有兩種具體表現形式：

一是以自然現象的組合意象來象徵一定的觀念。如《晉》卦由下坤、上離兩卦組成，坤代表地，離代表火，坤下離上，形成「明出地上」的意象，猶如早晨太陽從東方大地上冉冉升起，象徵著君子修德進業。又如《訟》卦由下坎、上乾兩卦組成，坎代表水，乾代表日，水往東流，日向西落，象徵著兩者矛盾的不可調和。

二是以具體事物的意象來象徵人生的意義。如《大過》卦九二爻辭：「枯楊生稊，老夫得其女妻，無不利。」〔註85〕枯木逢春，老夫得妻，象徵辦事吉利。又如《大壯》卦上六爻辭：「羝羊觸藩，羸其角，不能退，不能遂。」〔註86〕象徵陷入進退兩難的困境。

《易》象不同於老子之「大象」。老子之「大象」是無形、無物的超驗感悟，而《易》象則是對天地萬物形象的模擬。我們認為，《易》象發展了老子之「大象」，使「象」成為可以感受和把握的具體形象，這就與後世的文學形象接近了一步。

其二，「觀物取象」。

《繫辭上》曰：「聖人有以見天下之賾，而擬諸其形容，象其物宜，是故謂之象。」《繫辭下》曰：「古者包犧氏之王天下也，仰則觀象於天，俯則觀法於

〔註82〕周振甫：《周易譯注》，中華書局 2013 年版，第 276 頁。

〔註83〕（唐）孔穎達：《周易正義》，上海古籍出版社 1990 年版，第 168 頁。

〔註84〕（宋）項安世：《周易玩辭》，山東友誼出版社 1991 年版，第 26 頁。

〔註85〕周振甫：《周易譯注》，中華書局 2013 年版，第 106 頁。

〔註86〕周振甫：《周易譯注》，中華書局 2013 年版，第 128 頁。

地，觀鳥獸之文與地之宜，近取諸物，遠取諸身，於是始作八卦，以通神明之德，以類萬物之情。」〔註87〕「觀物取象」的命題，包含兩層意思：

一是它說明了《易》象的來源。《易》象是聖人根據對自然現象和生活現象的觀察而創造出來的。它既再現了天下萬物的外在形容，即「近取諸物，遠取諸身」，也表現了天下萬物的內在特性，即「天下之賾」、「神明之德，萬物之情」。

二是它說明了「觀物取象」的兩個思維階段。先是「觀」，所觀之物乃生活中的具體事物，所謂「仰則觀象於天，俯則觀法於地，觀鳥獸之文與地之宜」。後是「取」，所取之象，則是模擬具體事物成為有象徵意義的易象，因此能夠「以通神明之德，以類萬物之情」。前者說明易象來自於具體事物，後者說明易象具有象徵意義。

「觀物取象」的思想對文學理論的影響是非常深遠的。它啓發了人們對藝術創造有賴於對自然和社會觀察的認識。如五代畫家荊浩在《筆法記》中說：「畫者畫也，度物象而取其眞。物之華，取其華；物之實，取其實，不可執華爲實。」〔註88〕清初理論家葉燮也說：「文章者，所以表天地萬物之情狀也。」〔註89〕它也有助於理解中國藝術再現和表現並重的特點。

其三，「立象盡意」。

《繫辭上》曰：「子云：『書不盡言，言不盡意。』然則聖人之意其不可見乎？子曰：『聖人立象以盡意，設卦以盡情僞，繫辭焉以盡其言。』」〔註90〕「書不盡言，言不盡意」是否眞是孔子的話不得而知，可語言在表意上的局限性倒是人們的共識。「言不盡意」怎麼辦？「立象以盡意」便是克服語言表意局限性的根本出路。《易傳》在這裏第一次提出「言」「象」「意」三者的關係，通過言感受象，通過象領悟意，所謂「居則觀其象而玩其辭」成為盡意的根本途徑。

《繫辭下》曰：「其稱名也小，其取類也大。其旨遠，其辭文，其言曲而中，其事肆而隱。」〔註91〕《易》之以象盡意，是借助於《易》象的象徵性特徵。錢仲書說：「《易》之有象，取譬明理也。『所以喻道，而非道也。』」（《淮

〔註87〕 周振甫：《周易譯注》，中華書局 2013 年版，第 251、272 頁。

〔註88〕 （五代）荊浩：《筆記法》，王伯敏注譯，人民美術出版社 1963 年版，第 3 頁。

〔註89〕 （清）葉燮：《原詩》，霍松林校注，人民文學出版社 1979 年版，第 21 頁。

〔註90〕 周振甫：《周易譯注》，中華書局 2013 年版，第 264 頁。

〔註91〕 周振甫：《周易譯注》，中華書局 2013 年版，第 283 頁。

南子‧說山訓》）求道之能喻而理之能明。初不拘泥於某象，變其象可也；及道之既喻而理之既明，亦不戀著於象，捨象可也。」〔註92〕可見，《易》象以形象來說明義理，與文學形象以形象來表情達意尚有不同。在哲學層面進行「尋言以觀象」，「尋象以觀意」，最後達到「得意而捨象」，而文學形象的感悟則是永遠不能離開形象的。

然而，應該看到《易》象之象徵性所具有的「意在言外」性質，它與文學形象還是相通的。孔穎達說：「凡《易》者，象也，以物象而明人事，若《詩》之比喻也。」〔註93〕宋人陳騤也說：「《易》之有象，以盡其意。《詩》之有比，以達其情。文之作也，可無喻乎？」〔註94〕清人章學誠也說：「《易》象雖包六藝，與《詩》之比興，尤爲表裏。」〔註95〕他們都認識到了《易》象具有對文學形象的啓發價值。

（三）莊子的言道

莊子（前369～前286），姓莊，名周，宋之蒙人。司馬遷曰：「莊子者，蒙人也，名周。周嘗爲漆園吏，與梁惠王、齊宣王同時。其學無所不窺，然其要本歸於老子之言。」〔註96〕他繼承老子思想而有所發展，是戰國中期道家的代表人物。莊子論言、論意，最終在於論道。莊子對於言道關係的認識，對於文學理論有著重要價值。

其一，「小言、大言、不言」。

莊子的語言表達觀念是在老子思想基礎上發展而來的。老子爲道家的語言表達觀念「確立了基本理論框架與推演思路」〔註97〕。老子說：「道可道，非常道；名可名，非常名。」便包含兩層意思：一是「常道」之不可道，不可名；二是「非常道」之可道，可名。這裡將語言表達分爲兩個領域，即形而上之道和形而下之物。在形而上領域，語言表達是無能爲力的，故聖人「行不言之教」。在形而下領域，語言表達是可行的，如「古之所謂『曲則全』者，

〔註92〕錢鍾書：《管錐編》（一），中華書局1979年版，第15頁。

〔註93〕（魏）王弼、韓康伯注（唐）孔穎達正義：《周易正義》，上海古籍出版社1990年版，第22頁。

〔註94〕（宋）陳騤：《文則》，中華書局1985年版，第7頁。

〔註95〕（清）章學誠：《文史通義》，葉瑛校注，中華書局1985年版，第19頁。

〔註96〕（漢）司馬遷：《老子列傳》，《史記》中華書局1982年版，第2143頁。

〔註97〕朱立元、王文英：《試論莊子言意觀》，《上海社會科學院學術季刊》1994年第四期，第170頁。

豈虛言哉！」〔註98〕老子對語言表達領域的劃分，成爲莊子語言表達觀念的基本框架。

莊子從不同層面闡述了語言表達觀念。《秋水》云：「可以言論者，物之粗也；可以意致者，物之精也；言之所不能論，意之所不能察致者，不期精粗焉。」〔註99〕這說明了語言表達在不同層面的不同處境：在「物之粗」層面，語言表達是可行的；在「物之精」層面，不可言論而可以意致。這不是完全否定語言，而是認識到語言表達的局限性。他說：「言者所以在意」，可見，運用語言方可「得意」，雖然他又強調「得意忘言」，但是意未得則不可無言。其實，這兩個層面相當於老子的形而下領域，所謂「夫精粗者，期於有形者也」。至於老子的形而上領域，則是「言之所不能論，意之所不能察致者，不期精粗焉」；它屬於「無形者，數之所不能分野；不可圍者，數之所不能窮也」。在形而上領域，莊子也認爲語言表達無能爲力，他說：「夫道，窅然難言哉」（窅然，深奧貌）；「道不可言，言而非也」〔註100〕。

莊子將語言表達分爲三個層面，這是對老子關於語言領域認識的深化。在「物之粗」層面，「有名有實，是物之居」，語言表達爲名實關係。莊子說：「名者，實之賓也。」他肯定有形世界的名實關係，承認先有實，後有名，實爲主，名爲賓。他又說：「道行之而成，物謂之而然。」〔註101〕指出名實之間的聯繫是偶然發生而約定俗成的，並不存在著必然性。莊子論言，重在得意、悟道，對於名實關係自然沒有多少興趣，這些問題自有儒家「正名」，法家「循名責實」，名家「以正名實而化天下」去探究了。

在「物之精」層面，名實關係並不足以涵蓋事物的精微奧義，語言表達爲更複雜的言意關係。老子已經認識到語言達意的複雜性。他一方面說：「言善信」，「言有宗」，「吾言其易知」；一方面又說：「正言若反」，「信言不美，美言不信」〔註102〕。沿著這條思路，莊子對言意關係有了更深入的理解。他認識到言意之間的一致性與間離性。言意一致，言可達意；言意間離，言不

〔註98〕陳鼓應：《老子注譯及評介》，中華書局1981年版，第73、80、161頁。

〔註99〕曹礎基：《莊子淺注》，中華書局1982年版，第242頁。

〔註100〕曹礎基：《莊子淺注》，中華書局1982年版，第242、419、242、242、329、336頁。

〔註101〕曹礎基：《莊子淺注》，中華書局1982年版，第403、8、24頁。

〔註102〕陳鼓應：《老子注譯及評介》，中華書局1981年版，第102、318、339、349頁。

盡意。然而，語言表達的複雜性，也爲語言達意提供了多樣選擇，給言意關係走出困境提供了可能的出路，這便是超越一般世俗語言，提高語言表達功能，拓展由言得意的更大空間。

正是在這個意義上，莊子將語言分爲小言和大言。他說：「大言炎炎，小言詹詹。」〔註103〕炎炎，火猛氣盛的樣子，說明語言雄辯，說理暢達；詹詹，囉裏囉嗦的樣子，說明多言瑣碎，言不達意。小言，乃是一般世俗語言，可以論「物之粗」，卻不能表達「物之精」。大言，乃是對小言的超越，可以由言得意，進而意致「物之精」。顯而易見，大言提高了語言的表達功能，爲由言得意拓展了空間。因此，莊子貶低小言而看重大言。他說：「古之道術有在於是者，莊周聞其風而悅之。以謬悠之說，荒唐之言，無端崖之辭，時恣縱而不儻，不以觭見之也。以天下爲沈濁，不可與莊語。以巵言爲曼衍，以重言爲眞，以寓言爲廣。」〔註104〕在他看來，「天下爲沈濁，不可與莊語」，一般世俗語言不能表達「天地精神」。於是選擇「謬悠之說，荒唐之言，無端崖之辭」，「以巵言爲曼衍，以重言爲眞，以寓言爲廣」，從而「獨與天地精神往來」。他將一般世俗語言視爲糟粕，而以創造性的詩性語言，來傳達「天地精神」，爲體悟形而上之道指示方向。

在形而上領域，所謂「不期精粗焉」，語言表達完全無能爲力。當然，不能就此以爲形而上與形而下是完全隔絕的。即便在老子那裡，形而下與形而上之間也存在著蛛絲馬蹟的牽連。他說：「道之爲物，惟恍惟惚。惚兮恍兮，其中有象；恍兮惚兮，其中有物」；「是謂無狀之狀，無物之象，是謂恍惚」〔註105〕。所謂「有象」、「有物」，那是形而上之道的跡象；所謂「無狀」、「無物」，那是形而上之道的本質。這種若有卻無，閃爍不定的「恍惚」，便具有了從跡象體悟本質的空間。莊子的「物之精」層面，由言而得意，得意而忘言，正是體悟形而上之道的必要條件，成爲連接形而下與形而上的重要環節。

總而言之，小言得粗，大言得精，不言悟道，乃是莊子語言表達的基本觀念。至於論者以「言盡意」、「言不盡意」來概括它，便混淆了語言表達的不同層面，並不符合莊子思想的實際。「言盡意」、「言不盡意」是魏晉玄學辯論的話題，莊子涉及到言意關係，卻沒說過「言盡意」或「言不盡意」，以此來闡釋莊子，反而遮蔽了莊子的眞意。

〔註103〕曹礎基：《莊子淺注》，中華書局 1982 年版，第 18 頁。

〔註104〕曹礎基：《莊子淺注》，中華書局 1982 年版，第 508 頁。

〔註105〕陳鼓應：《老子注譯及評介》，中華書局 1981 年版，第 156、126 頁。

其二,「寓言、重言、卮言」。

言與意之間的間離,既造成了語言表達的局限性,也造成了語言表達的可能性。對於語言表達的局限性,人們似乎多有共識。《繫辭上》曰:「子云:『書不盡言,言不盡意。』」那麼,怎麼克服「言不盡意」的局限性呢?孔子給出的方法是:「聖人立象以盡意,設卦以盡情偽,繫辭焉以盡其言。」在《易傳》作者看來,「《易》者,象也;象也者,像也」。〔註106〕即《易經》乃卦象而已,「法像萬物,猶若乾卦之象法像於天也」〔註107〕。聖人「觀物取象」,「法像萬物」,以象徵暗示言外之意,從而表達豐富的意旨。

莊子要克服語言表達的局限性,其實也走著象徵的路徑。他要超越一般世俗小言,運用更富有表現力的大言,創造許多虛構形象,以象徵表達言外之意,進而走入悟道之路。

首先,超越世俗語言。莊子「以天下為沈濁」,貶低「莊語」、「儻言」、「觭見」這些世俗的語言表達方式。莊語,即正話。儻言,即直言;不讜,不直言(高亨注:「儻借為讜」)〔註108〕。觭見,即偏見;觭,角,觭角俯仰,意指言論傾向。世俗的語言表達,無非正話正說,直話直說,偏見偏說,而這樣是不能傳達「天地精神」的。所以,莊子稱「時恣縱而不儻,不以觭見之也」,「不可與莊語」,給世俗語言均冠以否定詞,表達自己的明確態度。進而運用逆向思維,尋求超越世俗語言的路徑。在莊子看來,既然世俗的正話、直言、偏言不能傳達「天地精神」,那就該反其道而行之,「以謬悠之說,荒唐之言,無端崖之辭」,「與天地精神往來」。顯而易見,正話—荒唐之言,直言—謬悠之說,偏言—無端崖之辭,它們表現著完全相反的特徵。以世俗眼光觀之,莊子看重的語言,乃是「謬悠」(妄謬)、「荒唐」(誇大)、「無端崖」(不著邊際)。而惟其如此,才能超越世俗語言的局限,提升語言表達的功能,傳達豐富的言外之意。

其次,改造表達方式。莊子運用「謬悠之說,荒唐之言,無端崖之辭」,借助語言的非常態特徵,改造了語言的表達方式。所謂「以卮言為曼衍,以

〔註106〕陳鼓應、趙建偉注譯:《周易今注今譯》,商務印書館2007年版,第639、639、657頁。

〔註107〕(魏)王弼、韓康伯注,(唐)孔穎達正義:《周易正義》,上海古籍出版社1990年版,第170頁。

〔註108〕高亨:《莊子新箋》,《高亨著作集林》,董治安編,清華大學出版社2004年版,第418頁。

重言爲眞，以寓言爲廣」，便說明了它們與世俗語言的區別。世俗語言表意往往執著於語言本身的含義，不能表達「物之精」；而寓言、重言、巵言則借助獨特語言構築形象，以象徵來傳遞「言外之意」，這就突破了世俗語言表意的局限—有限性，而走向表意的自由—無限性。於是，新的表達方式提升了語言的表達功能，使語言表意發生了由暫而久（曼衍），由假而眞，由狹而廣的質變，從而能夠「與天地精神往來」。

關於寓言、重言、巵言的涵義，莊子有過詳盡的闡述。他說：「寓言十九，藉外論之。親父不爲其子媒。親父譽之，不若非其父者也。非吾罪也，人之罪也。與己同則應，不與己同則反。同於己爲是之，異於己爲非之。重言十七，所以己言也。是爲耆艾年先矣，而無經緯本末以期來者，是非先也。人而無以先人，無人道也。人而無人道，是之爲陳人。巵言日出，和以天倪，因以曼衍，所以窮年。不言則齊，齊與言不齊，言與齊不齊也。故曰：『言無言』。」〔註109〕

什麼是寓言？莊子稱「藉外論之」，就是不用直言議論，而是借助外在事物議論。借助外在事物議論，自然比親父誇子更有效。如莊子要表達反戰的思想，便講了一個虛妄的故事：「有國於蝸之左角者，曰觸氏；有國於蝸之右角者，曰蠻氏。時相與爭地而戰，伏屍數萬；逐北，旬有五日而後反。」〔註110〕透過一派謬悠之說，便可以體悟到思想意蘊。所謂「以寓言爲廣」，正是借助寓言象徵來體悟豐富的言外之意。

什麼是重言？莊子稱「所以己言也」，高亨認爲，「己，古紀字。己，正像束絲之繩，乃紀之初文。古者結繩記事，故記謂之紀。此文『己言』即記言也，通用紀字」〔註111〕。記言之所以爲「重言」，乃是藉重耆艾年先，有經緯本末，有人道者的威望來表達的言論。莊子就常常藉重孔子來爲道家行爲辯護，如《大宗師》記孔子對子貢稱譽道家：「彼遊方之外者也，而丘遊方之內者也。外內不相及，而丘使女往弔之，丘則陋矣！』」〔註112〕藉重他人之口往往一派荒唐之言，而它們所表達的意思卻是眞實的。所謂「以重言爲眞」，乃是藉重他人的思想威望，以荒唐之言揭示事物的眞意。

〔註109〕曹礎基：《莊子淺注》，中華書局1982年版，第420頁。
〔註110〕曹礎基：《莊子淺注》，中華書局1982年版，第393頁。
〔註111〕高亨：《莊子新箋》，《高亨著作集林》，董治安編，清華大學出版社2004年版，第356頁。
〔註112〕曹礎基：《莊子淺注》，中華書局1982年版，第103頁。

什麼是巵言？莊子稱：「巵言日出，和以天倪，因以曼衍，所以窮年。」這說明巵言與自然和合而能夠久遠不敗。陸德明《經典釋文》注云：「巵，圓酒器也」；「夫巵器，滿即傾，定則仰，隨物而變，非執一守故者也。施之於言而隨人從變，己無常主者也。」〔註113〕可見，巵言不是固執一端的偏見偏言，而是靈活無定的無端崖之辭。在《齊物論》中，莊子對此有更深入的解釋：「何為和之以天倪？曰：是不是，然不然。是若果是也，則是之異乎不是也亦無辯；然若果然也，則然之異乎不然也亦無辯。化聲之相待，若其不相待。和之以天倪，因之以曼衍，所以窮年也。」〔註114〕這是說：是與不是，然與不然，亦無辯（分別），它們相待（對立），若其不相待。可見，巵言乃「是不是，然不然」，完全超然於是非彼此之外，好像什麼也沒有說，又好像穿透整個世界，正所謂「言無言」。如莊子講生與死，禍與福，物與影，夢與覺，是與非，這些都是相對的，說了等於沒說，而透過「此也一是非，彼也一是非」的矛盾語式，人們自有言外的思想體悟。

莊子超越世俗語言，改造表達方式，目的在於由言表意。《外物》云：「筌者所以在魚，得魚而忘筌；蹄者所以在兔，得兔而忘蹄；言者所以在意，得意而忘言。」〔註115〕語言表達只有工具價值，對傳達者而言它是表意工具，對接受者而言它是得意工具。只是執著於工具，便會忽略了目的。所以，莊子強調「得意而忘言」，即實現語言目的後便要擺脫語言羈絆，在思想自由中體悟形而上之道。

其三，「象罔得道」。

在形而上之道領域，完全沒有人類世俗語言的位置。即便超越了世俗語言，也只是能夠得意，而不能夠得道，對此莊子講得非常清楚。他說：「世之所貴道者，書也。書不過語，語有貴也；語之所貴者，意也。意有所隨，意之所隨者，不可以言傳也。」〔註116〕這裡，最重要的是「意」與「意之所隨者」的分野，「意」乃是「物之精」者，屬形而下之物。自然書可記語，語能達意。而「意之所隨者」，屬形而上之道，「意之所隨者，不可以言傳也」。

所以，莊子論道，強調「不言」。所謂「天地有大美而不言，四時有明法而不議，萬物有成理而不說」；「大道不稱，大辯不言」、「不言則齊」、「知者

〔註113〕（唐）陸德明：《經典釋文》，上海古籍出版社1985年版，第1558頁。
〔註114〕曹礎基：《莊子淺注》，中華書局1982年版，第40頁。
〔註115〕曹礎基：《莊子淺注》，中華書局1982年版，第419頁。
〔註116〕曹礎基：《莊子淺注》，中華書局1982年版，第203頁。

不言」。為了表達這個意思，他講了一個寓言：知北遊於玄水之上，登隱弅之丘，遇見無為謂，便向無為謂問道，三問而無為謂不答也。知不得問，反於白水之南，登狐闋之上，看見狂屈，又向狂屈問道，狂屈欲言而忘其所欲言。知不得問，反於帝宮，見黃帝而問道。黃帝曰：「無思無慮始知道，無處無服始安道，無從無道始得道。」知問黃帝曰：「我與若知之，彼與彼不知也，其孰是邪？」黃帝曰：「彼無為謂眞是也，狂屈似之，我與汝終不近也。夫知者不言，言者不知，故聖人行不言之教。」〔註117〕可見，無為謂不言而是道，狂屈忘言而近道，黃帝言道而非道。

然而，人們往往將得意與得道混淆。有學者指出：「意」與「意之所隨者」卻不完全相同。前一「意」指「語」所含之「意」，似可劃入「盡物」之「意」範圍；後一「意之所隨者」，則指向「盡物」之「意」之外，是屬體道之「意」。於是論定「意之所隨者」，即「物」外之「意」，體道之「意」，超驗之「意」。〔註118〕說「意」與「意之所隨者」不同」，說「意」指盡物之意，這些都正確；不足在於將「意之所隨者」理解為「超驗之意」云云。其實，「意之所隨者」與「意」的根本區別，就在於它不是「意」，既不是經驗之意，也不是超驗之意。

當然，「意之所隨者」與「意」存在著聯繫，這聯繫集中在一個「隨」字上。假如打個比方，它們之間的關係如影隨形；「意之所隨者」如形（其實，「意之所隨者」是無形的），「意」如形的影子。顯然，得到影子並不等於得到形，得到意也並不等於得到道；但是，得到影子無疑已接近了形，得到意也就接近了道；所以，得意不等於得道，卻也指示了悟道的方向。這個情況與佛教指月之說頗有些相似。《大佛頂首楞嚴經》云：「如人以手指月示人，彼人因指，當應看月。若復觀指以為月體，此人豈唯亡失月輪，亦亡其指。何以故？以所標指為明月故。」〔註119〕得意如同以手指月，而手指並非月輪；將得意混同於得道，正像誤認手指為月輪一樣。

儘管得意不同於得道，得意卻指示了悟道的方向。莊子講「得意而忘言」，包含著互為關聯的兩個方面：一是得意方忘言，未得意而忘言，則必無所得，

〔註117〕曹礎基：《莊子淺注》，中華書局1982年版，第325、32、322頁。

〔註118〕朱立元、王文英：《試論莊子言意觀》，《上海社會科學院學術季刊》1994年第四期，第177頁。

〔註119〕（魏）王弼、韓康伯注，（唐）孔穎達正義：《周易正義》，上海古籍出版社1990年版，第9頁。

這是說語言達意的必要性；二是忘言方得意，未忘言而得意，必非眞得意，這是說擺脫語言羈絆的重要性。只有擺脫了語言羈絆，才能進入精神自由的境界，也才能走入悟道之途。莊子渴望「得夫忘言之人而與之言哉」！忘言之人便是得意之人，這樣的人才配得上與之交流。當然，這裡「與之言」只是個比喻，道只能在精神自由境界中體悟，而不可以用語言來交流。如《田子方》敘述孔子欲見溫伯雪子，見之而不言。子路曰：「吾子欲見溫伯雪子久矣。見之而不言，何邪？」孔子曰：「若夫人者，目擊而道存矣，亦不可以容聲矣！」可見，道不可以存在於語言中，而在精神自由境界中去領悟。他講斫輪之道，「得之於手而應於心，口不能言」，是說道可以在手—心，即動作—心理層面體悟，而不能在語言層面把握。諸如「臣以神遇而不以目視，官知止而神欲行」；「用志不分，乃凝於神」〔註120〕；「臣將爲鐻，未嘗敢以耗氣也，必齋以靜心」，這些都在闡述對形而上之道的精神體悟。

怎樣才能由得意而悟道？莊子講過一個寓言：黃帝遊乎赤水之北，登乎崑崙之丘而南望，還歸，遺其玄珠（玄珠，道眞）。使知（知，理智）索之而不得。使離朱（離朱，視覺）索之而不得。使喫詬（喫詬，言辯）索之而不得也。乃使象罔，象罔得之。黃帝曰：異哉！象罔乃可以得之乎？〔註121〕這是說，理智不可以得道，感官不可以得道，語言不可以得道，而象罔卻可以得道。爲什麼象罔可以得道？宗白華先生說：「呂惠卿注釋得好：『象則非無，罔則非有，不皦不昧，玄珠之所以得也。』非無非有，不皦不昧，正是藝術形象的象徵作用。『象』是境象，『罔』是虛幻，藝術家創造虛幻的境象以象徵宇宙人生的眞際。眞理閃耀於藝術形象裏，玄珠的爍（發光）於象罔裏。」〔註122〕。將「象罔」解釋爲「虛幻的境象」，實在是立意高妙，可謂之得意忘言。

象罔索得玄珠，《淮南子》也有記載：「黃帝亡其玄珠，使離朱、捷剟索之，而弗能得之也。於是使忽怳，而後能得之。」〔註123〕這裡「象罔」成爲「忽怳」（即「忽恍」），這乃是老子描摹「道」所言的「恍惚」。老子稱，其中有象、有物，又無狀、無物，似有還無，不皦不昧，正是悟道的環節。當

〔註120〕曹礎基：《莊子淺注》，中華書局1982年版，第307、204、44、274、283頁。
〔註121〕曹礎基：《莊子淺注》，中華書局1982年版，第166頁。
〔註122〕宗白華：《藝境》，北京大學出版社1987年版，第159頁。
〔註123〕（漢）劉安編、高誘注：《淮南子》，上海古籍出版社1989年版，第201頁。

然，老子稱「大象無形」，這「象」不是形而下之物的「物象」，而是形而上之道的「跡象」。這種恍惚之象，乃意想之象，即是意象，它超越經驗感知，成爲悟道的重要環節。

莊子的象罔得道，是對老子思想的創造性發揮。他超越世俗語言，編織虛幻形象，激發無窮聯想，進而忘言得意，精神自由翱翔，搭建了用心靈去體悟形而上之道是精神平臺。莊子的「言意道」觀，思考了人類對整個世界的把握，認識到人類語言的複雜處境，揭示了人類生存的內在困惑，其深刻的思想價值毋庸置言。就文學思想而言，它揭示了語言藝術的奧妙，創造了獨特的表達方式，達到了藝道無間的神奇境界，形成了汪洋恣肆的文學篇章，對文學理論和文學創作都產生了深遠影響。

四、荀子的禮樂思想

荀子（約前 313～前 238），名況，字卿，趙國猗氏（今山西安澤）人。他遊學於齊，三次出任齊國稷下學宮的祭酒；後仕宦於楚國，爲楚蘭陵（今山東蘭陵）令，晚年以著述終老。他是戰國末期的儒家大師，「不僅集了儒家大成，而且可以說是集了百家的大成」〔註 124〕。他以儒家思想爲核心，吸收各家思想因素，建構了封建社會的意識形態。

荀子對詩樂有深厚的造詣，他反對墨子非樂，對音樂作出深入的理論分析；他傳承儒家《詩》學，成爲漢代各家傳《詩》的淵藪。他討論詩樂所表達的文藝思想，成爲他思想體系的有機組成部份。荀子的文藝思想根植於人性基礎，強調禮義制約，追求中和境界，確立了傳統的文藝觀。

（一）文藝基礎：化性起僞

荀子文藝觀以人性論爲基礎。他主張性惡論，認爲人生而有耳目之欲，好利而疾惡。他說：「今人之性，饑而欲飽，寒而欲暖，勞而欲休，此人之性情也」；「從人之性，順人之情，必出於爭奪。合於犯分亂理而歸於暴」。〔註 125〕所以，不能順遂人的惡性，對人性要加以引導，從而使人們改惡從善。

他說：「性者，本始材樸也；僞者，文理隆盛也。無性則僞者無所加，無僞則性不能自美。」〔註 126〕可見，文藝便是人性之上的僞飾，它以人性爲基

〔註 124〕郭沫若：《十批判書》，科學出版社 1956 年版，第 164 頁。
〔註 125〕（清）王先謙：《荀子集釋》，中華書局 1988 年版，第 436、434～435 頁。
〔註 126〕（清）王先謙：《荀子集釋》，中華書局 1988 年版，第 366 頁。

礎，又要改造人性。荀子提出「性偽之分」，這是人性研究的進步，遺憾的是他並沒有真正做到「性偽之分」。所謂性偽之分，實質上既否定了性善論，也否定了性惡論。「才性」是人先天資質，那本身是無所謂善惡的。因此，對它的道德評價當然不是科學認識。告子講：「生之謂性。」〔註127〕他把先天資質歸之於人的自然屬性，這才是真正明白了性偽之分。誠如馬克思所說：「吃、喝、性行為等等，固然是真正的人的機能，但是如果使這些機能脫離了人的其他活動並使它們成為最後的和唯一的終極目的，那麼，在這種抽象中，它們就是動物的機能。」〔註128〕這在荀子當然是不可理解的，荀子著眼於人與禽獸的區別來討論人性，根本無法想像把人的才性歸之於動物機能。所以，他沒能把人的自然屬性和社會屬性區別開來。

關於文學與人性的關係，孔子也很少談到，所謂「夫子之文章，可得而聞也；夫子之言性與天道，不可得而聞也」〔註129〕。可是，七十子之徒論《詩》，卻常常說「民性固然」，如《戰國楚竹書》之《孔子論詩》便多有這種認識：「吾以《葛覃》得敬初之志，民性固然」；「吾以《甘棠》得宗廟之敬，民性固然」；「《木瓜》……幣帛之不可去也，民性固然」。〔註130〕可能這些認識也影響到荀子，所以他論音樂能夠從人性來加以說明。他說：「夫樂者，樂也，人情之所必不免也。」〔註131〕音樂是人性追求快樂的產物，顯然把音樂放在了人性基礎之上。

荀子認為人性本惡，那麼善由何來？他說：「其善者偽也。」又加以具體說明道：「凡禮義者，是生於聖人之偽，非故生於人之性也。故陶人埏埴而為器，然則器生於陶人之偽，非故生於人之性也。故工人斲木而成器，然則器生於工人之偽，非故生於人之性也。聖人積思慮，習偽故，以生禮義而起法度，然則禮義法度者，是生於聖人之偽，非故生於人之性也。」〔註132〕所以，運用外在的禮義可以改變人們的內在惡性。荀子認為，通過禮義的教化可以

〔註127〕（戰國）孟軻：《孟子》，楊伯峻、楊逢彬注譯，嶽麓書社 2000 年版，第 189 頁。

〔註128〕（蘇）鮑·季·格里戈里揚：《關於人的本質的哲學》，生活·讀書·新知三聯書店 1984 年版，第 167 頁。

〔註129〕（春秋）孔丘：《論語》，楊伯峻、楊逢彬注譯，嶽麓書社 2000 年版，第 40 頁。

〔註130〕黃懷信：《上海博物館藏戰國楚竹書〈詩論〉釋義》，中國社會科學出版社 2004 年版，第 19 頁。

〔註131〕（清）王先謙：《荀子集釋》，中華書局 1988 年版，第 379 頁。

〔註132〕（清）王先謙：《荀子集釋》，中華書局 1988 年版，第 437 頁。

使人化惡爲善。因此，他特別強調人的後天學習。他說：「人之於文學也，猶玉之於琢磨也。詩曰：『如切如磋，如琢如磨。』謂學問也。和之璧，井裏之厥也，玉人琢之爲天子寶。子貢、季路故鄙人也，被文學，服禮義。謂天下列士」。〔註133〕文學素質是人們後天學習的結果。

荀子把儒家五經作爲學習的對象，他說：「學惡乎始？惡乎終？日：其數則始乎誦經，終乎讀《禮》；其義則始乎爲士，終乎爲聖人。眞積力久則入，學至乎沒而後止也。故學數有終，若其義則不可須臾舍也。爲之，人也；舍之，禽獸也。故《書》者，政事之紀也；《詩》者，中聲之所止也；《禮》者，法之大分，類之綱紀也，故學至乎《禮》而止矣。夫是之謂道德之極。《禮》之敬文也，《樂》之中和也，《詩》、《書》之博也，《春秋》之微也，在天地之間者畢矣。」〔註134〕通過對儒家經典的學習，進而成爲符合儒家道德要求的文學之士。

（二）文藝控制：宗經隆禮

荀子對先秦學術作了比較全面的批判，他遵循的原則是「道」，即整個宇宙的普遍規律，包括自然規律和治世規律。他說：「道者，古今之正權。離道而內自擇，則不知禍福之所託。」〔註135〕他認爲，百家之學的錯誤就在於或以一隅舉道，或「離道而內自擇」，因此不能全面掌握道而陷入思想片面。如「愼子有見於後，無見於先；老子有見於詘，無見於伸；墨子有見於齊，無見於畸；宋子有見於少，無見於多。」〔註136〕他們「蔽於一曲闇於大理」，「自以爲知道」，其實「無知也」。在批判百家之學的基礎上，荀子竭力推崇儒家之道。郭紹虞稱：荀子奠定了傳統文學觀，他的思想表現出強烈的尊儒傾向，這爲正統文學觀奠定了原道、徵聖、宗經的思想基礎。〔註137〕

儒家之道體現在儒家聖人的著作之中，爲揭示儒家之道與《五經》的內在關係，他說：「聖人也者，道之管也。天下之道管是矣，百王之道一是矣。故《詩》、《書》、《禮》、《樂》之道歸是矣。《詩》言是其志也，《書》言是其事也，《禮》言是其行也，《樂》言是其和也，《春秋》言是其微也。故《風》

〔註133〕（清）王先謙：《荀子集釋》，中華書局1988年版，第508頁。
〔註134〕（清）王先謙：《荀子集釋》，中華書局1988年版，第11～12頁。
〔註135〕（清）王先謙：《荀子集釋》，中華書局1988年版，第430頁。
〔註136〕（清）王先謙：《荀子集釋》，中華書局1988年版，第319頁。
〔註137〕郭紹虞：《中國文學批評史》，上海古籍出版社1979年版，第20頁。

之所以爲不逐者，取是以節之也；《小雅》之所以爲小雅者，取是而文之也；《大雅》之所以爲大雅者，取是而光之也；《頌》之所以爲至者，取是而通之也，天下之道畢是矣。」〔註138〕他認爲只有儒家聖人才懂得「道」，因而聖人是道的樞紐，天下的道都維繫於聖人，百王的道都統一於聖人，而《五經》的道都歸結於聖人。聖人雖往矣，而他們的著作還在。儒家《五經》便是聖人之道的具體表現，「風雅頌」都貫穿著聖人精神。天下之道完全包含在儒家《五經》之中，儒家《五經》把天地間的道理都窮盡了。

荀子竭力推崇《五經》，力圖確立儒家思想在社會政治中的主導地位，進而以儒家思想來控制包括文藝在內的社會意識形態。在荀子看來，天下之道，百王之道，都集中在儒家聖人的《五經》之中，道德修養離不開它，社會政治離不開它，「鄉是者臧，倍是者亡；鄉是如不臧，倍是如不亡者，自古及今，未嘗有也。」〔註139〕當然，要遵守儒家之道，先要明白儒家之道。他說：「故心不可以不知道，心不知道，則不可道而可非道。……心知道，然後可道。可道，然後能守道以禁非道。」〔註140〕他推崇儒家之道以排斥異端邪道，已經表現出儒家獨尊的意願，反映了百家爭鳴到文化專制的思想趨向。

荀子推崇儒家《五經》，並不是抱殘守缺，而是運用儒家思想來建構封建政治統治的秩序，即所謂「隆禮」。如果只是一味誦讀《詩》、《書》，而沒有實際政治功用，那荀子是不會滿意的。他說：「《禮》、《樂》法而不說，《詩》、《書》故而不切，《春秋》約而不束。方其人之習君子之說，則尊以遍矣，周之世矣。故曰：學莫便乎近其人，學之經莫速乎好其人，隆禮次之。上不能好其人，下不能隆禮，安特將學雜識志，順《詩》、《書》而已耳，則末世窮年，不免爲陋儒而已。」〔註141〕所以，「故隆禮，雖未明，法士也；不隆禮，雖察辯，散儒也。」〔註142〕他甚至提出「隆禮義而殺《詩》、《書》」〔註143〕，竭力強調要對文藝進行政治控制。

要發揮文藝對現實政治的作用，需要將儒家思想原則轉化爲政治原則，從而實現對文藝的政治控制。他說：「凡議，必將立隆正，然後可也。無隆正，

〔註138〕（清）王先謙：《荀子集釋》，中華書局 1988 年版，第 133～134 頁。
〔註139〕（清）王先謙：《荀子集釋》，中華書局 1988 年版，第 134 頁。
〔註140〕（清）王先謙：《荀子集釋》，中華書局 1988 年版，第 394～393 頁。
〔註141〕（清）王先謙：《荀子集釋》，中華書局 1988 年版，第 14～15 頁。
〔註142〕（清）王先謙：《荀子集釋》，中華書局 1988 年版，第 17 頁。
〔註143〕（清）王先謙：《荀子集釋》，中華書局 1988 年版，第 140 頁。

則是非不分而辯訟不決。故所聞曰：天下之大隆，是非之封界，分職名象之所起，王制是也。故凡言議期命，是非以聖王爲師」〔註144〕從以道爲尊轉爲以聖王爲師，正是這樣的社會功能轉化。立隆正就是確立文藝的政治標準，對文藝實行有效的政治控制，從而維護封建統治。具體而言，對言辭辯說與音樂詩歌，荀子都提出了明確的意見。

對於言辭辯說，荀子要求符合儒家思想。他說：「凡言不合先王，不順禮義，謂之姦言；雖辯，君子不聽。法先王，順禮義，黨學者，然而不好言，不樂言，則必非誠士也。故君子之於言也，志好之，行安之，樂言之，故君子必辯。凡人莫不好言其所善，而君子爲甚。故贈人以言，重於金石珠玉；觀人以言，美於黼黻文章；聽人以言，樂於鐘鼓琴瑟。故君子之於言無厭。」〔註145〕言辭辯說必須「法先王，順禮義」，也就是要符合儒家的思想原則與政治原則。

對於音樂詩歌，荀子要求「以道制樂」，即用儒家之道控制音樂詩歌。「聲樂之入人也深，其化人也速」，其強烈的藝術感染力，既可以感動人之善心，也可以激發人之惡欲。所謂「樂者，樂也。君子樂得其道，小人樂得其欲。以道制欲，則樂而不亂，以欲忘道，則惑而不樂。」〔註146〕爲了實現音樂詩歌的政治作用，便需要以道制欲，即對它們進行政治控制。他說：「故人不能不樂，樂則不能無形，形而不爲道，則不能無亂。先王惡其亂也，故制《雅》、《頌》之聲以道之，使其聲足以樂而不流，使其文足以辨而不諰，使其曲直、繁省、廉肉、節奏，足以感動人之善心，使夫邪污之氣無由得接焉。」〔註147〕以「《雅》、《頌》之聲」導正防邪，形成符合儒家道德的審美趣味，才能有助於鞏固封建政治統治。

荀子認識到文藝關乎人心，關乎政治，便明確提出對文藝實行政治控制的思想。他說：「樂合同，禮別異，禮樂之統，管乎人心矣。」〔註148〕又說：「禮樂廢而邪音起者，危削侮辱之本也。故先王貴禮樂而賤邪音。其在序官也，曰：『修憲命，審詩商，禁淫聲，以時順修，使夷俗邪音不敢亂雅，太師之事也。』」〔註149〕在百家爭鳴向思想統一轉型的文化背景下，荀子強調思想

〔註144〕（清）王先謙：《荀子集釋》，中華書局1988年版，第342頁。
〔註145〕（清）王先謙：《荀子集釋》，中華書局1988年版，第83～84頁。
〔註146〕（清）王先謙：《荀子集釋》，中華書局1988年版，第382頁。
〔註147〕（清）王先謙：《荀子集釋》，中華書局1988年版，第379頁。
〔註148〕（清）王先謙：《荀子集釋》，中華書局1988年版，第382頁。
〔註149〕（清）王先謙：《荀子集釋》，中華書局1988年版，第380～381頁。

文化的政治控制，形成系統的封建意識形態體系，對後世統治者控制文藝提供了重要的思想資源。

（三）文藝理想：中和之美

「中和」是儒家的審美理想。「和」之爲義，最早源於音樂。「和」字作「龢」，取象於古樂器。《爾雅》云：「大笙謂之巢，小者謂之和。」小笙即「龢」，「和」是「龢」的簡寫。「中」之爲義，也可能源於音樂。有學者認爲，「中」字取象於「建鼓」，建鼓多用於祭祀，模擬雷聲以溝通天人。〔註150〕建鼓作爲「神人以和」的祭器，故「中」也訓爲「和」。可見，「中和」思想由來已久。《尚書·堯典》謂以樂教胄子，便要求達到「直而溫，寬而栗，剛而無虐，簡而無傲」的道德要求。這些要求皆取中道，以音樂之「和」，致性情之「中」，表現了樂教的道德目的。

在春秋時期，史伯與晏嬰討論過「中和」思想，大意要求「和而不同」。《左傳》記載吳公子季札在魯國觀樂，他對於《詩》的評價也體現了詩樂之和與人性之中的密切聯繫。如評價《頌》云：「至矣哉！直而不倨，曲而不屈；邇而不逼，遠而不攜；哀而不愁，樂而不荒；用而不匱，廣而不宣；施而不費，取而不貪；處而不底，行而不流。」〔註151〕孔子論《關雎》亦云：「樂而不淫，哀而不傷。」〔註152〕至於《中庸》更將「中和」提升到哲學高度。所謂：「喜怒哀樂之未發，謂之中；發而皆中節，謂之和。中也者，天下之大本也；和也者，天下之達道也。」〔註153〕人情之「中和」，乃是天地自然的普遍規律。「中」是萬物之本性，即潛在的可能性；「和」爲萬物生成的和諧有序樣態。天地萬物達到「中和」狀態，方能夠天地各安其位而不相擾，萬物並生而不相害。〔註154〕

繼承儒家思想傳統，荀子論詩樂審美，自然提倡中和之美。蔡仲德說：「（荀子）在歷史上第一次明確地將『中和』作爲一個範疇提了出來，這是他歷史的貢獻」；「不僅如此，荀子還在明確提出『中和』範疇的同時，發展了關於

〔註150〕田樹生：《釋中》，《殷都學刊》1991年第二期，第2頁。

〔註151〕楊伯峻：《春秋左傳注》，中華書局1981年版，第1164頁。

〔註152〕（春秋）孔丘：《論語》，楊伯峻、楊逢彬注譯，嶽麓書社2000年版，第24頁。

〔註153〕楊洪、王剛注譯：《中庸》，甘肅民族出版社1997年版，第1頁。

〔註154〕李春青：《〈荀子·樂論〉與儒家話語建構的文化邏輯》，《江海學刊》2011年第三期，第183頁。

『中和』的思想。」〔註155〕荀子論「中和」，具體包括三層意思：

一是詩樂本身之中和。他說：「詩者，中聲之所止也。」〔註156〕王先謙曰：「下文詩樂分言，此不言樂，以詩樂相兼也。」〔註157〕《樂論》謂「樂之中和也」，《儒效》謂「樂言是其和也」，明確指出儒家詩樂的根本特徵。他以「中和」作爲審美標準，作爲詩樂評價的尺度。

二是詩樂感化致人中和。他說：「君子以鐘鼓道志，以琴瑟樂心，……故樂行而志清，禮修而行成，耳目聰明，血氣和平，移風易俗，天下皆寧，美善相樂。」〔註158〕通過詩樂「樂心」的作用，影響人們的思想感情，使之合乎儒家的道德要求。他說：「樂中平則民和而不流，樂肅莊則民齊而不亂，民和齊則兵勁城固，敵國不敢嬰也。如是則百姓莫不安其處，樂其鄉，以至足其上矣。」〔註159〕以詩樂教化人心，使人心和悅向善，有利於鞏固封建統治。

當然，詩樂有雅鄭之分，亦有姦正之別。他說：「故齊衰之服，哭泣之聲，使人之心悲；帶甲嬰軸，歌於行伍，使人之心傷；姚冶之容，鄭衛之音，使人之心淫；紳端章甫，舞韶歌武，使人之心莊。凡姦聲感人，則逆氣應之，逆氣成象，則亂生也；正聲感人，則順氣應之，正氣成象，則治生也。」〔註160〕「故樂者，所以道樂也；金石絲竹，所以道德也。樂行而民鄉方矣，故樂者，治人之盛者也。」〔註161〕不同情感內容的詩樂，對人的情感有不同影響，對社會政治有不同效果。所以，荀子主張以儒家道德來制約、引導，從而發揮詩樂的積極作用來實現自己的社會理想。

三是促進社會秩序之中和。荀子非常重視詩樂，正是認識到詩樂對社會和諧秩序的維護作用。他說：「樂在宗廟之中，君臣上下同聽之，則莫不和敬；閨門之內，父子兄弟同聽之，則莫不和親；鄉里族長之中，老少同聽之，則莫不和順」。〔註162〕詩樂既可以維護家族的和諧秩序，也可以維護朝廷的和諧

〔註155〕蔡仲德：《中國音樂美學史》，人民音樂出版社 2003 年版，第 196 頁。
〔註156〕（清）王先謙，《荀子集釋》，中華書局 1988 年版，第 11 頁。
〔註157〕（清）王先謙：《荀子集釋》，中華書局 1988 年版，第 12 頁。
〔註158〕（清）王先謙：《荀子集釋》，中華書局 1988 年版，第 381～382 頁。
〔註159〕（清）王先謙：《荀子集釋》，中華書局 1988 年版，第 380 頁。
〔註160〕（清）王先謙：《荀子集釋》，中華書局 1988 年版，第 381 頁。
〔註161〕（清）王先謙：《荀子集釋》，中華書局 1988 年版，第 382 頁。
〔註162〕（清）王先謙：《荀子集釋》，中華書局 1988 年版，第 379 頁。

秩序。所謂「論禮樂，正身行，廣教化，美風俗，兼覆而調一之，辟公之事也。」〔註163〕由此可見，荀子視詩樂爲封建政治的重要統治工具。

詩樂既爲政治統治工具，必然要遵循封建禮義。他認爲，禮是至高無上的，它是人類社會對於自然和諧秩序的效法。「天地以合，日月以明，四時以序，星辰以行，江河以流，萬物以昌，好惡以節，喜怒以當，以爲下則順，以爲上則明，萬變不亂，貳之則喪，禮豈不至矣哉。」〔註164〕。因此，「故樂者，審一以定和者也，比物以飾節者也，合奏以成文者也，足以率一道，足以治萬變。……故樂者，天下之大齊也，中和之紀也。」〔註165〕「樂也者，和之不可變者也；禮也者，理之不可易者也。樂和同，禮別異。」〔註166〕在他看來，詩樂要「審一以定和」，即「中和」以「禮義」爲本。他的「中和」思想與他的政治思想相一致。他總結儒家詩樂教化的思想，根本目的在於構建社會的和諧秩序。

荀子反對墨子的非樂，也反對法家的黜文，而他又吸收了他們的思想因素，從而形成封建意識形態體系。梁啓超說：「漢代經師不問爲今文家、古今家，皆出荀卿。二千年間，宗派屢變，壹皆盤旋荀肘之下。」〔註167〕荀子的禮樂思想，對儒家詩學具有非常深遠的影響。

五、縱橫家游說理論

戰國時代，在政治變革，社會動盪的背景下，縱橫家異常活躍，所謂「縱人飾辯虛辭，橫人嚼口利機」，他們縱橫參謀，長短角勢，在政治生活中發揮了巨大作用。在游說活動中，縱橫家飾言成理，敷張揚厲，其說辭辯麗恣肆，具有獨特的語言風格和特定的文學價值。同時，在其游說實踐和游說理論中，也表現出可貴的文學思想。

（一）揣摩：關注接受對象

眾所周知，游說在戰國時代蔚爲風氣。游說這種特殊的思想交流方式，造成游說者和接受對象直接面對的關係。這就使游說者不能不關注接受對象的情況，從而針對接受對象的特點來選擇適當的游說方法，以便游說取得成

〔註163〕（清）王先謙：《荀子集釋》，中華書局1988年版，第170～～171頁。
〔註164〕（清）王先謙：《荀子集釋》，中華書局1988年版，第355頁。
〔註165〕（清）王先謙：《荀子集釋》，中華書局1988年版，第379～380頁。
〔註166〕（清）王先謙：《荀子集釋》，中華書局1988年版，第382頁。
〔註167〕梁啓超：《清代學術概論》，北京人民出版社2008年版，第57頁。

功。諸子百家出而用世，當然也都需要關注接受對象，只是縱橫家拈出「揣摩」二字，視爲獨得之秘，格外用心於此。所謂「揣摩」，就是揣情摩意，摸透接受對象的內心世界。

縱橫之士游說人主，大都下過一番揣摩的工夫。如虞卿游說趙孝成王，一見賜金，二見封上卿。司馬遷贊曰：「虞卿料事揣情，爲趙畫策，何其工也！」〔註168〕蘇秦遊秦不遇而歸家，「乃夜發書，陳篋數十，得《太公陰符》之謀，伏而誦之，簡練以爲《揣》、《摩》。……期年，《揣》、《摩》成，曰『此眞可以說當世之君矣。』」〔註169〕

蘇秦《揣》、《摩》之書雖未得見其內容，但據行文推測，顯然是談論接受心理和游說藝術的。正是由於蘇秦摸透了接受對象的心理和掌握了游說的藝術技巧，所以蘇秦「說趙王於華屋之下，抵掌而談，趙王大悅，封爲武安君，受相印」〔註170〕，一舉取得成功。

縱橫家不僅在游說實踐中善於揣摩，而且對揣摩經驗做了理論總結。

《史記·虞卿列傳》云：虞卿，晚年「不得意，乃著書，上採《春秋》，下觀近世，曰《節》、《義》、《稱》、《號》、《揣》、《摩》、《政》、《謀》，凡八篇。以刺譏國家得失，世傳之曰《虞氏春秋》。」〔註171〕其中《揣》、《摩》篇，很可能與蘇秦之《揣》、《摩》相類，意在總結自己的游說經驗。

今存縱橫家之專書《鬼谷子》，其中也有《揣篇》和《摩篇》。鬼谷，姓王名栩，相傳戰國時楚人，蘇秦、張儀都曾師事於他。今本《鬼谷子》雖然未必是鬼谷所作，但其中所談辯術與《戰國策》所載蘇秦、張儀的「飾辯虛辭」的情況確有淵源可尋。蓋爲縱橫家後學采輯周、秦舊文而成，足以見出戰國時縱橫之思想崖略。可以認爲：《鬼谷子》關於「揣摩」的論述是對戰國縱橫家揣摩經驗的理論概括。

首先，《鬼谷子》認識到「揣摩」的先導性和根本性。《揣篇》云：「說人主，則當審揣情」〔註172〕；「此謀之大本也，而說之法也」〔註173〕。這就確立了「揣摩」在游說活動中的重要地位。

其次，《鬼谷子》認爲揣摩接受對象是制定相應游說方式的依據，所謂「得

〔註168〕（漢）司馬遷：《虞卿列傳》，《史記》，中華書局1959年版，第2376頁。
〔註169〕何建章：《戰國策譯釋》，中華書局1990年版，第75頁。
〔註170〕何建章：《戰國策譯釋》，中華書局1990年版，第75頁。
〔註171〕（漢）司馬遷：《虞卿列傳》，《史記》，中華書局1959年版，第2375頁。
〔註172〕（戰國）王栩：《鬼谷子》，陝西旅遊出版社2002年版，第88頁。
〔註173〕（戰國）王栩：《鬼谷子》，陝西旅遊出版社2002年版，第89頁。

其情，乃制其術」。只有瞭解接受對象，針對不同游說對象來制定不同的游說方法，才能取得游說的成功。《捭闔》云：「夫賢、不肖、智、愚、勇、怯、仁、義，有差。乃可捭，乃可闔；乃可進，乃可退；乃可賤，乃可貴」〔註174〕；否則，「不見其類而為之者，見逆；不得其情而說之者，見非」〔註175〕，游說就難以成功。

再次，《鬼谷子》論述了揣摩以「得其情」的方法。概括地說就是「隨其嗜欲以見其志意」。《揣篇》云：「揣情者，必以其甚喜之時，往而極其欲也，其有欲也，不能隱其情；必以其甚懼之時，往而極其惡也，其有惡也，不能隱其情。」〔註176〕具體而言就是「聽其辭，察其事，論萬物，別雄雌」，有時要「反聽」以「得其情」，有時要「鈎語」以「得人實」〔註177〕。

總之，揣摩的目的就是要使游說內容和方法符合接受對象的實情。《摩篇》云：「摩之，符也」；「微摩之以其所欲，測而探之，內符必應」〔註178〕；「摩之以其類，焉有不相應者？乃摩之以其欲，焉有不聽者？」〔註179〕善於揣摩，便能「情合者聽」，從而使游說「無所不出，無所不入，無所不可。可以說人，可以說家，可以說國，可以說天下」〔註180〕，達到得心應手的化境。

縱橫家總結揣摩經驗，著重探討接受對象的心理，所謂「達人心之理，見變化之朕（朕兆）焉」〔註181〕。他們以人們趨利避害的本性為基礎，揣摩接受對象的心理活動。這種思想被法家的韓非發揮得淋漓盡致。正像呂思勉先生所說：「縱橫家學理，轉散見於諸子書中，而莫備於韓非之《說難》。」〔註182〕《韓非子·說難》云：

> 凡說之難，在知所說之心，可以吾說當之。所說出於為名高者也，而說之以厚利，則見下節而遇卑賤，必棄遠矣。所說出於厚利者也，而說之以名高，則見無心而遠事情，必不收矣。所說陰為厚利而顯為名高者也，而說之以名高，則陽收其身而實疏之；說之以

〔註174〕（戰國）王栩：《鬼谷子》，陝西旅遊出版社2002年版，第8頁。
〔註175〕（戰國）王栩：《鬼谷子》，陝西旅遊出版社2002年版，第51頁。
〔註176〕（戰國）王栩：《鬼谷子》，陝西旅遊出版社2002年版，第86頁。
〔註177〕（戰國）王栩：《鬼谷子》，陝西旅遊出版社2002年版，第32頁。
〔註178〕（戰國）王栩：《鬼谷子》，陝西旅遊出版社2002年版，第91頁。
〔註179〕（戰國）王栩：《鬼谷子》，陝西旅遊出版社2002年版，第100頁。
〔註180〕（戰國）王栩：《鬼谷子》，陝西旅遊出版社2002年版，第24～25頁。
〔註181〕（戰國）王栩：《鬼谷子》，陝西旅遊出版社2002年版，第4頁。
〔註182〕呂思勉：《先秦學術概論》，中國大百科全書出版社1985年版，第129頁。

厚利，則陰用其言，顯棄其身矣。此不可不察也。

　　凡說之務，在知飾所說之所矜，而滅其所恥。……大意無所拂
忤。辭言無所繫縻，然後極騁智辯焉。此道所得親近不疑，而得盡
辭也。〔註183〕

　　韓非對接受心理所做的多層次，多角度的分析，眞可謂細緻入微。然而，
韓非對接受心理的深入挖掘，並不代表他的根本文學主張，而恰恰與他對文
學的根本主張是背道而馳的。韓非將文學稱爲「五蠹」，主張「息文學而明法
度」，「以功用爲之得穀」，以狹隘的政治功利主義否定文學。可見，韓非之所
以要研究接受心理，實在是迫不得已的事情。這便是章學誠所謂諸子百家「當
其用也，必兼縱橫之辭以文之」的意思〔註184〕。如孟子儘管說過「說大人則
藐之，勿視其巍巍然」的話，然而，他在游說齊宣王時還是預先揣摩了齊宣
王以羊易牛釁鍾的心理，做到「他人有心，予忖度之」〔註185〕，從而推行他
的仁政思想。雜家的《呂氏春秋》中有《順說》篇〔註186〕，儒家的《說苑》
中有《善說》篇〔註187〕，它們也都是研究接受心理的。

　　各家對接受心理的論述，實際只是對縱橫家「揣摩」思想的進一步闡發
而已。所謂「蓋縱橫家所言之理，亦夫人之所知，惟言之之術則爲縱橫家之
所獨耳！」〔註188〕因此，揣摩思想的知識產權還是應該歸屬於縱橫家。縱橫
家對揣摩經驗的理論闡發，把接受對象置於游說活動的中心地位，高度強調
了接受對象的重要性。

　　儘管縱橫的揣摩思想並不是針對文學而發，但其中自然也包含著對接
受對象審美趣味和語言表現的揣摩。從文學角度來看，這種對接受對象的關
注，很類似於當今的接受美學思想。這種思想迎合了接受對象的心理需求，
提高了游說寫作的自覺性，對縱橫家說辭的藝術成熟發揮了積極的促進作
用，對戰國時期文學自覺意識的萌動也發揮了積極的促進作用。

　　這種關注接受對象的思想，開啓了中國古代文學重視讀者的傳統，如後
世白居易作詩誦讀於老嫗，蒲松齡寫作徵詢於老農，曹雪芹創作切磋於脂硯

〔註183〕陳奇猷：《韓非子集釋》，上海人民出版社1974年版，第221～222頁。
〔註184〕葉瑛：《文史通義校注》，中華書局1983年版，第61頁。
〔註185〕楊伯峻：《孟子譯注》，中華書局1960年版，第15頁。
〔註186〕陳奇猷：《呂氏春秋校釋》，學林出版社1984年版，第905頁。
〔註187〕向宗魯：《說苑校證》，中華書局1987年版，第267頁。
〔註188〕呂思勉：《先秦學術概論》，中國大百科全書出版社1985年版，第130頁。

齋，都可以說是這種思想的繼承和發揚，它在中國文學理論史和世界文學理論史上都是一個創舉，對於文學理論建設和文學創作實踐都具有重要的意義。

（二）飾言：強調語言表達

修飾言辭的行爲很早就有了。《詩經・大雅・板》之「辭之輯矣，民之洽矣；辭之懌矣，民之莫矣」〔註189〕，反映了中國最早的修辭意識。史官記錄史事，必然借助言辭的修飾，所以史書言辭多富文采。孔子云：「質勝文則野，文勝質則史。」〔註190〕韓非云：「捷敏辯給，繁於文采，則見以爲史。」〔註191〕

至於刻意地修飾言辭，大概是從春秋時代的「行人」開始的。《論語・憲問》載「子曰：『爲命，裨諶草創之，世叔討論之，行人子羽修飾之，東里子產潤色之。』」〔註192〕縱橫家繼承了史家和行人注重修飾言辭的傳統，變本而加屬，在理論上大力強調，在實踐中身體力行。縱橫家「度時君之所能行，出奇策異智，轉危爲安，運亡爲存」〔註193〕，萬變不離言辭，因而他們充分認識到了修飾言辭的重要性。《說苑・善說》云：「子貢曰：『出言陳辭，身之得失，國之安危也。』……昔子產修其辭而趙武致其敬；王孫滿明其言而楚莊以慚；蘇秦行其說而六國以安；蒯通陳其說而身以得全。夫辭者，乃所以尊君、重身、安國、全性者也。故辭不可不修，而說不可不善。」〔註194〕這從側面表現了縱橫家對修飾言辭的重視。

對於修飾言辭，先秦各家的態度是不同的。道家反對修飾言辭，老子曰：「信言不美，美言不信」〔註195〕。莊子曰：「合譬飾辭聚眾也，……愚之至也。」〔註196〕墨家鄙棄文而注重質，提出「先質而後文」的觀點。法家「好質惡飾」，反對「辯說文飾之言」。韓非說道：「夫恃貌而論情者，其情惡也；須飾而論質者，其質衰也。……夫物之待飾而後行者，其質不美也。」〔註197〕儒家在這個問題上，態度比較慎重。一方面主張語言要樸實，如《顏淵》云：「仁者，

〔註189〕程俊英：《詩經譯注》，上海古籍出版社1985年版，第554頁。
〔註190〕楊伯峻：《論語譯注》，中華書局1980年版，第61頁。
〔註191〕陳奇猷：《韓非子集釋》，上海人民出版社1974年版，第49頁。
〔註192〕楊伯峻：《論語譯注》，中華書局1980年版，第147頁。
〔註193〕諸祖狄：《戰國策集注彙考・校戰國策書錄》，江蘇古籍出版社1985年版，第1796頁。
〔註194〕向宗魯：《說苑校證》，中華書局1987年版，第267頁。
〔註195〕陳鼓應：《老子注譯及評介》，中華書局1984年版，第473頁。
〔註196〕曹礎基：《莊子淺注》，中華書局198年版，第182頁。
〔註197〕陳奇猷：《韓非子集釋》，上海人民出版社1974年版，第334頁。

其言也訒。」〔註198〕《學而》云：「巧言令色，鮮矣仁。」〔註199〕另一方面也不反對文飾言辭，如孔子稱「言之不文，行而不遠」，甚至說過「辭欲巧」的話。比較而言，只有縱橫家對修飾言辭從來不持異議，表現出最為堅決的肯定態度。

縱橫家重視修飾言辭，《鬼谷子·揣篇》明確提出「揣情飾言成文章」的觀點〔註200〕。《鬼谷子·權篇》云：「飾言者，假之也。」〔註201〕即修飾言辭是借助語言表現達到游說目的。劉勰稱「《轉丸》騁其巧辭」〔註202〕，有可能《轉丸》比較多地論述了修飾言辭，惜今已亡佚，不能見其面目。

僅從現存資料看，《鬼谷子》還是保存了許多對修飾言辭的認識。修飾言辭的基本原則是以游說對象為轉移，即「審其意，知其所好惡，乃就說其所重」〔註203〕，針對不同對象選擇不同的修辭策略。「言往者，先順辭也；說來者，以變言也」，「故與智者言依於博，與博者言依於辯，與辯者言依於要，與貴者言依於勢，與富者言依於豪，與貧者言依於利，與賤者言依于謙，與勇者言依於敢，與愚者言依於銳，此其術也。」〔註204〕經過修飾，言辭表現為多種形態，如「佞言者，諂而干忠；諛言者，博而干智；平言者，決而干勇；戚言者，權而干言；靜言者，反而干勝」，「繁言而不亂……睹要得理」〔註205〕。這些不同形態的言辭呈現出多樣風格，它們「或陰或陽，或柔或剛，或開或閉，或弛或張」，能夠「精則用之，利則行之」〔註206〕，就可以進退自如，縱橫得宜，收到很好的游說效果。

當然，縱橫家主要不是坐而論道，他們以比較開放的心態廣泛吸收別人修飾言辭的經驗，靈活地應用到游說活動之中。《戰國策》一書，就體現了縱橫家注重修飾言辭的幾個特徵。

一是文飾。縱橫家主張「言有象」〔註207〕，他們運用譬喻、引證寓言、描寫細節使語言富有形象，增強了言辭的文采。如《戰國策·秦策三》「應侯

〔註198〕楊伯峻：《論語譯注》，中華書局1980年版，第124頁。
〔註199〕楊伯峻：《論語譯注》，中華書局1980年版，第3頁。
〔註200〕（戰國）王栩：《鬼谷子》，陝西旅遊出版社2002年版，第90頁。
〔註201〕（戰國）王栩：《鬼谷子》，陝西旅遊出版社2002年版，第103頁。
〔註202〕周振甫：《文心雕龍注釋》，人民文學出版社1981，第272頁。
〔註203〕（戰國）王栩：《鬼谷子》，陝西旅遊出版社2002年版，第72頁。
〔註204〕（戰國）王栩：《鬼谷子》，陝西旅遊出版社2002年版，第114頁。
〔註205〕（戰國）王栩：《鬼谷子》，陝西旅遊出版社2002年版，第151頁。
〔註206〕（戰國）王栩：《鬼谷子》，陝西旅遊出版社2002年版，第7頁。
〔註207〕（戰國）王栩：《鬼谷子》，陝西旅遊出版社2002年版，第32頁。

失韓之汝南」章〔註208〕，應侯范雎用東門吳者死子不憂作譬，說明自己失去封地而不憂。《戰國策・齊策二》「昭陽爲楚伐魏」章〔註209〕，陳軫用「畫蛇添足」的寓言說明道理，解除了昭陽的軍事威脅。《戰國策・燕策三》「燕太子丹質於秦亡歸」章〔註210〕，寫荊軻謀刺秦王離燕時的情景，蕭瑟秋風，白衣訣別，慷慨悲歌，流涕瞋目，髮上指冠，登車不顧等細節構成了悲壯蒼涼的氣氛。經過文飾，言辭具體生動，形象可感，辭采紛葩，悅人耳目，大大提高了縱橫說辭的表現力。

二是鋪飾。縱橫家主張「事有比」〔註211〕，他們運用排比、鋪陳事實、條分縷析來增加了言辭的說服力。如《戰國策・魏策四》「信陵君殺晉鄙」章，唐且對信陵君曰：「人之憎我也，不可不知也；吾憎人也，不可得而知也。人之有德於我也，不可忘也；吾有德於人也，不可不忘也。今君殺晉鄙，救邯鄲，破秦人，存趙國，此大德也。今趙王自郊迎，卒然見趙王，臣願君之忘之也。」〔註212〕言辭排比對仗，文氣充沛有力。《戰國策・秦策一》「蘇秦始將連橫說秦惠王」章，蘇秦以武力王天下鼓動秦惠王，其云：「昔者，神農伐補遂，黃帝伐涿鹿而禽蚩尤，堯伐驩兜，舜伐三苗，禹伐共工，湯伐有夏，文王伐崇，武王伐紂，齊桓任戰而伯天下。由此觀之，惡有不戰者乎？」〔註213〕鋪陳大量歷史事實以爲論據，極大地增強了說辭征服人心的力量。《戰國策・楚策四》「莊辛謂楚襄王」章，莊辛連用四層排比：蜻蛉「飛翔乎天地之間」，不知五尺童子將黏取之；黃雀「仰棲茂樹，鼓翅奮翼」，不知公子王孫將彈射之；黃鵠「遊於江海，淹乎大沼」，不知射者將獵取之；蔡聖侯優游淫樂，不知子發將受楚王之命攻之〔註214〕。說辭精心結構，意思層層推進，文氣一貫到底，不由你不接受他的主張。鋪飾言辭，文脈分明，文句整飭，文意充實，文氣浩蕩，大大提高了縱橫說辭的議論震撼力。

三是誇飾。縱橫家主張「辭貴奇」〔註215〕，他們運用誇張手法，渲染情境，突出人和事物的某些方面，被稱爲「遊士誇飾之詞」，雖不盡屬實，然而

〔註208〕何建章：《戰國策譯釋》，中華書局1990年版，第197頁。
〔註209〕何建章：《戰國策譯釋》，中華書局1990年版，第342頁。
〔註210〕何建章：《戰國策譯釋》，中華書局1990年版，第1190頁。
〔註211〕（戰國）王栩：《鬼谷子》，陝西旅遊出版社2002年版，第32頁。
〔註212〕何建章：《戰國策譯釋》，中華書局1990年版，第950頁。
〔註213〕何建章：《戰國策譯釋》，中華書局1990年版，第74頁。
〔註214〕何建章：《戰國策譯釋》，中華書局1990年版，第571頁。
〔註215〕（戰國）王栩：《鬼谷子》，陝西旅遊出版社2002年版，第157頁。

可喜可觀，增添了言辭的感染力。如《戰國策・齊策一》「蘇秦爲趙合從」章，蘇秦對臨淄的描寫：「臨淄甚富而實，其民無不吹竽、鼓瑟，擊筑、彈琴，鬥雞、走犬，六博、塌踘者；臨淄之途，車轂擊，人肩摩，連衽成帷，舉袂成幕，揮汗成雨；家敦而富，志高而揚。」〔註216〕以誇張的筆觸，突出了齊都的繁華景象。《戰國策・東周策》「秦興師臨周而求九鼎」章，秦興師臨周而求九鼎，顏率東借救於齊。齊將求九鼎，顏率對齊王極力渲染致鼎之難：寄徑於梁，「梁之君臣欲得九鼎，謀之於暉臺之下……」；寄徑於楚，「楚之君臣欲得九鼎，謀之於葉庭之中……」；而「昔周之伐殷，得九鼎，凡一鼎而九萬人挽之，九九八十一萬人，士卒師徒，器械被具，所以備者稱此。」〔註217〕這通言辭具體而誇張，終於使齊王知難而退，打消了求九鼎的念頭。誇飾超過了一定限度就成了虛飾，即所謂「策士誇談，本無其事」。如《戰國策・魏策四》「秦王使人謂安陵君」章〔註218〕，突破了歷史眞實，進入了文學虛構的領域。文中寫唐且與秦王的交鋒，如大海浪湧，一浪高過一浪。最後，唐且以「士必怒，伏屍二人，流血五步，天下縞素」的英雄氣概「挺劍而起」，使情節進入高潮。懸想事勢，想像豐富，言辭誇飾，奇氣襲人，大大提高了縱橫說辭的藝術感染力。

　　要之，縱橫家在理論和實踐上重視修飾言辭，拓寬和豐富了語言的表現技巧，表現出對語言藝術的強烈自覺意識，這使得縱橫家說辭具有更多的文學品格。葉適稱《戰國策》「飾辭成理，有可觀聽」〔註219〕，吳曾祺稱「其文章之美，在乙部中，自《左》、《史》外，鮮有能及之者」〔註220〕，陸隴其在筆伐縱橫家的《戰國策去毒》中，也不得不承認「其文章之奇，足以悅人耳目」〔註221〕。可見，縱橫家在修飾言辭方面所取得的成就，對於以語言藝術建造的文學大廈來說，其貢獻是不言而喻的。

（三）尚辯：重視文學特徵

　　縱橫家與「辯」難解難分。他們被時人稱爲「辯士」，他們的文章特徵被後人概括爲「辯麗」、「辯博」。那麼，「辯」這個概念的內涵是什麼呢？首先

〔註216〕何建章：《戰國策譯釋》，中華書局1990年版，第326頁。
〔註217〕何建章：《戰國策譯釋》，中華書局1990年版，第1頁。
〔註218〕何建章：《戰國策譯釋》，中華書局1990年版，第959頁。
〔註219〕諸祖狄：《戰國策集注彙考》，江蘇古籍出版社1985年版，第1809頁。
〔註220〕諸祖狄：《戰國策集注彙考》，江蘇古籍出版社1985年版，第1630頁。
〔註221〕諸祖狄：《戰國策集注彙考》，江蘇古籍出版社1985年版，第1821頁。

來看兩則材料：

《韓非子・外儲說左上》云：「楚王謂田鳩曰：『墨子者，顯學也。其身
體則可，其言多而不辯何也？』」田鳩在講了秦伯嫁女和楚人買櫝還珠的故事
後，解釋道：「今世之談也，皆道辯說文辭之言，人主覽其文而忘其用。墨子
之說，傳先王之道，論聖人之言以宣告人，若辯其辭，則恐人懷其文而忘其
直，以文害用也。此楚人還珠，秦伯嫁女同類，故其言多不辯。」〔註222〕

《呂氏春秋・順說》云：「惠盎見宋康王。康王蹀足謦欬，疾言曰：『寡
人之所說者勇有力，而無爲仁義者。客將何以教寡人？』」惠盎娓娓道來，
深得康王之心。康王一會兒說：「善！此寡人所欲聞也。」一會兒又說：「善！
此寡人所欲知也。」一會兒又說：「善！此寡人之所欲也。」一會兒又說：「善！
此寡人之所欲得。」惠盎走後，宋康王謂左右說：「辯矣。客之以說服寡人
也。」〔註223〕

墨子之「不辯」與惠盎之「辯」正好形成鮮明的對比。所謂「辯」，顯然
不是論辯條理的意思，墨家最講究論辯的邏輯規則，在這方面是不可能「不
辯」的。所謂「辯」，乃博文爲辯，陳奇猷先生釋爲「文麗動聽」的意思。墨
家「恐人懷其文而忘其直」，所以言辭質直，被人視爲「不辯」；而游說之士
的惠盎，揣摩君主之心，循循善誘，言辭動聽，所以被人視爲「辯矣」。戰國
時期，世人好「辯」已漸成風氣，人們往往以「辯」爲標準來評論言辭的高
下。《韓非子・難言》云：游說爲文「殊釋文學，以質信言，則見以爲鄙」，「總
微說約，徑省而不飾，則見以爲劌而不辯」〔註224〕。

自然，各家各派對此表現出不同的態度。墨家擔心「以文害用」，故言多
而不辯〔註225〕；法家不滿「豔乎辯說」與「濫於文麗」，其反對「辯說」的態
度已很明朗。道家否定「辯言」，老子曰：「善言不辯，辯言不善」〔註226〕。
儒家對「辯說」採取保留的態度：孔子主張「辭達」，反對「巧言亂德」。孟
子雖不贊成「辯說」，而也不能違逆普遍的審美風尚，所以他說：「予豈好辯
哉？予不得已也。」〔註227〕荀子則把「辯說」分爲「君子之辯」和「小人之

〔註222〕陳奇猷：《韓非子集釋》，上海人民出版社 1974 年版，第 623 頁。
〔註223〕陳奇猷：《呂氏春秋校釋》，學林出版社 1984 年版，第 905 頁。
〔註224〕陳奇猷：《韓非子集釋》，上海人民出版社 1974 年版，第 48 頁。
〔註225〕陳奇猷：《韓非子集釋》，上海人民出版社 1974 年版，第 49 頁。
〔註226〕陳鼓應：《老子注譯及評介》，中華書局 1981 年版，第 361 頁。
〔註227〕楊伯峻：《孟子譯注》，中華書局 1960 年版，第 154 頁。

辯」，認為君子之辯「言辯而不辭」，即「少言而法」，不馳騖於辭采；而小人之辯「多言無法而流湎然」，「辯說譬喻，齊給便利，……謂之姦說」〔註228〕。只有縱橫家對「辯說」持完全肯定的態度，他們以「辯士」自居，極馳「辯說」，迎合普遍的審美風尚，推動了文學審美意識的自覺。

縱橫游說之士被世人稱為「辯士」、「辯智之士」、「弘辯之士」。儘管也有人對縱橫家巧言辯說多有詆毀，但縱橫家自己仍以「辯士」為榮。如韓非在《外儲說左上》中，就直接斥責辯說之士：「范且（雎）、虞慶之言皆文辯辭勝而反事之情」，其「辯說文麗之聲」是「虛辭無用」、「無用之辯」，人主「說而不禁，此所以敗也。」〔註229〕然而，縱橫家並不以「辯士」為恥，如秦王面對張儀稱讚陳軫：「夫軫，天下之辯士也。」〔註230〕而蔡澤派人向范雎揚言：「燕客蔡澤，天下駿雄弘辯之士也。」〔註231〕他們不顧世人毀譽，以「辯士」自居，自然表明了他們崇尚「辯麗」的思想。縱橫家積極迎合社會普遍的審美趣味，而他們「辯麗」的游說也贏得社會的承認，所謂「儒術之士棄捐於世，而游說權謀之徒見貴於俗」〔註232〕。而這種強烈反差的情形，除了他們學說的原因外，其言辭辯麗與否也是不可忽視的因素。

縱橫家主觀上崇尚「辯麗」，自然在游說實踐中把「辯麗」作為一種自覺的美學追求。就《戰國策》來看，縱橫家文章的辯麗實在達到了戰國文學的最高水平。鮑彪《戰國策注序》云：「《國策》，史家流也。其文辯博，有煥而明，有婉而微，有約而深。」〔註233〕王覺《題戰國策》云：「愛其文辭之辯博」，其「辯麗橫肆，亦文辭之最」〔註234〕。方銘稱：「戰國文學與六經的差別，可以概括為『奇詭辯麗』四個字」〔註235〕，這是極有見地的。

〔註228〕鄧漢卿：《荀子繹評》，嶽麓書社 1994 年版，第 109 頁。

〔註229〕陳奇猷：《韓非子集釋》，上海人民出版社 1974 年版，第 636 頁。

〔註230〕（漢）劉向集錄：《戰國策》，上海古籍出版社 1985 年版，第 131 頁。

〔註231〕（漢）劉向集錄：《戰國策》，上海古籍出版社 1985 年版，第 211 頁。

〔註232〕諸祖狄：《校戰國策書錄》，《戰國策集注彙考》，江蘇古籍出版社 1985 年版，第 1805 頁。

〔註233〕諸祖狄：《戰國策注序》，《戰國策集注彙考》，江蘇古籍出版社 1985 年版，第 1802 頁。

〔註234〕諸祖狄：《題戰國策》，《戰國策集注彙考》，江蘇古籍出版社 1985 年版，第 1796 頁。

〔註235〕方銘：《孔子與戰國文學的繁榮》，《中國學研究》（第一輯），中國書籍出版社 1997 年版，第 20 頁。

縱橫家說辭具有很高的文學成就，成為後世文學取法的對象。張一鯤《刻戰國策序》稱《戰國策》為「文家之郭郛也」，說它「肌豐而力沈，骨勁而氣猛，驟回於咫尺不為近，而步逸於八極不為遠；曉變其故詞不為襲，而甲拆其新意不為駭。古今設文之士，率曰先秦，秦之先，非六國乎？」〔註236〕

具體而言，《戰國策》對其後的楚漢文學產生了巨大影響。所謂「楚漢侈而豔」，實是縱橫家說辭「辯麗」風格的繼續。劉勰就明確指出楚辭受到縱橫家的影響，他說：「屈平聯藻於日月，宋玉交采於風雲，觀其豔說，則籠罩雅頌，故知煒燁之奇意，出乎縱橫之詭俗也。」〔註237〕至於《史記》受縱橫家影響，論者尤多。如耿延禧稱：《戰國策》「其敘事之備，太史公取以著《史記》，而文辭高古，子長實取法焉。」〔註238〕張士元說：《戰國策》「實乃《史記》權輿」，「蓋子長《史記》實學《戰國策》，其格法時相出入」〔註239〕。由《戰國策》影響可見，縱橫家巧辭辯麗已臻成熟，當之無愧地成為戰國文學的亮點。

文章在實用中孕育出審美，文辭由質直而至於辯麗，這是語言藝術的重要進步。縱橫家在理論和實踐中都崇尚「辯麗」，這是對文學特徵的自覺意識。戰國時期是中國文學的第一個繁榮時期，章學誠指出：「蓋至戰國而文章之變盡，至戰國而著述之事專，至戰國而後世之文體備，故論文於戰國，而升降盛衰之故可知也。」〔註240〕於此文學升降盛衰之樞紐，文學呈現出鮮明的特徵。當時，喜好「辯麗」是普遍的審美趣味，人們只要不抱偏見，就不可能對此熟視無睹。縱橫家以一種開放的心態崇尚「辯麗」，這是對文學現狀的理性認識。這種認識是對藝術美的追求，是文學自覺意識的萌動，透露出文學走向成熟的信息。

總之，縱橫家對游說經驗進行理論總結和實際運用，表現出揣摩、飾言、尚辯的思想。這些思想關注接受對象、強調語言表現、重視文學特徵，表現了戰國時期文學自覺意識的萌動，對文學的發展產生了積極作用，在文學思想史上具有重要價值。

〔註236〕諸祖耿：《戰國策集注彙考》，江蘇古籍出版社1985年版，第1830頁。
〔註237〕陸侃如、牟世金：《文心雕龍譯注》，齊魯書社1995年版，第527頁。
〔註238〕諸祖耿：《戰國策集注彙考》，江蘇古籍出版社1985年版，第1804頁。
〔註239〕諸祖耿：《戰國策集注彙考》，江蘇古籍出版社1985年版，第1822頁。
〔註240〕葉瑛，《文史通義校注》，中華書局1983年版，第61頁。

六、司馬遷創作思想

在「罷黜百家，獨尊儒術」的思想氛圍中，漢代文學思想表現出將儒家詩論教條化的傾向，在文學思想史上缺少創造性價值。然而，在漢代文學思想整體萎靡的背景下，司馬遷卻彷彿鶴立雞群，其文學思想以強烈的主體意識放射出耀眼的光輝，躍升漢代文學思想之頂峰。

司馬遷文學思想之主體意識，體現了他對文學創作的深刻理解。在文學自覺之前，文學創作包涵在整個精神生產之中，司馬遷對文學創作的理解也包涵在他對整個精神生產的理解之中。就文學創作的性質，文學創作的動力，文學創作的核心諸問題，司馬遷能夠聯繫實際，獨立思考，始終突出人的主體性，顯示了文學思想的歷史進步。

（一）成一家之言：文學創作的創造性質

對於《史記》的寫作，司馬遷有非常明確的目的。《報任安書》云：「僕竊不遜，近自託於無能之辭，網羅天下放失舊聞，略考其行事，綜其始終，稽其成敗興壞之紀，……亦欲以究天人之際，通古今之變，成一家之言」〔註241〕。所謂「一家之言」，包含著強烈的主體創造意識，是主體獨立精神的充分體現，使精神產品成為主體精神的延續。這從根本上改變了對精神生產的傳統理解，對認識文學創作的創造性質具有重要的意義。

人類擺脫了蒙昧，便有了自覺的精神生產；人們在從事精神生產的同時，也表現出對精神生產的認識。語言的魔力，催生了巫術、神話，而它們以神格為主，人處於被動的位置，自然缺乏主體意識。歷史的記憶，留下了刻辭、典冊。《尚書·多士》云：「惟殷先人，有冊有典」〔註242〕，甲骨文中也有「典」字、「冊」字，及大量從「冊」之字。既然「有冊有典」，就必然有記錄典冊的史官，甲骨文中也有以「史」字為官名者，如「大史」、「小史」、「西史」、「東史」等〔註243〕。而在記錄歷史時，所謂「左史記言，右史記事」，只是對已經發生的言論和事件作客觀的記錄。事實上史官們也會表現自己意見的，如《國語》云：「故天子聽政，使公卿至於列士獻詩，瞽獻曲，史獻書，師箴，瞍賦，矇誦，百工諫……瞽、史教誨，而後王斟酌焉。」〔註244〕然而，

〔註241〕（漢）班固：《司馬遷傳》，《漢書》，中華書局1962年版，第2735頁。
〔註242〕王世舜：《尚書譯注》，四川人民出版社1982年版，第209頁。
〔註243〕孫淼：《夏商史稿》，文物出版社1987年版，第560頁。
〔註244〕上海師範大學古籍整理組校點：《國語》，上海古籍出版社1978年版，第9～10頁。

史官們的主體意識往往被淹沒在大量的客觀記錄之中，並沒有引起人們的充分注意。

在人類早期歷史中，文化的傳承似乎比文化的創造更爲凸顯。所以，人們對精神生產的創造性缺乏深入的理解。孔子是偉大的文化巨人，而他對自己的文化創造顯然認識不足。他說：「殷因於夏禮，所損益可知也；周因於殷禮，所損益可知也；其或繼周者，雖百世可知也。」〔註245〕他看到了文化的歷史變遷，但認爲文化變遷是很緩慢的。所以，他衷心讚歎西周典章制度：「周監於二代，郁郁乎文哉！吾從周！」〔註246〕在他看來，自己只是「述而不作，信而好古」而已。這不僅僅是自謙，而且也是孔子對精神生產的基本認識。

戰國百家爭鳴，精神生產空前繁榮，而人們對精神生產的主體創造性仍然重視不夠。《莊子》論「古之所謂道術者」，認爲「道術將爲天下裂」，哀歎百家之學「往而不返」，「不幸不見天地之純，古人之大體」〔註247〕。他推崇古之道術，貶低今之方術，實質上是重傳承而輕創新。《韓非子》論世之顯學，才表現對文化創新的寬容。所謂「孔子、墨子俱道堯、舜，而取捨不同，皆自謂眞堯、舜，堯、舜不復生，將誰使定儒、墨之誠乎」；「故孔、墨之後，儒分爲八，墨離爲三，取捨相反不同，而皆自謂眞孔、墨，孔、墨不可復生，將誰使定世之學乎」〔註248〕。他批評那些以眞堯、舜，眞孔、墨定世之學的行爲是「非愚則誣也」。從中也可以體會到當時彌漫著的文化氣氛，那是對文化傳承的鍾情和對文化創新的漠視。

漢武帝「罷黜百家，獨尊儒術」，結束了精神生產的自由氛圍。偏偏在這個時候，司馬遷提出「成一家之言」，強調精神生產的主體創造性，不能不說是非常的難能可貴。司馬遷對精神生產的主體性有著深刻的理解，在文化傳承和文化創新方面，都表現出鮮明的主體自覺意識。

就文化傳承言，他說：「先人有言：『自周公卒五百歲而生孔子。孔子卒後至於今五百歲，有紹明世，正《易傳》，繼《春秋》，本《詩》、《書》、《禮》、《樂》之際？』意在斯乎！意在斯乎！小子何敢讓焉！」〔註249〕他一副當仁不讓的樣子，把繼承周公、孔子的文化遺產作爲自己的歷史使命。

〔註245〕楊伯峻：《論語譯注》，中華書局 1962 年版，第 22 頁。

〔註246〕楊伯峻：《論語譯注》，中華書局 1962 年版，第 28 頁。

〔註247〕曹礎基：《莊子淺注》，中華書局 1982 年版，第 494 頁。

〔註248〕陳奇猷：《顯學》《韓非子集釋》，上海人民出版社 1974 年版，第 1080 頁。

〔註249〕（漢）司馬遷：《太史公自序》，《史記》，中華書局 1982 年版，第 3296 頁。

就文化創新言，他更重視在文化傳承的基礎上積極創造。所謂「稽其成敗興壞之理」，「究天人之際，通古今之變」，完全是要表達自己的獨到見解。譬如：他主張天人相分，肯定人爲對社會歷史的作用，與董仲舒「天人感應」說不同；他談「見盛觀衰」，「承敝易變」，肯定歷史變化，與董仲舒「五德終始」說有別；他認爲「理民以靜」，「富者人之情性」，「存亡在所任」，與儒家思想並不一致。難怪班固稱：「其是非頗繆於聖人。」〔註250〕他的思想不是占統治地位意識形態的鸚鵡學舌，而是他主體精神的積極創造。

唯其如此，司馬遷「思垂空文以自見」，寫作《史記》成爲他生命的存在方式。他說：「所以隱忍苟活，幽於糞土之中而不辭者，恨私心有所不盡，鄙陋沒世而文采不表於後世也」〔註251〕；「僕誠以著此書，藏諸名山，傳之其人。通邑大都，則僕償前辱之責，雖萬被戮，豈有悔哉！」〔註252〕正是《史記》，賦予司馬遷以生命意義，成爲司馬遷主體精神的體現和延續。

司馬遷強調主體意識，正確理解文化傳承和文化創造的關係，打破了文化創新的思想禁錮，確認了精神生產的創造性質，從而爲文學創作中的創造活動提供了重要條件。司馬遷作《史記》竊比《春秋》，而又能突破《春秋》而積極創新：

首先，由記事到寫人，通過人物形象的具體活動來表現自己獨特的歷史認識。朱自清言：「《史記》的文字，最大的貢獻還在描寫人物。」〔註253〕《春秋》記事概括，不見人物；《左傳》記事具體，人物爲輔；而《史記》以人物爲中心，開始了敘事文學的新紀元。司馬遷刻畫出一批栩栩如生的人物形象，是他在文學創作上最偉大的成就。

其次，由編年體到紀傳體，爲塑造人物形象提供了相應的文體空間。在敘事文學發展到一定程度之後，編年體成爲敘事文學進一步發展的桎梏。《左傳》受到編年體的制約，敘事已經有割裂、零散的弊病。司馬遷創造紀傳體，突破了編年體制約，爲集中塑造人物形象創造了基本條件，從而帶來敘事文學的飛躍發展。

再次，由史筆到文筆，增強了寫人敘事的藝術色彩。史筆旨在客觀地反映歷史眞相，而文筆卻要展開想像，注入感情，寫照傳神，筆端生花。司馬

〔註250〕（漢）班固：《司馬遷傳贊》，《漢書》，中華書局1962年版，第2737頁。
〔註251〕（漢）班固：《報任安書》，《漢書》，中華書局1962年版，第2733頁。
〔註252〕（漢）班固：《報任安書》，《漢書》，中華書局1962年版，第2735頁。
〔註253〕朱自清：《經典雜談》，三聯書店1980年版，第122頁。

遷不滿足於史筆的平板，於史筆中融入文筆。其寫人敘事，獵奇述異，細節傳神，誇飾渲染，飽含感情，充分展示了《史記》的語言藝術特徵。

司馬遷的創造性貢獻，使他在文學方面也能「成一家之言」，魯迅稱《史記》為「史家之絕唱，無韻之離騷」，正是對司馬遷文學創造的準確評價。

司馬遷主體創造意識的自覺，使他能夠正確認識前人精神生產之創造價值，也使他能夠深入探尋精神生產之創造奧秘。他對精神生產之創造機制的研究，形成著名的「發憤著書說」，在文學思想史上樹立了不朽的豐碑。

（二）發憤之所為作：文學創作的心理機制

文學創作是創作主體的創造性活動，它不僅反映著客觀現實，而且表現著主觀精神。司馬遷立足於人的主體意識去理解精神生產，必然高度重視文學創作中主觀精神的重要作用。

關於「發憤著書」，司馬遷有兩條重要的表述：

一是《太史公自序》：

> 夫《詩》、《書》隱約者，欲遂其志之思也。昔西伯拘羑里，演《周易》；仲尼厄陳、蔡，作《春秋》；屈原放逐，著《離騷》；左丘失明，厥有《國語》；孫子臏腳，而論《兵法》；不韋遷蜀，世傳《呂覽》；韓非囚秦，《說難》、《孤憤》；《詩》三百篇，大抵聖賢發憤之所為作也。此人皆意有所鬱結，不得通其道，故述往事，思來者。於是卒述陶唐以來，至於麟止，自黃帝始。〔註254〕

二是《報任安書》：

> 古者富貴而名磨滅，不可勝記，唯倜儻非常之人稱焉。蓋西伯拘而演《周易》；仲尼厄而作《春秋》；屈原放逐，乃賦《離騷》；左丘失明，厥有《國語》；孫子臏腳，《兵法》修列；不韋遷蜀，世傳《呂覽》；韓非囚秦，《說難》、《孤憤》；《詩》三百篇，大抵聖賢發憤之所為作也。此人皆意有所鬱結，不得通其道，故述往事，思來者。及如左丘明無目，孫子斷足，終不可用，退論書策以抒其憤，思垂空文以自見。〔註255〕

這些表述包含三層意思：一是著書遂志。「夫《詩》、《書》隱約者，欲遂其志之思也」，豈但《詩》、《書》，聖賢之所為作都是「欲遂其志之思」，所謂

〔註254〕（漢）司馬遷：《太史公自序》，《史記》，中華書局1982年版，第3300頁。
〔註255〕（漢）班固：《報任安書》，《漢書》，中華書局1962年版，第2735頁。

「述往事，思來者」都無非「遂志」而已。二是著書自見。富貴名磨滅，而立言則可以不朽。唯倜儻非常之人垂文自見，主體精神才能得以延續。三是發憤爲作。他羅列大量例證，說明「大抵聖賢發憤之所爲作也」；它如「虞卿非窮愁，亦不能著書以自見於後世」〔註256〕，都強調主體精神對著書的關鍵作用。我們以爲，著書遂志，著書自見，從著書的目的層面表現了主體精神；發憤爲作，窮愁著書，從著書的機制層面突出了主體精神。司馬遷始終以主體精神爲核心理解精神生產，揭示了文學創作的內在機制，把對文學創作的認識進一步引向深入。

在司馬遷之前，人們對文學的認識是比較膚淺的。《詩經》、《楚辭》有表述作詩動機者，如「家父作誦，以究王訥」〔註257〕，「君子作歌，維以告哀」〔註258〕，「惜誦以致愍兮，發憤以抒情」（《惜誦》）〔註259〕「志憪恨而不逞兮，抒中情而屬詩」（《哀時命》）〔註260〕。詩人直觀地把文學創作與主體情感聯繫起來，還只是個別的感性把握，而不是普遍的理性概括。孔子有「詩可以怨」之說，但他從政治本位的視角觀照文學，既缺乏文學本體認識，也缺乏作者主體認識。所謂「詩可以怨」，只是在賦《詩》活動中借《詩》怨刺上政而已，其所指只是詩歌的外在功能，而不是詩歌的內在機制。孔子完全偏離了創作主體的焦點，沒有注意到創作主體之特殊思想感情在文學創作中的重要作用。司馬遷提出「發憤著書」，繼承了詩人論詩關注主體感情的方向，也糾正了孔子論詩對創作主體的偏離，他著眼於創作主體的獨特心理，深刻揭示了文學創作的內在機制，完成了對文學創作的認識由感性到理性，由外在到內在的歷史發展。

司馬遷以創作主體爲中介把生活與文學聯繫起來，從而對文學創作的內在機制作了深入剖析，其內涵主要集中在三個方面：

一是「窮」，從社會生活理解創作主體。創作主體是社會生活的產物，是社會生活的酸甜苦辣造就出形形色色的精神個體，他們獨特的精神世界只有在具體社會環境中才能得到理解。司馬遷正是通過具體遭際來說明創作主體的精神個性。所謂「西伯拘羑里」、「仲尼厄陳、蔡」、「屈原放逐」、「左丘失

〔註256〕（漢）司馬遷：《虞卿列傳》，《史記》，中華書局 1982 年版，第 2376 頁。

〔註257〕程俊英：《詩經譯注》，上海古籍出版社 1985 年版，第 359 頁。

〔註258〕程俊英：《詩經譯注》，上海古籍出版社 1985 年版，第 413 頁。

〔註259〕黃壽祺等：《楚辭全譯》，貴州人民出版社 1984 年版，第 82 頁。

〔註260〕黃壽祺等：《楚辭全譯》，貴州人民出版社 1984 年版，第 229 頁。

明」、「孫子髕腳」、「不韋遷蜀」、「韓非囚秦」，都是對創作主體具體社會境遇的強調。

二是「憤」，從人生經歷理解創作動力。創作主體在社會生活中的具體遭際，積聚了不可遏止的心理能量，這是文學創作的內在動力。司馬遷言「此人皆意有所鬱結，不得通其道，故述往事，思來者」，乃是對「發憤」最好的解釋。而他「卒述陶唐以來，至於麟止，自黃帝始」，也與自己人生遭際的激發有關。誠如魯迅所言：「恨為弄臣，寄心楮墨，感身世之戮辱，傳畸人於千秋」〔註261〕。

三是「怨」，從主體情感理解創作產品。司馬遷評《離騷》曰：「屈平之作《離騷》，蓋自怨生也。」這是聯繫作者情感特徵具體分析作品的範例。創作主體的情感特徵必然浸染到他的作品中，司馬遷在這方面是有切身體會的。金聖歎指出，「《史記》須是太史公一肚皮宿怨發揮出來，所以他於遊俠、貨殖傳特地著精神，乃至其餘諸記傳中。凡遇揮金殺人之事，他便嘖嘖賞歎不置。一部《史記》，只是『緩急人所時有』六個字，是他一生著書旨意」〔註262〕。

圍繞創作主體的「窮」、「憤」、「怨」，形成文學創作的核心要素，生活與文學藉此而有機地聯繫在一起，清晰地展現了文學創作的內在心理機制。關於精神生產，馬克思曾說：「觀念的東西不外是移入人的頭腦並在人的頭腦中被改造過的物質的東西而已」〔註263〕，強調觀念的客觀物質基礎。而勃蘭兌斯說：「文學史，就其最深刻的意義來說，是一種心理學，研究人的靈魂，是人的靈魂的歷史」〔註264〕，強調主觀精神的作用。司馬遷把主觀精神與客觀物質具體地統一起來，從二者的有機聯繫中說明文學創作的機制，這對文學創作的認識來說，的確是非常深刻的。

從社會遭際、心理動力，情感特徵三方面，突出主體精神對文學創作的關鍵作用，這不再是籠統的描述「治世之音安以樂，其政和；亂世之音怨以怒，其政乖；亡國之音哀以思，其民困」〔註265〕，而是從心理層面具體地揭

〔註261〕 魯迅：《漢文學史綱要》，人民文學出版社1976年版，第59頁。

〔註262〕 （清）金聖歎：《讀第五才子書法》，（金聖歎批評）《水滸傳》，齊魯書社1991年版，第18頁。

〔註263〕 （德）馬克思：《〈資本論〉》第一卷第二版跋》，《馬克思恩格斯選集》（二）人民出版社1972年版，第217頁。

〔註264〕 （丹麥）勃蘭兌斯：《十九世紀文學主流》（第一冊），人民文學出版社1980年版，第2頁。

〔註265〕 郭紹虞：《中國歷代文論選》（一卷本），上海古籍出版社1979年版，第30頁。

示了社會—作者—文本三者的深層互動，從而為解釋文學創作的奧秘指示了正確的門徑。司馬遷循此門徑研究文學創作，作出了可貴的理論貢獻。他研究屈原及其作品，便是最成功的研究個案。他說「屈平疾王聽之不聰也，讒諂之蔽明也，邪曲之害公也，方正之不容也，故憂愁幽思而作《離騷》。《離騷》者，猶離憂也。夫天者，人之始也；父母者，人之本也。人窮則反本，故勞苦倦極，未嘗不呼天也；疾痛慘怛，未嘗不呼父母也。屈平正道直行，竭忠盡智以事其君，讒人間之，可謂窮矣。信而見疑，忠而被謗，能無怨乎？屈平之作《離騷》，蓋自怨生也。」〔註266〕從政治遭際之窮，到反本呼天之憤，至憂愁幽思之怨，完整地闡釋了屈原文學創作的具體狀態和心理軌跡，這也成為理解文學創作的典型範例。

　　司馬遷對文學創作機制的自覺認識，是他文學創作取得巨大成就的思想基礎。他將自己的生活體驗、思想感情、理想願望、氣質個性，都融化在《史記》寫作之中，他不是對歷史事實作被動的記錄，而是對歷史事實作主動的闡釋。他遴選歷史人物包含著強烈愛憎。如寫李廣終身困頓，意在與外戚將軍衛青、霍去病作對比；寫汲黯仕途多舛，意在與公孫弘、張湯相比較。曾國藩稱為「太史公生平好惡之所在」〔註267〕，正是體會了其情感傾向。他敘事多持褒貶意見，而敘漢武帝時事尤多損貶當世之譏。尙鎔以為《封禪書》乃諷刺武帝封禪求仙，謂「武帝甘蹈其（秦始皇）覆轍，致方士百端欺詐，旋悟旋迷，雖封禪遍名山，其效何如哉」〔註268〕！曾國藩以為，《儒林列傳》傳遞出對公孫弘的非議，謂「子長最不滿公孫弘，風刺之屢矣。……既薄其學，又醜其行，故褊衷時時一發露也」〔註269〕。他於敘事之外也常忍耐不住，直接傾訴著自己的思想感情。如《伯夷列傳》云：「或曰：『天道無親，常與善人。』若伯夷、叔齊，可謂善人者非邪？……天之報施善人，其何如哉？盜跖日殺不辜，肝人之肉，暴戾恣睢，聚黨數千人橫行天下，竟以壽終。是遵何德哉？……余甚惑焉，倘所謂天道，是邪非邪？」〔註270〕誠如錢鍾書所言，「馬遷牢愁孤憤，如喉鯁之快於一吐，有欲罷而不能者」〔註271〕。

〔註266〕（漢）司馬遷：《屈原列傳》，《史記》，中華書局1982年版，第2482頁。
〔註267〕楊燕起等：《歷代名家評史記》，北京師範大學出版社1986年版，第695頁。
〔註268〕楊燕起等：《歷代名家評史記》，北京師範大學出版社1986年版，第444頁。
〔註269〕楊燕起等：《歷代名家評史記》，北京師範大學出版社1986年版，第700頁。
〔註270〕（漢）司馬遷：《伯夷列傳》，《史記》，中華書局1982年版，第2124頁。
〔註271〕錢鍾書：《管錐編》（第一冊），中華書局1979年版，第306頁。

無論寫人敘事，議論抒情，全都浸潤著司馬遷的精神血淚。劉熙載稱「太史公寓主意於客位」〔註272〕，一部《史記》凝聚了司馬遷深沉的感情，充滿了司馬遷精神的光輝，它就是司馬遷主體精神的完整體現。

（三）想見其為人：文學創作的人物塑造

司馬遷在文學思想上的重要貢獻，還表現在他確立了人物塑造在文學創作中的核心地位。我們知道，文學是人學，文學必須以人為中心；我們也應該知道，這個認識的自覺，是以司馬遷的理性表述和文學實踐為起點的。

殷周之際的思想變革，基本實現了由尊神到近人的轉變，而後的思想發展便是不斷擴大和加深對人的理解。儒家強調人的社會性，道家強調人的自然性，都從理論上闡述了人的豐富文化內涵，深化了人們對人本身的認識。重人的社會思潮必然影響到人們的歷史認識和文學認識，也必然反映到歷史編纂和文學創作中來。如《國語》、《戰國策》有了比較完整的歷史人物描寫，《晏子春秋》、《燕丹子》集中敘述一人的言論行事，而寓言、民間故事多以人物為主人公。司馬遷以其進步的思想認識和高超的文學才華，繼承了他之前對人的認識和對人的描寫的思想藝術成就，從而在紀傳體的框架內推動文學進一步發展〔註273〕，實現了文學走向人學的歷史性進步。

司馬遷的歷史認識始終突出人的主體性。其父司馬談就提出要論載「明主賢君，忠臣死義之士」，把人物作為歷史編纂的中心。他繼承乃父遺志，稱「古者富貴而名磨滅不可勝記，唯倜儻非常之人稱焉」，正是以「倜儻非常之人」作為記敘的主要對象。如果說在司馬談那裡，人物還是個抽象的道德概念的話，那麼在司馬遷這裡，人物已經是個活潑潑的生命了。

對於歷史人物，他能夠設身處地地去感悟，飽含感情地去理解。譬如，他談孔子曰：「《詩》有之，『高山仰止，景行行止』，雖不能至，然心嚮往之。余讀孔氏書，想見其為人」〔註274〕。他談到屈原曰：「余讀《離騷》、《天問》、《招魂》、《哀郢》，悲其志。適長沙，觀屈原所自沉淵，未嘗不垂涕，想見其為人」〔註275〕。所謂「想見其為人」，就是通過歷史材料揣摩想像歷史人物的具體行事和性格特徵，並與這些人物進行真實的情感交流。

〔註272〕（清）劉熙載：《藝概》，上海古籍出版社 1978 年版，第 12 頁。
〔註273〕劉鳳泉：《淺論「紀傳體」和「傳記文學」》，《內蒙古師大學報》1992 年第一期，第 78～82 頁。
〔註274〕（漢）司馬遷：《孔子世家》，《史記》，中華書局 1982 年版，第 1947 頁。
〔註275〕（漢）司馬遷：《屈原列傳》，《史記》，中華書局 1982 年版，第 2503 頁。

他說：「余每讀《虞書》，至於君臣相救敕，維是幾安。而股肱不良，萬事墮壞，未嘗不流涕也」〔註276〕；「太史公讀《春秋曆譜諜》，至周厲王，未嘗不廢書而歎也」〔註277〕；「余讀《孟子》書，至梁惠王問何以利吾國，未嘗不廢書而歎也」〔註278〕；「余讀功令，至於廣厲學官之路，未嘗不廢書而歎也」〔註279〕。在所有的感歎流涕之中，實際上都活躍著人物形象的身影，都凝結著人物命運的悲歡。

司馬遷認識到「存亡在所任」，社會歷史的沉浮事實上是由人所主宰的。所以，他創造了紀傳體，確立歷史敘述中主體人的中心地位；而從文學角度言，也同時確立了人物塑造在文學創作中的核心地位。殷周以來的重人哲學思潮和重人審美趣味，終於通過《史記》在文學領域得到具體落實。

司馬遷對人物形象的認識是很深刻的，這突出表現在他對屈原的理解上。他閱讀屈原的作品，考察屈原的行跡，通過感性體悟與理性思索，完成了對屈原形象的整體把握。他想見屈原為人，自然想見到屈原「入則與王圖議國事，以出號令，出則接遇賓客，應對諸侯」的輝煌仕途，〔註280〕以及「被髮行吟澤畔，顏色憔悴，形容枯槁」的淒涼貶謫。〔註281〕這些具體可感的行事構成了人物形象的血肉，而它們所顯示的本質是那顆「嚼然泥而不滓」的高潔靈魂。他「悲其志」，是對屈原精神個性的真切同情；而「自疏濯淖污泥之中，蟬蛻於濁穢，以浮游塵埃之外，不獲世之滋垢，嚼然泥而不滓者也。推此志也，雖與日月爭光可也」〔註282〕，更是對屈原精神個性的崇高禮讚！

所謂「想見其為人」，包含著「其志潔，其行廉」兩方面內容：一是「其行」，這是具體可感的，關聯著人物的形象性；二是「其志」，這是高度概括的，關聯著人物的典型性。司馬遷從這兩個方面來認識和表現人物形象，從而使人物形象達到了感性與理性的統一，個別與一般的統一。對人物形象如此深刻的認識，難怪劉熙載稱「其斯為觀其深哉」！

司馬遷對人物形象「以行見志」的認識，具體地體現在他的人物傳記之中。《史記》成功的人物傳記無不是通過人物形象的具體活動揭示人物形象的

〔註276〕　（漢）司馬遷：《樂書》，《史記》，中華書局1982年版，第1175頁。
〔註277〕　（漢）司馬遷：《十二諸侯年表序》，《史記》，中華書局1982年版，第509頁。
〔註278〕　（漢）司馬遷：《孟荀列傳》，《史記》，中華書局1982年版，第2343頁。
〔註279〕　（漢）司馬遷：《儒林列傳》，《史記》，中華書局1982年版，第3115頁。
〔註280〕　（漢）司馬遷：《屈原列傳》，《史記》，中華書局1982年版，第2481頁。
〔註281〕　（漢）司馬遷：《屈原列傳》，《史記》，中華書局1982年版，第2486頁。
〔註282〕　（漢）司馬遷：《屈原列傳》，《史記》，中華書局1982年版，第2482頁。

精神個性。如寫項羽，通過他的性格弱點揭示其悲劇命運。他性格殘暴，鉅鹿之戰後，秦將章邯率部投降，他聽信流言，令楚軍夜擊坑秦卒二十餘萬人新安城南〔註283〕。他不善用人，鴻門宴上不聽范增之謀，圍戰滎陽時又中陳平離間之計〔註284〕。劉邦說：「項羽有一范增而不能用，此其所以爲我擒也。」他缺乏政治頭腦，沒有統一天下的志向，只滿足於「分裂天下，而封諸侯，政由羽出，號稱霸王」而已。這樣的性格決定了他必然失敗的命運，「乃引『天亡我，非用兵之罪』，豈不謬哉」〔註285〕！

又如寫李廣，選擇具有典型意義的戰例，凸現他機智勇敢、沉著鎮定、臨危不懼的性格；通過與他人對比，表現他屢建奇功，屢蒙委屈的不幸遭遇；通過具體細節的刻畫，揭示他獨特的個性氣質。借用「桃李不言，下自成蹊」言〔註286〕，飛將軍的精神個性是在人物的默默的具體活動中表現出來的。

司馬遷以塑造人物爲中心，以人物具體之行表現人物精神之志，使其人物傳記突破了歷史界限而進入了文學的廣闊天地，塑造出許多血肉豐滿的典型形象，登上了那個時代文學創作的最高峰。

司馬遷的文學思想不是理論思辨的成果，而是實踐經驗的結晶。在具體的精神生產中，他繼承了重人哲學思潮和重人審美趣味的文化精神，經過深入的思考和豐富的實踐，形成了以人爲主體的思想藝術觀念。司馬遷在文學認識和文學實踐之中，強調文學創作的創造性質，揭示文學創作的心理機制，重視文學創作的人物塑造，構成其文學思想的主要內涵。

司馬遷的文學思想以人爲中心，充分認識創作主體在文學創作中的能動作用，高度重視主體人在文學表現中的核心地位，完成了文學走向人學的歷史進步。比之於曹丕的「詩賦欲麗」來，高揚文學之主體性是更根本的文學自覺，它在文學思想史上具有更重要的理論價值和歷史地位。完全可以說，司馬遷的文學思想站在了那個時代的最高峰，眞正揭開了中國文學自覺的大幕！

七、漢儒的詩教綱領

從孔子開始，儒家傳授《詩經》綿延不絕。雖經秦火的毀滅，而以《詩經》容易記誦，不獨形於竹帛，漢初便東山再起。漢初，傳授《詩經》有齊

〔註283〕 （漢）司馬遷：《項羽本紀》，《史記》，中華書局 1982 年版，第 310 頁。
〔註284〕 （漢）司馬遷：《項羽本紀》，《史記》，中華書局 1982 年版，第 325 頁。
〔註285〕 （漢）司馬遷：《項羽本紀》，《史記》，中華書局 1982 年版，第 339 頁。
〔註286〕 （漢）司馬遷：《李將軍列傳》，《史記》，中華書局 1982 年版，第 2878 頁。

人轅固生、魯人申培、燕人韓嬰、魯人毛亨及趙人毛萇。其中，齊、魯、韓《三家詩》為今文經，西漢皆立為官學。漢高祖時，申培被聘為太子師傅；漢文帝時，韓嬰為博士；漢景帝時，轅固生、申培弟子王臧為博士〔註287〕。《毛詩》為古文經，不為朝廷重視，只在民間傳授。河間獻王劉德喜好古學，曾立毛萇為博士〔註288〕。

儒家傳授《詩經》，均要闡發詩旨，明瞭詩義。如孔子論《詩》、孟子「逆志」、荀子傳《詩》，以及後來漢代經師的補充修訂，逐漸形成比較豐富的詩義和詩論。在儒學獨尊的學術背景之下，將它們整理為系統的理論便勢在必行了。於是，東漢衛宏作《毛詩序》，在儒家詩論基礎上，總結整理了「大序」；在舊有篇義基礎上，整理概括了各篇「首序」，從而將先秦以來儒家詩論與篇義融為有機整體〔註289〕，以詩教綱領貫穿其中，形成了漢儒的詩學理論，對後世文學產生深遠的影響。

（一）詩歌性質：情志合一

在詩與樂結合的時代，詩歌具有抒情與言志的性質，本來並不費解。如吳公子季札在魯國觀賞周樂，發表了相關評論：「使工為之歌《周南》、《召南》，曰：『美哉，始基之矣，猶未也。然勤而不怨矣！』為之歌《邶》、《鄘》、《衛》，曰：『美哉，淵乎！憂而不困者也。吾聞衛康叔、武公之德如是，是其《衛風》乎？』……」〔註290〕這些評論多從音樂角度來考察詩與樂所表現的思想感情，其言「勤而不怨」、「憂而不困」，便包括有抒情與言志兩重因素。直到春秋末期，詩與樂也沒有完全分離。墨家言儒者：「誦《詩》三百，弦《詩》三百，歌《詩》三百，舞《詩》三百」〔註291〕；司馬遷也說：「《三百五篇》，夫子皆絃歌之，以求合《韶》、《武》、《雅》、《頌》之音。」〔註292〕孔子自稱：「吾自衛反魯，然後樂正，《雅》、《頌》各得其所。」〔註293〕而他評論《關雎》「樂而不淫，哀而不傷」〔註294〕，也顯然是從音樂角度來認識的。

〔註287〕（漢）司馬遷：《儒林列傳》，《史記》，中華書局1982年版，第3120～3124頁。
〔註288〕（漢）班固：《儒林傳》，《漢書》，中華書局1962年版，第3614頁。
〔註289〕劉鳳泉：《也論毛詩序之作者問題》（上），《廣西社會科學》12012年第10期，第125頁。
〔註290〕楊伯峻：《襄公二十九年》，《春秋左傳注》（三），中華書局1981年版，第1161頁。
〔註291〕張純一編：《墨子集解》，成都古籍書店1988年版，第483頁。
〔註292〕（漢）司馬遷，《史記》（六），中華書局1959年版，第1936頁。
〔註293〕楊伯峻：《論語譯注》，中華書局2009年版，第92頁。
〔註294〕楊伯峻：《論語譯注》，中華書局2009年版，第30頁。

　　隨著詩與樂逐步分離，弦《詩》、歌《詩》便被賦《詩》、引《詩》所取代。賦《詩》言志、引《詩》證理，詩歌的抒情性質逐漸被遮蔽，而詩歌的言志性質得以片面彰顯。到了戰國時期，人們更加強調詩歌的言志性質。孟子言「以意逆志」〔註295〕，莊子言「詩以道志」〔註296〕，荀子言「詩言是其志也」〔註297〕，幾乎完全忽略了詩歌的抒情性質。直至西漢前期，儒者論《詩》往往只強調「言志」，而很少論及詩歌的情感特徵。然而，從音樂角度看，詩與樂的抒情特徵則是無法掩蓋的。荀子《樂論》云：「夫樂者，樂也，人情之所必不免也」；「夫聲樂之入人也深，其化人也速」。他明確指出詩樂之情感特徵。漢武帝時，河間獻王劉德與毛萇等人編撰《樂記》，繼承荀子思想。其云：「凡音者，生人心者也。情動於中，故形於聲。聲成文，謂之音。」〔註298〕可見，對詩歌抒情特徵的認識，大多保存於儒家的音樂論述之中。

　　針對詩與樂分離而造成的理論局限，《毛詩序》明確指出詩與樂同趨的事實。在衛宏看來，「情發於聲，聲成文謂之音」與「情動於中而形於言」，這完全是一體之兩面，於是詩歌的抒情性質昭然若揭了。《毛詩序》吸收儒家論《詩》、論樂的思想因素，將言志與抒情統一了起來，從而明確了詩歌的性質。其云：「詩者，志之所之也，在心為志，發言為詩。情動於中而形於言，言之不足，故嗟歎之，嗟歎之不足，故永歌之，永歌之不足，不知手之舞之、足之蹈之也。」〔註299〕彷彿把人們又帶回到了詩、樂、舞三位一體的時代，詩歌性質看得更加全面了。《毛詩序》強調詩歌言志與抒情相統一的性質，為漢儒詩歌理論奠定了基礎。其論「變風」、「變雅」為「吟詠情性，以風其上」、「發乎情，止乎禮義」，皆從感性與理性兩方面來要求詩歌，從而克服了單純言志的片面性，極大地深化了對詩歌性質的理解。

（二）詩歌內容：風雅正變

　　《樂記》稱：「聲音之道，與政通矣。」〔註300〕《毛詩序》原封不動地

〔註295〕楊伯峻：《孟子譯注》，中華書局1960年版，第190頁。

〔註296〕曹礎基：《莊子淺注》，中華書局1982年版，第492頁。

〔註297〕（清）王先謙：《荀子集解》，沈嘯寰、王星賢點校，中華書局1988年版，第133頁。

〔註298〕陳戌國：《禮記校注》，嶽麓書社2004年版，第272、385頁。

〔註299〕（唐）孔穎達等：《毛詩正義》，北京大學出版社1999年版，第4～21頁。本節內出此篇者不再注出。

〔註300〕陳戌國：《禮記校注》，嶽麓書社2004，第272頁。

引用《樂記》的闡述:「治世之音安以樂,其政和;亂世之音怨以怒,其政乖;亡國之音哀以思,其民困。」從詩樂「安以樂」、「怨以怒」、「哀以思」的表現,便可以窺見社會政治的興衰。這個認識既說明詩歌具有反映社會政治的功能,也說明詩歌具有認識社會政治的作用。揆之於《詩經》實際,的確信而有徵。譬如於成、康治世,便有《鹿鳴》、《棠棣》之作;於厲、幽亂世,便有《板》、《蕩》之作;於宗周滅亡,便有《黍離》、《正月》之作。詩歌內容與社會政治,實在有著難解難分的密切聯繫。

在這種認識基礎上,《毛詩序》提出了「變風」、「變雅」的問題。所謂「變風」、「變雅」,乃相對「正風」、「正雅」而言。既然「變風」、「變雅」是「王道衰,禮義廢,政教失,國異政,家殊俗」的產物,那麼,「正風」、「正雅」便是「王道盛,禮義興,政教行,國政昌,民俗淳」的產物。對此,《毛詩序》雖沒有明確論述,而鄭玄則作了具體闡發。他說:「文武之德,光熙前緒,以集大命於厥身,遂為天下父母,使民有政有居。其時詩,風有《周南》、《召南》,雅有《鹿鳴》、《文王》之屬。及成王、周公致太平,制禮作樂,而有頌聲興焉,盛之至也。本之由此風雅而來,故皆錄之,謂之詩之正經。後王稍更凌遲,懿王始手譖享齊哀公,夷身失禮之後,邶不尊賢。自是而下,厲也,幽也,政教尤衰,周室大壞。《十月之交》、《民勞》、《板》、《蕩》,勃而俱作,眾國紛然,刺怨相尋。五霸之末,上無天子,下無方伯,善者誰賞,惡者誰罰,紀綱絕矣!故孔子錄懿王、夷王時詩,訖於陳靈公淫亂之事,謂之『變風』、『變雅』。」〔註301〕當然,以王政興衰區分正變,亦存在不周延之處。其實,盛世也有刺詩,衰世也有頌詩,影響詩歌內容的因素是複雜的,原不可一概而論也。清人馬瑞辰提出:「風、雅之正變,惟以政教之得失為分。政教誠失。雖作於盛時,非正也。政教誠得。雖作於衰時,非變也。論《詩》者但即詩之美刺觀之,而不必計其時焉可也。」〔註302〕與鄭玄的觀點相比,似乎這樣更為通達一些。

(三)詩歌形式:六義四始

《毛詩序》提出「六義」說,乃淵源於《周禮》。《周禮‧春官》曰:「(太師)教六詩,一曰風,二曰賦,三曰比,四曰興,五曰雅,六曰頌。」〔註303〕

〔註301〕（唐）孔穎達等:《毛詩正義》,北京大學出版社1999年版,卷首6~8頁。
〔註302〕（清）馬瑞辰:《毛詩傳箋通釋》,中華書局1989年版,第10頁。
〔註303〕林尹注譯:《周禮今注今譯》,書目文獻出版社1985年版,第240頁。

《毛詩序》採錄前人的陳說，將「六詩」改爲「六義」，認識角度便全然不同了。

對《風》、《雅》、《頌》，《毛詩序》做了全新解釋。其云：「是以一國之事，繫一人之本，謂之《風》；言天下之事，形四方之風，謂之《雅》；雅者，正也，言王政之所由廢興也。政有大小，故有《小雅》焉，有《大雅》焉。《頌》者，美盛德之形容，以其成功告於神明者也。」這既是對詩歌體類的說明，也是對詩歌體類的要求。《風》繫一人之本，而言一國之事；《雅》言天下之事，即「王政之所由廢興也」；《頌》美盛德，告成功，自然也有關政治。《風》、《雅》、《頌》儘管體類不同，而皆關乎政治。顯然，在《毛詩序》看來，關乎天下政治，乃是詩歌形式的本質。因此，《毛詩序》稱《風》、《小雅》、《大雅》、《頌》爲「四始」，以之爲「詩之至也」！

對賦、比、興的含義，《毛詩序》闕而未言，然《毛傳》則獨標興體。《困學紀聞》引吳泳語曰：「毛氏自《關雎》而下總百十六篇，首繫之『興』。」〔註304〕何謂「興」？鄭眾釋曰：「興者，託事於物則興者起也。取譬引類，起發己心。詩文諸舉草木鳥獸以見意者，皆興辭也。」〔註305〕而鄭玄箋注「六義」，釋賦、比、興曰：「賦之言鋪，直鋪陳今之政教善惡；比，見今之失不敢斥言，取比類以言之；興，見今之美嫌於媚諛，取善事以喻勸之。」〔註306〕鄭玄將賦、比、興均指向於政治教化作用，意在突出這些表達方式的政治本質，這與《毛詩序》解釋《風》、《雅》、《頌》的精神完全一致。

當然，「詩六義」政治本質一致，而具體表現卻不同。唐人孔穎達指出：「風、雅、頌者，詩篇之異體；賦、比、興者，詩文之異辭耳。大小不同，而得並爲六義者，賦、比、興是詩之所用，風、雅、頌是詩之成形。用比三事，成此三事，是故同稱爲義，非別有篇卷也。」〔註307〕一爲詩歌的體制類別，一爲詩歌的言辭方法，它們共同指向政治教化，這也是《毛詩序》所強調的觀點。

（四）詩歌作用：教化諷喻

儒家論《詩》強調政治作用，而忽視藝術特徵。《毛詩序》卻拈出「風教」二字，將詩歌的政治作用與藝術特徵熔於一爐。「風，風也，教也，風以動之，

〔註304〕 （宋）王應麟撰：《困學紀聞》，遼寧教育出版社1998年版，第55頁。
〔註305〕 （唐）孔穎達等：《毛詩正義》，北京大學出版社1999年版，第12頁。
〔註306〕 （唐）孔穎達等：《毛詩正義》，北京大學出版社1999年版，第11頁。
〔註307〕 （唐）孔穎達等：《毛詩正義》，北京大學出版社1999年版，第13頁。

教以化之。」強調詩歌諷喻與教化，以諷喻打動人心，以教育感化人心。詩歌唯其風動而教化，才能更好發揮「正得失」，「經夫婦，成孝敬，厚人倫，美教化，移風俗」的政治作用。

《毛詩序》認爲，詩歌教化與諷喻表現爲社會上下層間的雙向作用過程。「上以風化下」以「美」爲主，側重於教化；「下以風刺上」以「刺」爲主，側重於諷喻。所謂「漢儒言《詩》，不過美、刺二端」〔註308〕，而勿論美、刺，其政治目的是完全一致的，無非維護王朝的統治秩序而已。

「上以風化下」做來自然容易。《尚書》云：「爾唯風，下民唯草。」〔註309〕孔子云：「君子之德風，小人之德草，草上之風必偃。」〔註310〕劉向曰：「夫上之化下，猶風靡草，東風則草靡而西，西風則草靡而東」〔註311〕。就此而言，《毛詩序》舉「王者之風」、「諸侯之風」爲例。「然則《關雎》、《麟趾》之化，王者之風，故繫之周公。南，言化自北而南也。《鵲巢》、《騶虞》之德，諸侯之風也。先王之所以教，故繫之召公。《周南》、《召南》，正始之道，王化之基。」《周南》十一篇言「后妃」，《召南》十三篇言「大夫妻」、言「召伯」，先王以之教化天下，而使天下無犯非禮。以《周南》、《召南》爲政治教化之始基，正如今日文宣弘揚主旋律而已。

「下以風刺上」做來則困難得多，困難在於統治者是否有足夠氣度來容忍批評。因此，「下以風刺上」便要求在下者要做到「主文而譎諫」。所謂「主文」，朱熹釋爲「主於文詞而託之以諫，雖優游不迫，而感人實深。」〔註312〕；所謂「譎諫」，《毛傳》釋爲「不直諫」〔註313〕。「主文」與「譎諫」，語異而意同，均指諷諫不指切事情，即運用委婉之辭，寄託諷喻之義，而不能直接指斥在上位者。具體而言，詩歌要運用比興手法，不可直言切諫。如焦循所言：「夫《詩》溫柔敦厚者也，不質直言之，而比興言之；不言理，而言情；不務勝人，而務感人。」〔註314〕《毛詩序》舉「變風」、「變雅」爲例：「至於王道衰，禮義廢，政教失，國異政，家殊俗，而『變風』、『變雅』作矣。國

〔註308〕（清）程廷祚撰：《詩論十三再論刺詩》，《青溪集》，黃山書社2004年版，第38頁。

〔註309〕張馨編：《君陳》，《尚書》，中國文史出版社2003年版，第291頁。

〔註310〕楊伯峻譯注：《論語譯注》，中華書局2009年版，第30頁。

〔註311〕盧元駿注譯：《說苑今注今譯》，商務印書館1976年版，第4頁。

〔註312〕（宋）呂祖謙撰：《呂氏家塾讀詩記》（卷三），上海書店1934年版，第62頁。

〔註313〕（唐）孔穎達等：《毛詩正義》，北京大學出版社1999年版，第13頁。

〔註314〕（清）焦循：《毛詩鄭氏箋》《雕菰集》（卷十六），中華書局1985年版，第272頁。

史明乎得失之跡，傷人倫之廢，哀刑政之苛，吟詠情性，以風其上，達於事變而懷其舊俗者也。故變風發乎情，止乎禮義。」它從產生基礎、創作動機、政治規範等方面，深入闡述了對「變風」、「變雅」的認識，也爲詩歌闡釋確立了政治原則。

（五）漢儒詩教：溫柔敦厚

《詩大序》闡述了詩歌性質、內容、形式、作用等問題，形成了漢儒的詩學理論。它繼承了儒家的思想傳統，從政治本位來認識詩歌；其論詩歌內容，抑或詩歌形式，均側重於政治特徵。而在強調政治特徵的同時，又認識到了詩歌藝術特徵，且能夠將二者融爲有機整體。

《詩大序》以爲，詩歌性質是言志與抒情的統一；詩歌創作是「發乎情」與「止乎禮義」的統一；詩歌作品是「下以風刺上」與「主文而譎諫」的統一；詩歌作用是教化與諷喻的統一。可見，《詩大序》的理論實質乃是強調詩歌政治與藝術的統一。在政治與藝術相統一的框架內，《詩大序》確立了漢儒的詩教綱領，從而爲詩歌闡釋與詩歌創作確立了原則。

《禮記》論六藝之教云：「孔子曰：『入其國，其教可知也。其爲人也，溫柔敦厚，《詩》教也；疏通知遠，《書》教也；廣博易良，《樂》教也；絜靜精微，《易》教也；恭儉莊敬，《禮》教也；屬辭比事，《春秋》教也。』」〔註315〕何謂「溫柔敦厚」？《禮記正義》釋爲：「溫，謂顏色溫潤；柔，謂性情和柔，《詩》依違諷諫，不指切事情，故云溫柔敦厚，是《詩》教也」；「其爲人也，溫柔敦厚而不愚，則深於《詩》者也」〔註316〕。「溫柔敦厚」原是詩教的效果，而《禮記》從詩教效果來闡釋漢儒的詩教。而進一步探溯「溫柔敦厚」的原因與過程，必然會落實到《毛詩序》理論上面。《毛詩序》言志與抒情相統一的詩歌性質，構成整個漢儒詩教的理論基礎。在此基礎之上，從詩人創作言，要遵循「發乎情」與「止乎禮義」相統一的原則。從詩歌作品言，要符合「下以風刺上」與「主文而譎諫」相統一的要求；而具體實現「主文而譎諫」的方法，便是運用比興來諷喻。從讀者接受而言，便是「其爲人也，溫柔敦厚而不愚」的效果。從詩人創作以至詩歌特徵，均貫穿了政治藝術相統一的原則，這正是《毛詩序》爲詩教所確立的理論綱領。

〔註315〕陳戍國：《禮記校注》，嶽麓書社 2004 年版，第 385 頁。
〔註316〕李學勤主編：《禮記正義》（下），北京師範大學出版社 1999 年版，第 1368、1369 頁。

　　漢儒詩教的思想動機是爲封建專制統治培養合格臣民。「溫柔敦厚」是漢儒詩教培育人的政治標準。它是在政治高壓下的一種扭曲人格，不可能出現於處士橫議的戰國時代，而只能出現在專制集權的漢代。其實，漢儒詩教不同於孔孟詩教，它們所培養的人格迥然不同：一是以帝王之師自居，敢於指斥君過的君子，他們是頂天立地的天下之士；一是人格殘缺的奴才，匍匐於君權專制之下，他們是誠惶誠恐的一姓家臣。如果說孔孟詩教培養的是具有陽剛之氣的大丈夫的話，那麼漢儒詩教培養的只是陰柔婉順的小女人。正是基於這個原因，漢儒詩教才得以成爲封建專制統治的文學規範，成爲指導文學活動的理論準則。在漫長的封建專制社會中，漢儒詩教作爲正統的意識形態，對文學發展所產生的影響不容低估。

　　首先，漢儒詩教確立了文學政治化的方向。它將政治化思想嵌入了文學肌體，形成中國文學政治化傳統。在古代文學觀念中，人們關注的不是文學本身，而是文學的政治作用。王充說「文爲世用，百篇無害；不爲世用，一章無補」〔註317〕，便把文學完全看作社會政治的工具；連被稱爲文學自覺標誌性人物的曹丕，也說「蓋文章，經國之大業」〔註318〕，把文學與政治緊密聯在了一起；至於新樂府運動領袖的白居易，更明確否定詩歌的文學目的，他說：「總而言之，爲君，爲臣，爲民，爲物，爲事而作，不爲文而作也。」〔註319〕宋代而下，儘管通俗文學興起，也不能消除漢儒詩教的影響。人們認爲，戲曲「不關風化體，縱好也徒然」〔註320〕；小說「裨益風教，廣且大焉」〔註321〕。甚至到了近代，梁啓超《論小說與群治之關係》也仍然宏揚文學政治化傳統。

　　其次，漢儒詩教造成了文學審美的含蓄特徵。「溫柔敦厚」不僅是漢儒詩教培養人的標準，也是漢儒對文學創作的要求。文學要批評現實政治的弊病，又要讓統治者樂於接受，怎樣調和這個矛盾呢？《詩大序》提出「發乎情，止乎禮義」的原則。詩人看到「刑政之苛」、「人倫之廢」，於是「吟詠情性，

〔註317〕劉鳳泉：《中國古代文論選讀》，暨南大學出版社1012年版，第35頁。
〔註318〕劉鳳泉：《中國古代文論選讀》，暨南大學出版社1012年版，第48頁。
〔註319〕（唐）白居易：《新樂府序》，《白居易集》（一），顧學頡點校，中華書局1999年版，第52頁。
〔註320〕（元）高明：《元本琵琶記校注》，上海古籍出版社1980年版，第1頁。
〔註321〕（明）張尚德：《三國志通俗演義引》，《三國演義資料彙編》，朱一玄編，南開大學出版社2003年版，第234頁。

以風其上」，這是情感的正常宣泄，即所謂「發乎情，民之性也」。然而，想想先王曾經的恩澤，諷刺也別過份了，即所謂「止乎禮義，先王之澤也」。以禮義節制感情，進而達到情與理的統一，情感的鋒芒便沒有了，統治者也願意接受了，文學的政治作用得以發揮了。在具體作品中，如何實現「發乎情，止乎禮義」的要求？《詩大序》提出「主文而譎諫」，就是運用文辭而委婉諷諫。如孔子言「喻」，《詩大序》言「賦、比、興」，都是「主文而譎諫」的具體方法。魏源說：「詞不可以徑也，則有曲而達焉；情不可激也，則有譬而喻焉。」〔註322〕在文學創作中，以禮制情，達到情理統一；運用比興，達到託物寓情，這幾乎成為中國文學的審美原則。漢儒的「譎諫」政治要求，結合《詩經》比興經驗，形成了中國文學含蓄蘊籍的審美特徵。

對於漢儒詩教的影響，應當理性加以評價。強調政治教化，要求文學貼近社會，自然有積極的意義；而強調得過份了，制約了文學的獨立意識，就完全不可取了。運用比興手法，要求文學含蓄蘊籍，也符合藝術規律；而強調得過份了，限制了情感的多樣表達，也會導致理論的片面。王運熙指出：「《詩大序》是我國詩歌理論的第一篇專論，它概括了先秦以來儒家對於詩樂的若干重要認識，同時在某些方面又有補充與發展，從而構成了較為完整的理論。」〔註323〕它於儒家詩論總結中所析出的漢儒詩教，更成為詩歌闡釋與詩歌創作的原則，其思想因子甚至積澱於民族文化心理，對中國文學發展產生了深遠影響。

八、文學批評的異轍

以漢武帝「罷黜百家，獨尊儒術」為界，漢代文學批評分為前後兩期，表現出迥然不同的思想面貌。在儒家尚未獨尊的前期，文學批評尚有百家爭鳴的餘緒；在儒家已經獨尊的後期，文學批評便完全是依經立義了。

（一）百家餘緒的批評

在戰國時代，諸子蜂起，百家爭鳴；直到戰國末期，百家之學依然方興未艾，如《荀子・非十二子》、《韓非子・顯學》以及《莊子・天下》，它們對

〔註322〕魏源：《詩比興箋序》，《魏源集》，中華書局1976年版，第232頁。
〔註323〕王運熙、顧易生主編：《中國文學批評通史》（先秦兩漢卷），上海古籍出版社2011年版，第423頁。

各家學旨均有具體深刻的評論，說明思想一尊遠未出現。在秦漢戰亂之際，各家都積極參與其中，如法家李斯幫助秦王吞併六國，儒家孔鮒仕陳勝張楚政權爲博士，縱橫家蒯通周旋於楚漢之間，儒家酈食其幫助劉邦爭奪天下。可見，百家之學依然傳述不絕。

　　漢初天下始定，百家之學開始復興，如《漢書・藝文志》云：「漢興，張良、韓信序次兵法，凡百八十二家。刪取要用，定著三十五家。」〔註324〕可以想見，人們依據實用需要已經開始整理百家文獻。而隨著漢朝政權穩定，朝廷對文化學術採取了更多的扶植措施，如「至孝惠之世，乃除挾書之律……至孝文皇帝，……天下眾書往往頗出，皆諸子傳說，猶廣立於學官，爲置博士。」〔註325〕漢文帝「好刑名之言」，竇太后「好黃帝、老子言，景帝及諸竇不得不讀《老子》尊其術。」〔註326〕所以，文景之世道家黃老及法家刑名興盛於一時。在漢武帝之初，學術爭鳴仍然興盛，如淮南王劉安、梁孝王劉勝、河間獻王劉德，便都招致文人學子，形成地方學術中心。司馬談作《論六家要旨》，也稱：「天下一致而百慮，同歸而殊途。夫陰陽、儒、墨、名、法、道德，此務爲治者也。」〔註327〕完全還看不出思想一尊的跡象，難怪董仲舒說：「今師異道，人異論，百家殊方，指意不同。」〔註328〕

　　隨著天下由紛亂趨向統一，思想也由紛爭趨向融合，以便爲政治統一提供思想的基礎。秦時呂不韋聚集門客編著《呂氏春秋》，西漢淮南王劉安聚集門客編著《淮南鴻烈》，都是爲思想統一而進行的理論準備。適應思想統一的需要，董仲舒提出「罷黜百家，獨尊儒術」建議，爲漢武帝欣然採納，百家之學才開始式微。然而，也不要以爲漢武帝採納了董仲舒建議，儒學便立即取得了一尊地位。其實，儒學獨尊是一個不斷強化的過程，在這個過程中還存在著一些思想的反覆，而儒學獨尊眞正實現恐怕要到了西漢末期。「罷黜百家，獨尊儒術」以漢武帝發端，可其時戰爭連年，思想遠非急務，因而百家之學也並沒有遭到嚴格禁止。漢武帝之後，漢昭帝、漢宣帝其實並不多麼重視儒家。如《漢書・元帝紀》載：（漢元帝）「八歲，立爲太子，壯大，仁柔好儒，見宣帝多用文法吏，以刑名繩天下。大臣楊惲、蓋寬饒等坐刺譏辭語

〔註324〕　（漢）班固：《藝文志》，《漢書》，中華書局 1962 年版，第 1762 頁。
〔註325〕　（漢）班固：《楚元王傳》，《漢書》，中華書局 1962 年版，第 1968 頁。
〔註326〕　（漢）班固：《外戚傳》，《漢書》，中華書局 1962 年版，第 3945 頁。
〔註327〕　（漢）司馬遷：《史記》，中華書局 1959 年版，第 3288 頁。
〔註328〕　（漢）班固：《董仲舒傳》，《漢書》，中華書局 1962 年版，第 2523 頁。

爲罪而誅。嘗侍燕從容言曰：『陛下持刑太深，宜用儒生。』宣帝作色曰：『漢家自有制度，本以霸王雜之，奈何純任德教，用周政乎？且俗儒不達時宜，好是古非今，使人眩於名實，不知所守，何足委任！』乃歎曰：『亂我家者，太子也！』由是疏太子而愛淮陽王，曰：『淮陽王明察好法，宜爲吾子。』」〔註329〕直到漢元帝即位之後，儒家獨尊地位才眞正確立，文學批評也才結束了百家之學的影響。

在儒家獨尊實現之前，文學批評並沒有唯儒家思想馬首是瞻，人們評論文學現象還能夠從實際出發，所提觀點也多切中肯綮，具有重要的理論價值。具體而言，有如下內容：

其一，《淮南子》論文學。

劉安招集門客編著《淮南子》，談到文學、美學問題，往往認識比較深邃：一是論形神，主張「神貴於形」，強調神對形的主導作用，即「神制則形從，形勝則神窮」〔註330〕。一旦「君行者亡焉」，「畫西施之面，美而不可悅；規孟賁之目，大而不可畏」〔註331〕。當然，他還是主張形神融合的，重神並沒有否定形。

二是論文質，主張「必有其質，乃爲之文」。而文對質也具有重要作用，文可以顯示質，如「鐘鼓管簫，干戚羽旄，所以飾喜也；衰絰苴杖，哭踴有節，所以飾哀也；兵革羽旄，金鼓斧鉞，所以飾怒也。必有其質，乃爲之文。」〔註332〕文飾也可以遮蔽質，如「毛嬙、西施，天下之美人，若使之銜腐鼠，蒙蝟皮，衣豹裘，帶死蛇，則布衣韋帶之人過者，莫不左右睥睨而掩鼻」。〔註333〕

三是論文情。「情發於中而聲應於外」〔註334〕，而情感抒發有待於文辭作用。文與情是諧調關係，而不是對立關係。所以，「以文滅情則失情，以情

〔註329〕（漢）班固：《元帝紀》，《漢書》，中華書局1962年版，第277頁。

〔註330〕（漢）劉安：《詮言訓》，《淮南子集釋》，何寧集釋，中華書局1988年版，第1042頁。

〔註331〕（漢）劉安：《詮言訓》，《淮南子集釋》，何寧集釋，中華書局1988年版，第1139頁。

〔註332〕（漢）劉安：《本經訓》，《淮南子集釋》，何寧集釋，中華書局1988年版，第599頁。

〔註333〕（漢）劉安：《脩務訓》，《淮南子集釋》，何寧集釋，中華書局1988年版，第1363頁。

〔註334〕（漢）劉安：《齊俗訓》，《淮南子集釋》，何寧集釋，中華書局1988年版，第555頁。

滅文則失文，文情理通，則鳳麟極矣」〔註335〕。與儒家強調文藝社會作用不同，這些觀點注重文藝自身特點，因而對文藝規律認識也更爲深刻。

其二，司馬遷論《離騷》。

賈誼《弔屈原賦》並不是文學評論，漢人評論屈原及《離騷》莫早於劉安。司馬遷《屈原列傳》稱：「國風好色而不淫，小雅怨誹而不亂。若《離騷》者，可謂兼之矣。……其文約，其辭微，其志絜，其行廉，其稱文小而其指極大，舉類邇而見義遠。其志絜，故其稱物芳。其行廉，故死而不容自疏。濯淖污泥之中，蟬蛻於濁穢，以浮游塵埃之外，不獲世之滋垢，皭然泥而不滓者也。推此志也，雖與日月爭光可也。」〔註336〕班固《離騷序》說：「淮南王劉安敘《離騷傳》，以國風好色而不淫，小雅怨誹而不亂；若離騷者，可謂兼之矣。蟬蛻於濁穢之中，浮游塵埃之外，皭然泥而不滓。推此志，雖與日月爭光可也。」〔註337〕可見，司馬遷引述了劉安的論述，表明他對劉安意見的認同。

當然，司馬遷對《離騷》作了進一步闡釋。「其文約，其辭微，其志潔，其行廉，其稱文小而其指極大，舉類邇而見義遠。」具體揭示《離騷》的獨特表現手法——象徵。以約見深，以微知著，以小指大，以近見遠，正是《離騷》的藝術特色，如果不懂這個藝術特徵，便難以讀懂《離騷》了。這樣高度評價屈原和《離騷》，在儒學獨尊之後是完全沒有可能的。

其三，司馬相如論漢賦。

司馬相如是漢賦大家，他從自己的創作經驗出發，對創作漢賦有深刻認識。《西京雜記》卷二載：盛覽向司馬相如請教作賦的方法，司馬相如回答說：「合纂組以成文，列錦繡而爲質，一經一緯，一宮一商，此賦之跡也。賦家之心，苞括宇宙，總覽人物，斯乃得之於內，不可得而傳。」〔註338〕「賦心」就作者言，要具有「苞括宇宙，總覽人物」的內在素養；「賦跡」就作品言，要具有經緯宮商，纂組錦繡的藝術特徵。從賦心到賦跡，包含著漢賦創作的奧秘。《西京雜記》雖爲小說家言，可非有切實感受不能說出這樣的認識，它

〔註335〕（漢）劉安：《繆稱訓》，《淮南子集釋》，何寧集釋，中華書局1988年版，第733頁。

〔註336〕（漢）司馬遷，《史記》，中華書局1959年版，第2482頁。

〔註337〕（漢）班固：《離騷序》，《中國歷代文論選》，郭紹虞主編，上海古籍出版社1979年版，第89頁。

〔註338〕（晉）葛洪撰：《西京雜記》，周天遊校注，三秦出版社2006年版，第93頁。

所具有的文學理論價值實在不容忽視。

上面的文學批評，代表了漢代文學認識的高度。這樣深刻的認識，乃是百家之學的餘緒，在儒學獨尊條件下是無法想像的。

（二）依經立義的批評

隨著天下由紛亂趨向統一，思想也由紛爭趨向融合，以便爲政治統一提供思想基礎。早在戰國末期，荀子便表達了儒家獨尊的意願，因爲沒有被統治者採納，只能是他的一廂情願。到了漢武帝時期，董仲舒提出「罷黜百家，獨尊儒術」，得到官方熱情采納，情況便完全不同了。

漢初，統治者推行黃老思想，有利於戰亂後社會的休養生息；而隨著政治形勢的變化，迫切需要加強中央集權，而建立大一統的意識形態成爲當務之急。漢武帝即位，醉心於儒學，他舉賢良文學之士對策，董仲舒提出著名的《天人三策》。其第三策云：「《春秋》大一統者，天地之常經，古今之通誼也。今師異道，人異論，百家殊方，指意不同；是以上亡以持一統，法制數變，下不知所守。愚以爲：諸不在六藝之科、孔子之術者，皆絕其道，勿使並進。邪辟之說滅息，然後統紀可一，而法度可明，民知所從矣。」〔註339〕董仲舒用儒家思想統一意識形態，使上持一統，下知所守，完全符合漢武帝加強中央集權的願望。

提倡儒學需要有人才和制度的保證，於是董仲舒提出太學養士的措施。他說：「故養士之大者，莫大乎太學。太學者，賢士之所關也，教化之本原也。今以一郡一國之眾，對亡應書者，是王道往往而絕也。臣願陛下興太學，置明師，以養天下之士，數考問以盡其材，則英俊宜可得矣。」〔註340〕這個建議也被漢武帝採納。建元五年（前 136），漢武帝下令置五經博士；元朔五年（前 124），漢武帝批准儒生公孫弘爲博士置弟子員的建議，規定五經博士教授的弟子每經十人。博士弟子有一定待遇、一定考核和任用的程序，成爲進入仕途的重要門徑。後來，隨著統治階級的需要，太學規模不斷擴大，人數與日俱增。漢昭帝時，人數百人；宣帝時，人數二百；元帝時，增至千人；成帝時，人數三千；到東漢質帝時，人數高達三萬。太學教育的發達，培育出一個新的階層——儒生階層。他們以學習儒學爲生，以推行儒學爲業，推崇儒學不僅是他們的思想需要，也是他們的利益需要。伴隨著儒生階層的崛

〔註339〕（漢）班固：《董仲舒傳》，《漢書》，中華書局 1962 年版，第 2523 頁。
〔註340〕（漢）班固：《董仲舒傳》，《漢書》，中華書局 1962 年版，第 2512 頁。

起，儒學成爲至高無上的精神偶像，這就成爲依經立義的文學批評產生的文化土壤。

到西漢末期，儒學獨尊充分得以實現，身當其時的揚雄，他的思想可作爲代表。揚雄思想的核心是原道、徵聖、宗經。他說：「或曰：人各是其所是，而非其所非，將誰使正之？曰：萬物紛錯，則懸諸天；眾言淆亂，則折諸聖。或曰：惡睹乎聖而折諸？曰：在則人，亡則書，其統一也。」〔註341〕他認爲一切言行都應該以聖人爲標準，聖人不在了，他們的書還在，所以《五經》是一切言行的標準。因此，「好書而不要諸仲尼，書肆也；好說而不要諸仲尼，說鈴也。君子言也無擇，聽也無淫。擇則亂，淫則辟。述正道而稍邪哆者有矣，未有述邪哆而稍正也。孔子之道，其較且易也」；「書不經，非書也。言不經，非言也。言、書不經，多多贅矣。」〔註342〕《五經》完全體現了孔子之道，背離《五經》的言論和著作都是多餘的。他也肯定《五經》的文學價值。他說：「或問《五經》有辯乎？曰：惟《五經》爲辯：說天者莫辯乎《易》，說事者莫辯乎《書》，說體者莫辯乎《禮》，說志者莫辯乎《詩》，說理者莫辯乎《春秋》，捨斯，辯亦小矣。」〔註343〕「惟《五經》爲辯」，爲文學批評的依經立義奠定了理論基礎。

隨著儒學獨尊地位的確立和鞏固，文學思想與文學批評完全成爲儒學的婢女。人們不再從實際出發評價文學，而是從儒家教條出發來評價文學。人們以儒家的道德觀衡量作者品格，以儒家的詩論觀衡量作品價值，文學批評表現出依經立義的僵化模式。具體而言，表現爲如下方面：

其一，對「楚辭」的評價。

「楚辭」起於戰國，風行漢代。劉安、司馬遷對「楚辭」已有很高的評價，但在儒學獨尊之後，人們要進行重新的檢討。於是，對於屈原和「楚辭」的評價，展開了激烈的爭論。有否定的意見，代表者是班固。班固從儒家教條出發，對屈原爲人作了貶損，對「楚辭」成就作了否定。《離騷序》云：

> 且君子道窮，命矣。故潛龍不見是而無悶。《關雎》哀周道而不傷。蘧瑗持可懷之智，寧武保如愚之性，咸以全命避害，不受世患。故《大雅》曰：「既明且哲，以保其身」。斯爲貴矣。今若屈原，露

〔註341〕（漢）揚雄：《法言注》，韓敬注，中華書局1992年版，第41頁。
〔註342〕（漢）揚雄：《法言注》，韓敬注，中華書局1992年版，第27頁。
〔註343〕（漢）揚雄：《法言注》，韓敬注，中華書局1992年版，第46頁。

才揚己，競乎危國群小之間，以離讒賊。然責數懷王，怨惡椒、蘭，愁神苦思，強非其人，忿懟不容，沉江而死，亦貶絜狂狷景行之士。

多稱崑崙、冥婚宓妃虛無之語，皆非法度之政，經義所載。謂之兼《詩》風雅而與日月爭光，過矣！〔註344〕

班固完全不理解屈原的高潔志向，依據儒家「明哲保身」的庸俗觀點否定屈原的為人；班固完全不理解楚辭的象徵手法和浪漫主義特色，依據《詩經》的特點衡量楚辭而否定楚辭的成就。

然而，楚辭對漢代文學影響深遠，不是班固能夠否定的。東漢末年的王逸著《楚辭章句》，不同意班固的意見，他也站在儒家的立場上，卻駁斥了班固的看法，對屈原和楚辭作了全面的肯定。他從儒家道德觀和詩論觀出發，肯定屈原的為人和楚辭的成就。針對班固的指責，《楚辭章句序》云：

且人臣之義，以忠正為高，以伏節為賢。故有危言以存國，殺身以成仁。……今若屈原，膺忠貞之質，體清潔之性，直如砥矢，言若丹青，進不隱其謀，退不顧其命，此誠絕世之行，俊彥之英也。

且詩人怨主刺上曰：「鳴呼小子，未知臧否，匪面命之，言提其耳。」風諫之語，於斯為切。然仲尼論之，以為大雅。引此比彼，屈原之詞，優游婉順，寧以其君不智之故，欲提攜其耳乎？而論者以為「露才揚己」，「怨刺其上」，「強非其人」，殆失厥中矣。

夫《離騷》之文，依託五經以立義焉：「帝高陽之苗裔」，則「厥初生民，時維姜原」也；「紉秋蘭以為佩」，則「將翱將翔，佩玉瓊琚」也……。〔註345〕

王逸以儒家「殺身成仁」的觀點，批駁了對屈原自殺的攻擊；以儒家「溫柔敦厚」的詩教，批駁對屈原狂狷的指責；以《五經》的具體例證證明《離騷》並不違背儒家的經義法度。我們認為，王逸對屈原及作品的肯定態度是積極的，但是依經立義的批評方法使他並不能對屈原及作品作出準確評價。

其二，對「漢賦」的評價。

漢賦一代麗文，盛極當時。司馬相如談「賦心」、「賦跡」揭示了漢賦的創作軌跡；司馬遷為司馬相如立傳，也指出漢賦「虛辭濫說」，「靡麗多誇」

〔註344〕（漢）班固：《離騷序》，《中國歷代文論選》，郭紹虞主編，上海古籍出版社1979年版，第89頁。

〔註345〕（漢）王逸章句、（宋）洪興祖補注、（宋）朱熹集注：《楚辭章句補注·楚辭集注》，嶽麓書社2013年版，第48～49頁。

的不足。而在儒學獨尊之後，人們依據儒家的正統文學觀對漢賦進行反思，發表了完全不同的看法。

揚雄是作賦高手，早年曾沉湎其中。桓譚《新論》說揚雄作《甘泉賦》「思精苦，賦成，遂困倦小臥，夢其五臟出在地，以手收而內之。及覺，病喘悸，大少氣，病一歲。」〔註346〕他因寫得好賦，被漢成帝召入宮廷成爲文學侍從。然而，他以正統的文學觀反思自己的文學創作，卻提出了否定漢賦的觀點。

《法言‧吾子》云：「或問：吾子少而好賦？曰：然。童子雕蟲篆刻。俄而曰：壯夫不爲也。」〔註347〕他之所以反對作賦，是因爲他看到這種文體不能完成正統的文學觀所要求的政治諷諫作用。《法言‧吾子》云：「或問：賦可以諷乎？曰：諷乎！諷則已；不已，吾恐不免於勸也。」〔註348〕

當然，他對辭賦評論是具體分析的。《法言‧吾子》云：「或問：景差、唐勒、宋玉、枚乘之賦也益乎？曰：必也淫。淫則奈何？曰：詩人之賦麗以則，辭人之賦麗以淫。」〔註349〕可見，他反對的是漢賦不符合儒家法度的誇誕淫濫。

與揚雄相反，班固依據儒家詩論對漢賦作了全面肯定。他的《兩都賦序》〔註350〕，對漢賦作了深入研究：一是漢賦源流。漢賦產生有文學和政治兩方面的基礎。就文學言，「賦者，古詩之流」。詩有賦比興，賦由表現手法進而發展成一種文體。他從與古詩的聯繫中說明漢賦的起源，這種認識是否正確，還有待研究。就政治言，「至於武、宣之世，乃崇禮官，靠文章，內設金馬師渠之署，外興樂府協律之事，以興廢繼絕，潤色鴻業。」這是漢賦興盛的政治基礎，適應朝廷「潤色鴻業」的需要，漢賦名家輩出，名篇傳誦，漢賦出現了繁榮的局面。

二是漢賦價值。班固肯定漢賦與儒家《詩》、《書》有同樣的價值。他說：「或以抒下情而通諷喻，或以宣上德而盡忠孝。雍容揄揚，著於後嗣，抑亦雅頌之亞也。故孝成之世，論而錄之，蓋奏御者千有餘篇。而後大漢之文章，炳焉與三代同風。且夫道有夷隆，學有粗密，因時而建德者，不以遠近易則。故皋陶歌虞，奚斯頌魯，同見採於孔氏，列於《詩》、《書》，其義一也。」他

〔註346〕　（漢）桓譚：《新論》，上海人民出版社1977年版，第30頁。
〔註347〕　（漢）揚雄：《法言注》，韓敬注，中華書局1992年版，第25頁。
〔註348〕　（漢）揚雄：《法言注》，韓敬注，中華書局1992年版，第25頁。
〔註349〕　（漢）揚雄：《法言注》，韓敬注，中華書局1992年版，第25頁。
〔註350〕　（梁）蕭統：《文選》（一），上海古籍出版社1986年版，第1～2頁。

認為，漢賦是漢代文章之秀，它適應社會政治需要，發揮溝通上下的作用，完全與儒家《詩》、《書》一樣，具有重要的歷史價值。

其三，對《史記》的評價。

《史記》是漢代紀傳文學的高峰，漢代人對《史記》的認識也受到依經立義的制約，他們對《史記》思想藝術的看法有著明顯的片面性。

揚雄論《史記》著眼於它和儒家聖人的不同。《法言·問神》云：「或曰：淮南、太史公者，其多知與？曷其雜也？曰：雜乎雜。人病以多知為雜，惟聖人為不雜。」〔註351〕《法言·君子》云：「仲尼多愛，愛義也；子長多愛，愛奇也。」〔註352〕《漢書·揚雄傳》引揚雄語：「太史公記六國，歷楚漢，記麟止，不與聖人同，是非頗謬於經。」〔註353〕聖人純而太史公雜，聖人愛義而太史公愛奇，總之，「是非頗繆於聖人」。

班彪對《史記》不同於聖人作了具體分析。《後漢書·班彪傳》云：「其論術學，則崇黃老而薄五經，序貨殖，則輕仁義而羞貧窮；道遊俠，則賤守節而貴俗功：此其大敝傷道，所以遇極刑之咎也。然善述序事理，辯而不華，質而不野，文質相稱，蓋良史之才也。誠令遷依五經之法言，同聖人之是非，意亦庶幾矣。」〔註354〕他具體指出《史記》違背《五經》，異於聖人，否定其思想價值；然而也認識到《史記》的敘事成就，稱讚司馬遷有良史之才。

班固《漢書·司馬遷傳贊》繼承乃父觀點，對司馬遷《史記》作了全面評價：

> 故司馬遷據《左氏》、《國語》，采《世本》、《戰國策》，述《楚漢春秋》，接其後事，訖於天漢。其言秦漢，詳矣。至於采經摭傳，分散數家之事，甚多疏略，或有抵牾。亦其涉獵者廣博，貫穿經傳，馳騁古今，上下數千載間，斯以勤矣。又其是非頗繆於聖人，論大道則先黃老而後六經，序遊俠則退處士而進姦雄，述貨殖則崇勢利而羞賤貧，此其所蔽也。然自劉向、揚雄博極群書，皆稱遷有良史之材，服其善序事理，辨而不華，質而不俚，其文直，其事核，不虛美，不隱惡，故謂之實錄。烏呼！以遷之博物洽聞，而不能以知

〔註351〕（漢）揚雄：《問神》，《法言》，中華書局1985年版，第14頁。

〔註352〕（漢）揚雄：《君子》，《法言》，中華書局1985年版，第37頁

〔註353〕（漢）班固：《揚雄傳》，《漢書》，中華書局1962年版，第3580頁。

〔註354〕（南朝宋）范曄：《班彪傳》，《後漢書》，中華書局1965年版，第1325頁。

　　自全，既陷極刑，幽而發憤，書亦信矣，迹其所以自傷悼，《小雅》
　　巷伯之倫。夫唯《大雅》「既明且哲，能保其身」，難矣哉！〔註355〕

　　否定司馬遷的思想成就，肯定司馬遷的史學成就，這是漢代人對司馬遷的基本評價，而這個評價顯然是不公允的。

　　在儒家取得政治上獨尊地位之後，思想文化要以儒家經典為依歸，所以文學批評便具有了依經立義的特徵。我們看到，圍繞楚辭、漢賦、《史記》的評論，存在著一個奇怪的現象，無論肯定，還是否定，他們的出發點竟完全一致，這就是儒家思想。這樣的文學批評，只看重教條而脫離實際，當然不能揭示文學現象的實質，也不能總結文學實踐的經驗，自然不能推動文學的進步。

九、王充的人文觀念

　　王充（公元27～約97），字仲任，東漢會稽上虞人。他出身「細族孤門」，生活「貧無供養」；從小學習用功，「日諷千字」，「援筆而眾奇」〔註356〕；青年時期曾到洛陽入太學，拜班彪為師學習。他「好博覽而不守章句。家貧無書，常遊洛陽書肆，閱所賣書，一見輒能誦憶，遂博通眾流百家之言」〔註357〕。他學業完成，「仕路隔絕」，只做過幾任小官；「後歸鄉里，屏居教授」，深居簡出，專心著述，寫出《論衡》。

　　王充以兩漢之際思想現實的批判者出現。在漢武帝之後，儒學逐漸經學化、神學化，躍居為正統思想。在這種意識形態籠罩下，儒學成為僵化的教條，充滿保守與迷信，缺乏生機與活力。王充以清醒的理性精神，堅決澄清彌漫於思想領域的虛妄迷霧。他說：「是故《論衡》之造也，起眾書並失實，虛妄之言勝真美也。故虛妄之語不黜，則華文不見息；華文放流，則實事不見用。故《論衡》者，所以銓輕重之言，立真偽之平，非苟調文飾辭為奇偉之觀也。」〔註358〕在批判思想弊病中，王充表達了對文學的認識，它們具有相當的理論價值。

　　王充所謂「文學」，不是審美觀念下的文學，而是人文觀念下的文章。他

〔註355〕　（漢）班固：《司馬遷傳贊》，《漢書》，中華書局1962年版，第2737～2738頁。
〔註356〕　（漢）王充：《自紀》，《論衡》，上海人民出版社1974年版，第447頁。
〔註357〕　（南朝宋）范曄：《王充傳》，《後漢書》中華書局1965年版，第1629頁。
〔註358〕　（漢）王充：《對作》，《論衡》，上海人民出版社1974年版，第442頁。

說：「文人宜遵五經、六藝爲文，諸子傳書爲文，造論著說爲文，上書奏記爲文，文德之操爲文。」〔註359〕這裡的「文」包括人的德行操守與寫作著述，而完全沒有透露任何審美的信息，它實質就是傳統的人文觀念。「人文」一詞最早見於《易傳》：「剛柔交錯，天文也。文明以止，人文也。觀乎天文，以察時變。觀乎人文，以化成天下。」〔註360〕王充繼承了這種思想，認爲「上天多文而后土多理。二氣協和，聖賢稟受，法象本類，故多文采」。指出聖賢仿傚「天文」創造了「人文」。他說：「且夫山無林則爲土山，地無毛則爲瀉土，人無文則爲樸人」；「物以文爲表，人以文爲基」〔註361〕。「人文」是人的文明表現，包括了文德之操和文章著述兩方面。所以，王充對文學的認識，不是現代意義上的文學理論，而是人文觀念之下的文章理論。從這個視角看來，王充文章理論的特徵和局限，也便可以看得更清楚一些。

針對兩漢之際的思想弊病，王充提出獨到的文章觀點，主要表現爲三個方面：

（一）求實誠

兩漢之際思想領域彌漫著虛妄不實的迷霧。一是今文經學的穿鑿附會。「自武帝立五經博士，開弟子員，設科射策，勸以官祿，訖於元始，百有餘年，傳業者浸盛，支葉繁滋，一經說至百餘萬言，大師眾至千餘人，蓋利祿之路然也。」〔註362〕特別是今文經學，它們不重視經典的眞僞考辨和本義探求，而只是一味穿鑿附會地闡發所謂微言大義。王充批判道：「儒者說《五經》多失其實。前儒不見本末，空生虛說；後儒信前師之言，隨舊述故，滑習辭語。苟名一師之學趣，爲師授徒，及時早仕，汲汲競進，不暇留精用心，考實根核。故虛說傳而不絕，實事沒而不見，《五經》並失其實。」〔註363〕

二是讖緯神學的災異符命。董仲舒主張天人感應，從而爲讖緯神學進入經學打開門戶。西漢哀平之際，隨著社會危機加深，讖緯神學風靡一時。讖，是「詭爲隱語，預決凶吉」的宗教預言，是一種古老的迷信。緯，乃相對於經而言，它在儒家典籍被奉爲經典之後才出現。緯必須編造預言才能神化自

〔註359〕（漢）王充：《佚文》，《論衡》，上海人民出版社1974年版，第313頁。
〔註360〕高亨：《周易大傳今注》，齊魯書社2010年版，第188頁。
〔註361〕（漢）王充：《書解》，《論衡》，上海人民出版社1974年版，第432頁。
〔註362〕（漢）班固：《儒林傳》，《漢書》，中華書局1964年版，第3620頁。
〔註363〕（漢）王充：《正說》，《論衡》，上海人民出版社197年版，第425頁。

己，讖必須依傍經義才能提高地位，於是讖、緯合流來干預政治。它們大談災異譴告、符命祥瑞，全是一派虛妄之言。王充批判道：「天道，自然也，無為。如譴告人，是有為，非自然也。」〔註364〕

三是世俗迷信的鬼神禁忌。兩漢正統思想的非理性傾向，成為世俗迷信盛行的重要條件。鬼神觀念是世俗迷信的基本觀念。王充寫《論死》、《訂鬼》、《薄葬》給予批判：「人死不為鬼，無知，不能語言，則不能害人矣」〔註365〕。兩漢盛行神仙方術，宣揚道士得道成仙。王充寫《無形》、《談天》、《道虛》給予批判：「夫人，物也，雖貴為王侯，性不異於物。物無不死，人安能仙？」〔註366〕民間有多種迷信，如避諱（西益宅、刑徒上丘墓、婦人乳子、舉正月五月子），擇吉（起功、移徙、祭祀、喪葬、入官、嫁娶），卜筮，驅鬼等。王充給予批判：「衰世好信鬼，愚人好求福」，求福之法，「在人不在鬼，在德不在祀」〔註367〕。

當時，整個社會都籠罩在虛妄迷霧之中。所謂「才能之士，好談論者，增益實事，為美盛之語；用筆墨者，造生空文，為虛妄之傳；聽者以為真然，說而不捨；覽者以為實事，傳而不絕。不絕則文載竹帛之上，不捨則誤入賢者之耳。至或南面稱師，賦姦偽之說；典城佩紫，讀虛妄之書。」〔註368〕王充對此奮起反擊，他說：「《詩》三百，一言以蔽之，曰：思無邪。《論衡》篇以十數，亦一言也，曰：疾虛妄。」〔註369〕《論衡》的指導思想就是「疾虛妄，求實誠」。

所謂「實誠」，就是一個「真」字，它包括事實真實、道理真實、情感真實。具體而言：一是述真事。他說：「世俗所患，患言事增其實。著文垂辭，辭出溢其真。稱美過其善，進惡沒其罪。」〔註370〕他竭力反對言事違實的現象，著有「九虛三增」，對前人所述事實進行了嚴格考訂。如牧野之戰是否血流漂杵，周之黎民是否靡有孑遺，這些事情都要求實事求是，「不可增損」。二是辨真理。他說：「論貴是而不務華，事尚然而不高合。論說辯然否，安得

〔註364〕（漢）王充：《譴告》，《論衡》，上海人民出版社1974年版，第224頁。

〔註365〕（漢）王充：《論死》，《論衡》，上海人民出版社1974年版，第320頁。

〔註366〕（漢）王充：《道虛》，《論衡》，上海人民出版社1974年版，第106頁。

〔註367〕（漢）王充：《解除》，《論衡》，上海人民出版社1974年版，第386、387頁。

〔註368〕（漢）王充：《對作》，《論衡》，上海人民出版社1974年版，第442頁。

〔註369〕（漢）王充：《佚文》，《論衡》，上海人民出版社1974年版，第315頁。

〔註370〕（漢）王充：《藝增》，《論衡》，上海人民出版社1974年版，第129頁。

不謬常心、逆俗耳？眾心非而不從，故喪黜其僞，而存定其眞。」〔註371〕爲了堅持眞理，他敢於非聖無法。其《問孔》、《刺孟》，對聖人言行自相矛盾之處也給予無情揭露。如指責孔子稱「不貶小以大」、「毋求備於一人」，而他對宰我晝寢大罵出口；如批評孟子回答齊大夫沈同伐燕之事的狡辯。眞是吾愛聖人更愛眞理。三是抒眞情。他說：「精誠由中，故其文語感動人深。」〔註372〕精誠，即是感情眞實。只有眞情實感，才能感動人心；那種徒事華僞的矯情作品，是不能打動人心的。

在王充看來，做到內容的實誠，就能達到「眞美」。其實，他所謂的眞實，還只是停留在生活眞實的層次，而沒有上升到藝術眞實。對審美文學而言，文學必須超越生活眞實，進入藝術眞實的層次。這在王充是完全不能理解的。他說：「俗人好奇。不奇，言不用也。故譽人不增其美，則聞者不快其意；毀人不益其惡，則聽者不愜於心。聞一增以爲十，見百益以爲千，使夫純樸之事，十剖百判；審然之語，千反萬畔。」〔註373〕這段論述可以理解爲對當時大眾審美趣味的描述。爲什麼「俗人好奇」？因爲奇事可以快於意、愜於心，具有使人愉悅的審美功能。爲了敘事神奇，便需要誇張，便需要要虛構，這是審美文學的重要進步。我們認爲，文學由寫實到虛構是歷史的進步。在先秦時期，已有虛構敘事的出現，如民間寓言、民間故事；《莊子》、《戰國策》某些篇章甚至具有了小說的性質。漢代，這些文學因素得到進一步發展，如《燕丹子》、《漢武故事》、《漢武帝內傳》等當時流傳頗廣。這些快意、愜心的虛構傳奇的作品，正是審美文學的巨大收穫。然而，王充人文觀念下的文章理論，卻無法區別生活眞實與藝術眞實。不能正確認識文學虛構與虛妄之言的不同本質。所以，他在「疾虛妄，求實誠」的口號下，把文學誇張和文學虛構也一併否定了，這是非常令人遺憾的。

（二）重創新

漢代是經學壟斷的時代，經師、經生爲了功名利祿，一味崇拜儒家經典，造成保守僵化的文化風氣。漢代經學的突出表現是章句之學的盛行和師法、家法的形成。章句之學脫離社會生活，師法、家法保護既得利益，這些僵化的學術模式，完全阻遏了思想的創新。在這樣的條件下，思想就是教條，文

〔註371〕（漢）王充：《自紀》，《論衡》，上海人民出版社1974年版，第451頁。

〔註372〕（漢）王充：《超奇》，《論衡》，上海人民出版社1974年版，第214頁。

〔註373〕（漢）王充：《藝增》，《論衡》，上海人民出版社1974年版，第129頁。

化就是模擬，文學就是復古。例如，西漢末年的揚雄，其著作便多是模擬的產物。《漢書·揚雄傳贊》云：（揚雄）「實好古而樂道，其意欲求文章成名於後世，以爲經莫大於《易》，故作《太玄》，傳莫大於《論語》，作《法言》；史篇莫善於《倉頡》作《訓纂》；箴莫善於《虞箴》，作《州箴》；賦莫深於《離騷》，反而廣之；辭莫麗於相如，作四賦。」〔註374〕離開了依傍古人，似乎就不能獨立創作。漢和帝之時，竟有人上書皇帝，要求經生必須嚴格遵守師法、家法，不得有個人發揮，明確認定經學「述而不作」的學術原則〔註375〕。

　　針對僵化保守的現實，王充竭力提倡創新，意在打破思想僵化的局面。爲此，他將學人分爲五種，極力推崇富有思想創造力的鴻儒。他說：「能說一經者爲儒生，博覽古今者爲通人，採掇傳書以上書奏記者爲文人，能精思著文連結篇章者爲鴻儒。故儒生過俗人，通人勝儒生，文人逾通人，鴻儒超文人。」〔註376〕按照思想創造力的大小，他排列出「俗人—儒生—通人—文人—鴻儒」的序列。王充曾盛讚桓譚說：「君山差才，可謂得高下之實矣。採玉者心羨於玉，鑽龜能知神於龜。能差眾儒之才，累其高下，賢於所累。又作《新論》，論世間事，辯照然否，虛妄之言，僞飾之辭。莫不證定。」〔註377〕他所看重的正是桓譚的思想創新。王充把人文分也爲五類，尤其推崇造論著說之文。他說：「造論著說之文，尤宜勞焉。何則？發胸中之思，論世俗之事，非徒諷古經。續故文也。論發胸臆，文成手中，非說經藝之人所能爲也。」〔註378〕他所看重的也是造論著說的思想創新價值。

　　提倡思想文化的創新，首先要淨化文化風氣。針對當時思想上厚古賤今、寫作上模擬因襲、語言上艱澀古奧的不良文化風氣，王充提出了具體的正面主張：

　　一是反對厚古賤今，主張古今一也。他說：「夫俗好珍古而不貴今，謂今之文不如古書。夫古今一也。才有高下，言有是非，不論善惡而徒貴古，是謂古人賢今人也。……蓋才有淺深，無有古今；文有僞眞，無有故新。」〔註379〕王充主張「古今一也」，即評價古今應該有一致標準，才要論其淺深，文

〔註374〕　（漢）班固：《揚雄傳贊》，《漢書》，中華書局1964年版，第3583頁。
〔註375〕　（南朝宋）范曄撰，《徐防列傳》，《後漢書》，中華書局1965年版，第1500頁。
〔註376〕　（漢）王充：《超奇》，《論衡》，上海人民出版社1974年版，第212頁。
〔註377〕　（漢）王充：《超奇》，《論衡》，上海人民出版社1974年版，第212頁。
〔註378〕　（漢）王充：《佚文》，《論衡》，上海人民出版社1974年版，第313頁。
〔註379〕　（漢）王充：《案書》，《論衡》，上海人民出版社1974年版，第440頁。

要論其眞僞。不論淺深眞僞，而盲目厚古賤今，那是俗儒的偏見。王充對此批判道：「俗好高古而稱所聞，前人之業，菜果甘甜，後人新造，蜜酪辛苦」〔註380〕；「俗儒好長古而短今，……古有虛美，誠心然之，信久遠之僞，忽近今之實。」〔註381〕世俗盲目崇拜古人，完全不顧事實，竟然到了如此荒唐的地步。

二是反對模擬因襲，主張個性獨創。模擬因襲是厚古賤今在寫作上的必然表現，這是王充不願意看到的。他說：「飾貌以強類者失形，調辭以務似者失情。百夫之子，不同父母，殊類而生，不必相似；各以所稟，自爲佳好。……美色不同面，皆佳於目；悲音不共聲，皆快於耳。酒醴異氣，飲之皆罪；百穀殊味，食之皆飽。謂文當與前合，是謂舜眉當復六采，禹目當復重瞳。」〔註382〕每人都有自己的稟賦個性，模擬別人就失去了個性，失去了眞情，怎麼能寫出好作品呢？王充認爲，寫作是由內而外的過程，所謂「文由胸中而出，心以文爲表」，先有其內而後有其外。所謂「有根株於下，有榮葉於上；有實核於內，有皮殼於外。文墨辭說，士之榮葉、皮殼也。實誠在胸臆，文墨著竹帛，外內表裏，自相副稱。意奮而筆縱，故文見而實露也。」〔註383〕離開了內在的思想感情，就不可能寫出好文章。

王充主張個性獨創，重視個性修養。他對於人的個性，有著非常深刻的認識。他說：「稟氣有厚泊，故性有善惡也。……人之善惡，共一元氣，氣有少多，故性有賢愚。」〔註384〕這是談「氣」。他說：「楚、越之人，處莊、岳之間，經歷歲月，變爲舒緩，風俗移也。故曰：齊舒緩，秦慢易，楚促急，燕憨投。」〔註385〕這是談「習」。他說：「足不強則跡不遠，鋒不銛則割不深。連結篇章，必大才智鴻懿之俊也。……揚子雲作《太玄經》造於眇思，極杳冥之深，非庶幾之才，不能成也。」〔註386〕這是談「才」。他說：「夫儒生之所以過文吏者，學問日多，簡練其性，雕琢其材也。故夫學者所以反情治性，盡材成也。」〔註387〕這是談「學」。先天之「才氣」需要後天之「學習」的雕

〔註380〕（漢）王充：《超奇》，《論衡》，上海人民出版社1974年版，第215頁。
〔註381〕（漢）王充：《須頌》，《論衡》，上海人民出版社1974年版，第310頁。
〔註382〕（漢）王充：《自紀》，《論衡》，上海人民出版社1974年版，第453頁。
〔註383〕（漢）王充：《超奇》，《論衡》，上海人民出版社1974年版，第213頁。
〔註384〕（漢）王充：《率性》，《論衡》，上海人民出版社1974年版，第28頁。
〔註385〕（漢）王充：《率性》，《論衡》，上海人民出版社1974年版，第27頁。
〔註386〕（漢）王充：《超奇》，《論衡》，上海人民出版社1974年版，第212頁。
〔註387〕（漢）王充：《量知》，《論衡》，上海人民出版社1974年版，第192頁。

琢。王充關於「才氣學習」的論述，直接啓發了劉勰的作家個性論，對文學理論產生了重要影響。

三是反對艱澀古奧，主張言文同趨。模擬因襲表現在語言上就是模擬經典艱澀古奧的語言特色。所謂「經藝之文，賢聖之言，鴻重優雅，難卒曉睹，世讀之者，訓古乃下。」〔註388〕世俗把艱澀古奧看作經典的長處，而攻擊那些明白淺顯的文字。對此，王充發表了非常科學的論斷，堅決反對艱澀古奧的語言。他說：「口則務在明言，筆則務在露文。高士之文雅，言無不可曉，指無不可睹，觀讀之者，曉然若盲之開目，聆然若聾之通耳。……夫文由語也，或淺露分別，或深遠優雅，孰爲辯者？故口言以明志；言恐滅遺，故著之文字；文字與言同趨，何爲猶當隱閉指意？」〔註389〕文字是言語的書面符號，既然言語要求易懂，那文字爲什麼要反其道而行之呢？所以，王充主張「言文同趨」，也就是主張文字與言語一致，這可以說是白話文主張的先聲了。王充把言語的功能，言語與文字的關係講得非常清楚，這在語言學理論上也是巨大的貢獻。

那麼，經典的語言爲什麼會艱澀古奧呢？王充分析道：「經傳之文，聖賢之語，古今言殊，四方談異也。當言事時非務難知，使指閉隱也。後人不曉，世相離遠，此名曰語異，不名曰材鴻。」〔註390〕「經傳之文，聖賢之語」的艱澀古奧，原不是古人故作艱深，而是由於古今語言的變化和四方方言差異造成的。這就從根本上否定了俗儒模仿經典語言的理由。

王充所強調的文章創新，只是指思想創新，而不是指文學創新。從人文觀念出發，他的文章理論還沒有文學創新的空間。譬如，他不理解漢賦的審美價值，否定漢賦的藝術創新。他說：「以敏於賦頌，爲弘麗之文賢乎？則夫司馬長卿、揚子雲是也。文麗而務巨，言眇而趨深，然而不能處定是非，辨然否之實。雖文如錦繡，深如河漢，民不覺是非之分，無益於彌爲崇實之化。」〔註391〕在「定是非，辨然否」的要求下，他把賦頌的弘麗之文完全給否定了。

（三）尚世用

關於文章著述的社會作用，王充繼承了儒家的傳統觀點。他說：「爲世用

〔註388〕（漢）王充：《自紀》，《論衡》，上海人民出版社1974年版，第450頁。
〔註389〕（漢）王充：《自紀》，《論衡》，上海人民出版社1974年版，第451頁。
〔註390〕（漢）王充：《自紀》，《論衡》，上海人民出版社1974年版，第451頁。
〔註391〕（漢）王充：《定賢》，《論衡》，上海人民出版社1974年版，第420頁。

者，百篇無害；不爲世用，一章無補。如皆爲用，則多者爲上，少者爲下。」
〔註392〕文章的價值就在於它的社會作用。《對作》云：「聖人作經，藝（賢）
者傳記，匡濟薄俗，驅民使之歸實誠也。案《六略》之書，萬三千篇，增善
消惡，割截橫拓，驅役遊慢，期便道善，歸正道焉。孔子作《春秋》，周民弊
也。故采求毫毛之善，貶纖介之惡，撥亂世，反諸正，人道浹，王道備，所
以檢押靡薄之俗者，悉具密致。夫防決不備，有水溢之害；網解不結，有獸
失之患。是故周道不弊，則民不文薄；民不文薄，《春秋》不作。楊、墨之學
不亂傳義，則孟子之傳不造；韓國不小弱，法度不壞廢，則韓非之書不爲；
高祖不辨得天下，馬上之計未轉，則陸賈之語不奏；眾事不失實，凡論不壞
亂，則桓譚之論不起。故夫賢聖之興文也，起事不空爲，因因不妄作。作有
益於化，化有補於正。」〔註393〕這樣的認識與儒家傳統觀念並沒有多少區別。

　　所謂「爲世用」，包括三個方面：一是勸善懲惡。他說：「天文人文，文
豈徒調筆弄墨爲美麗之觀哉？載人之行，傳人之名也。善人願載，思勉爲善；
邪人惡載，力自禁裁。然則，文人之筆，勸善懲惡也。」〔註394〕這裡從正反
兩方面把文章的政治教化任務明確化了。如果文學不能完成「勸善懲惡」的
任務，那就完全沒有存在的必要。二是歌功頌德。他說：「古之帝王建鴻德者，
須鴻筆之臣，襃頌記載，鴻德乃彰，萬世乃聞。」〔註395〕他批評先秦諸子道：
「周、秦之際，諸子並作，皆論他事，不頌主上，無益於國，無補於化。造
論之人，頌上恢國；國業傳人千載，主德三貳日月；非適諸子書傳所能並也。」
〔註396〕他以爲「不頌主上」便「無益於國，無補於化」，這樣的認識完全是爲
專制統治服務的。漢人論《詩經》尚有「美刺」二端，這裡卻只剩下歌功頌
德了，實在是專制統治下文人的悲哀。連封建時代的錢大昕都批評道：「《宣
漢》、《恢國》諸作，諛而不實，亦爲公正所嗤。」〔註397〕三是聰人之知。他
說：「空器在廚，金銀塗飾，其中無物益於飢，人不顧也。看膳甘醲，土釜之
盛，入者鄉之。古賢文之美善可甘。非徒器中之物也，讀觀有益，非徒膳食

〔註392〕（漢）王充：《自紀》，《論衡》，上海人民出版社1974年版，第453頁。
〔註393〕（漢）王充：《對作》，《論衡》，上海人民出版社1974年版，第441頁。
〔註394〕（漢）王充：《佚文》，《論衡》，上海人民出版社1974年版，第314頁。
〔註395〕（漢）王充：《須頌》，《論衡》，上海人民出版社1974年版，第307頁。
〔註396〕（漢）王充：《佚文》，《論衡》，上海人民出版社1974年版，第313～314頁。
〔註397〕（漢）王充：《論衡校釋》（四），黃暉校釋，鍾哲整理，中華書局1990年版，
　　　　第1312頁。

有補也。……聖賢言行，竹帛所傳，練人之心，聰人之知。」〔註398〕這是說文章能夠滿足人們的精神需要，讀觀而有益，它「練人之心，聰人之知」，能夠擴展人們的知識，提高人們的見識。

王充「文爲世用」的認識，沒有超出儒家傳統觀念的範圍。在經學已經走入封閉僵化的時代，文壇上充滿了矯揉造作，王充提倡文學的社會責任是具有積極意義的。然而，王充的「文爲世用」，並不包括審美作用。他說：「文豈徒調筆弄墨爲美麗之觀哉？」可見，他把審美作用與「文爲世用」對立了起來。因此，他否定賦頌的弘麗之文，批評文學誇張、文學虛構，這些也就都可以理解了。王充關於文學的社會作用的認識，缺乏對文學特徵的認識，完全忽視了審美作用的價值。他論美色稱：「妖氣生美好，故美好之人多邪惡。……美色之人，懷毒螫也。」〔註399〕這就更加陷入荒謬了。

在批判兩漢虛妄文風的鬥爭中，王充提出了一系列有價值的觀點，具有重要的思想意義。章炳麟云：「作爲《論衡》，趣以正虛妄，審鄉背。懷疑之論，分析百端。有所發摘，不避上聖。漢得一人焉，足以振恥。至於今，亦鮮有能逮者也。」〔註400〕但是，也應該看到，王充思想批判的武器依然是儒家思想。章學誠云：「且其《問孔》、《刺孟》諸篇之辨難·以爲儒說之非也，其文有似韓非矣。韓非絀儒，將以申刑名也；王充之意，將亦何申乎？觀其深斥韓非鹿馬之喻以尊儒；且其自敘，辯別流俗傳訛，欲正人心風俗，此則儒者之宗旨也。然則王充以儒者而拒儒者乎？」〔註401〕誠如章氏之言，王充是以儒拒儒。所以，他不是傳統觀念的破壞者，而是傳統觀念的修正者。

王充繼承揚雄、桓譚的理性精神，針對思想現實的虛妄不實，進行了尖銳的思想批判。但由於著書越地，流行不廣，他的思想在當時並沒有發生多大影響。直到東漢末年，《論衡》流行於中土，王充思想始影響學人，對當時的社會思潮發生了積極作用。《後漢書·王充傳》注引《袁山松書》云：「充所作《論衡》，中土未有傳者，蔡邕入吳始得之，恒秘玩以爲談助。其後王朗爲會稽太守，又得其書，及還許下，時人稱其才進。或曰：不見異人，當得

〔註398〕（漢）王充：《別通》，《論衡》，上海人民出版社1974年版，第208～209頁。
〔註399〕（漢）王充：《言毒》，《論衡》，上海人民出版社1974年版，第351頁。
〔註400〕章炳麟：《章太炎全集》（三），上海人民出版社1984年版，第444頁。
〔註401〕（清）章學誠：《文史通義校注》，葉瑛校注，中華書局1985年版，第408～409頁。

異書。問之，果以《論衡》之益。由是遂見傳焉。」〔註402〕王充的思想得到漢末思想家的重視，其思想批判融入當時社會批判思潮，終於結束了經學的思想統治，開啓了魏晉時期的思想解放。

　　總之，王充所言乃是人文觀念下的文章理論，他以眞爲美，崇實黜文，完全忽視文學的審美特徵，遠遠落後於漢代的文學實踐。王充的文章理論，從審美觀念而言，無疑是滯後的；從人文觀念而言，則又具有重要價值。

〔註402〕（南朝宋）范曄：《王充傳》，《後漢書》，中華書局 1965 年版，第 1629 頁。

第二章　文筆之辨　沉思翰藻

一、文學意識的覺醒

　　經過戰國秦漢，文學有了長足的發展。章學誠說：「蓋至戰國而文章之變盡，至戰國而著述之事專，至戰國而後世之文體備。」又說：「兩漢文章漸富」，「辭章之學興」。〔註 1〕說明在戰國兩漢的文學實踐中，文學在不斷地發展，由不自覺向著自覺逐步地演進。譬如，戰國縱橫說辭注重言辭辯麗，漢代的「文學」與「文章」區分，司馬遷的「成一家之言」，它們從文學語言、文學文體、文學主體等方面，逐漸顯露出文學意識覺醒的前兆。

　　然而，在漢代「罷黜百家，獨尊儒術」的意識形態禁錮之下，文學自覺意識受到了沉重壓抑。隨著漢王朝滅亡而思想禁錮被打破，文學自覺意識便破土而出了。在漢末思想解放的潮流中，曹丕《典論・論文》突破了儒家傳統思想的禁錮，對文學問題發表了嶄新的看法，從而使文學理論批評邁進到一個新的時期。魯迅先生指出，「用近代文學眼光看來，曹丕的一個時代可說是『文學的自覺時代』」，〔註 2〕而曹丕《典論・論文》標誌著這個時代的開始。

（一）文學意識的覺醒

　　曹丕（187～226），字子桓，沛國譙（今安徽亳縣）人，曹操次子，曹操死，襲位為魏王，後代漢稱帝，即魏文帝。曹丕愛好文學，以著述為務，其《典論・論文》為重要的文學理論著作，對後世產生了深遠影響。《典論・論

〔註 1〕　（清）章學誠：《文史通義校注》，葉瑛校注，中華書局 1985 年版，第 62、296 頁。

〔註 2〕　魯迅：《魏晉風度及文章與藥及酒之關係》，《魯迅全集》（第三卷），人民文學出版社 1956 年版，第 379 頁。

文》提出三個重要觀點：一是「文以氣爲主」，這是對作者主體的自覺認識；二是「文本同而末異」，這是對作品文體的自覺認識；三是「審己以度人」，這是對文學批評的自覺認識。它們共同表現了對文學活動整體的自覺認識。

其一，「文以氣爲主」。

曹丕說：「文以氣爲主，氣之清濁有體，不可力強而致。譬諸音樂，曲度雖均，節奏同檢，至於引氣不齊，巧拙有素，雖在父兄，不能以移子弟。」〔註3〕「氣」是中國古代哲學的重要概念。最早它是指宇宙萬物的本體，如西周伯陽父說：「天地之氣，不失其序。」〔註4〕後用於指人的生命與精神，如《管子》云：「有氣則生，無氣則死，生者以其氣」〔註5〕；孟子云：「我知言，我善養吾浩然之氣」。曹丕「文以氣爲主」引「氣」入文，所謂「氣」是指作者主體的精神個性，用來說明作者主體個性對於文學的重要意義。

文學構成包含著各種要素，對文學的認識也表現爲對文學諸要素的認識之中。從先秦以來，人們對文學諸要素已經有比較充分的認識。曹丕就談到文學的各種要素，如「理不勝辭」；「見意於篇籍，不假良史之辭」；「奏議宜雅，……唯通才能備其體」；「文以氣爲主」等。作品方面有意、辭、體，作者方面有氣、才等。曹丕認爲，在文學諸要素之中，作者主體的「氣」超越其他要素而居於文學的主導地位。

曹丕並不是一般地肯定文學的主體性，而是深入探討了創作主體的個性特點。他說：「氣之清濁有體，不可力強而致」，是說「氣」之先天性，它不是外力可以強行獲致的。他說：「雖在父兄，不能以移子弟」，是說「氣」之個別性，即便父子、兄弟之間也難以相互影響而改變。創作主體先天稟賦的不同，造成個性氣質的差異，從而給予文學創作根本的影響。他以音樂作譬喻：「曲度雖均，節奏同檢，至於引氣不齊，巧拙有素，雖在父兄，不能以移子弟。」作家個性氣質最終體現在文學作品中，表現爲文學作品的不同風格。曹丕從作者個性入手理解文學創作，從而對建安文人作出深刻評價，如「孔融體氣高妙」、「公幹有逸氣」、「徐幹時有齊氣」、「應瑒和而不壯」、「劉楨壯而不密」等。

〔註3〕 （三國）曹丕：《典論·論文》，《曹丕集校注》，魏宏燦校注，安徽大學出版社2009年版，第314頁。本節凡引自此文者，不再注出。

〔註4〕 （春秋）左丘明：《周語上》，《國語》，鮑思陶點校，齊魯書社2005年版，第13頁。

〔註5〕 （春秋）管仲：《樞言》，《管子校注》，黎翔鳳撰，中華書局2004年版，第241頁。

「文以氣爲主」強調文學創作的主體性，強調作者主體的個體性，強調個性特徵的精神性。這樣的深刻認識，意味著文學向人學的充分自覺。從司馬遷的「成一家之言」，到曹丕的「文以氣爲主」，可以清晰地看到人們對創作主體認識的深化過程。曹丕提出的「文以氣爲主」的命題，明確強調作者主體的個性、氣質、天才與文學創創的不可分離的聯繫，這是文學思想發展質的飛躍，爲文學理論作出了獨特貢獻。

其二，「文本同而末異」。

文學創作表現爲具體文體的創作。所以，文體自覺也是文學自覺的基本內容。曹丕之前，儘管存在著多樣的文體，而人們文體認識還存在著模糊現象。如漢代人往往以詩論辭，以詩論賦，辭賦不分，就充分反映了文體意識的模糊錯亂。

曹丕說：「夫人善於自見，而文非一體，鮮能備善，是以各以所長，相輕所短。」又說：「夫文本同而末異，蓋奏議宜雅，書論宜理，銘誄尙實，詩賦欲麗。此四科不同，故能之者偏也；唯通才能備其體。」「文本同而末異」，既認識到文章的共同性，又認識到文體的特殊性。在曹丕之前，人們的文體認識多集中在「本同」方面，而曹丕則更強調「末異」方面，即強調「文非一體」，強調不同文體的獨特要求，這是文體認識走向自覺的具體表現。

在文學實踐的基礎上，曹丕把文章分爲四科八體。奏、議、書、論、銘、誄、詩、賦是八種不同文體，它們因性質作用類似而被歸納爲四科。對於這些不同文體，曹丕沒有像傳統思想那樣去論述它們的政教功能，而是把著眼點放在文體的審美要求上。他說：「奏議宜雅，書論宜理，銘誄尙實，詩賦欲麗。」他以最簡潔的言辭高度概括了不同文體的審美特徵。尤其是「詩賦欲麗」，突出了文學文體的審美特徵。當然，對詩賦特徵的認識，並不是曹丕最早發現的。早在戰國時期，縱橫家就推崇言辭「辯麗」；漢代揚雄也明確稱「詩人之賦麗以則，辭人之賦麗以淫」，顯然他們已經認識到文學語言的審美特徵。曹丕的貢獻在於，他拋開了附著在文學文體審美特徵上面的政教訓勉，如「淫」、「則」之類。這種重審美特徵而輕政治教化的態度，與傳統文學觀念是完全不同的。正是看到這一點，魯迅先生才引申說：「他說詩賦不必寓教訓，反對當時那些寓訓勉於詩賦的見解。」〔註6〕

〔註 6〕魯迅：《魏晉風度及文章與藥及酒之關係》，《魯迅全集》（第三卷），人民文學出版社 1956 年版，第 379 頁。

曹丕關於文體的分類，是自覺進行文體分類的開始。曹丕之後，文體論研究出現了繁榮的局面。如桓範的《世要論》、陸機的《文賦》、摯虞的《文章流別論》、李充的《翰林論》、劉勰的《文心雕龍》等，都對文體作了深入研究。

其三，「審己以度人」。

《典論・論文》從對「文人相輕」的批評開篇。在沒有認識到作家個性和文體特徵之前，文學批評完全處於非理性狀態。曹丕說：「夫人善於自見，而文非一體，鮮能備善，是以各以所長，相輕所短。」個性不同，「善於自見」，而往往不能度人；文非一體，擅長一體，而往往「鮮能備善」。對作者不同個性與作品多樣文體缺乏充分的認識，文學批評必然出現「各以所長，相輕所短」的錯誤現象。而要克服「文人相輕」的毛病，需要理性地認識作家的個性與文體的特徵。

承認作者個性的多樣性，努力做到「審己以度人」，從作家獨特個性的角度才能作出正確的文學批評；承認作品文體的多樣性，努力達到「通才能備其體」，從文體具體特徵的角度才能作出準確的文學批評。對作者個性和文體特徵的深刻認識，是文學批評中超越批評者思想局限的重要途徑。

除了文人相輕之外，文學批評還存在著其他蔽障。他說：「常人貴遠賤近，向聲背實，又患暗於自見，謂己為賢。」「貴遠賤近」，即尊古卑今，這種風氣在漢代非常盛行，曾遭到王充的竭力批判；「向聲背實」，即人云亦云，評價文學作品不作具體分析，一味聽信傳言；「暗於自見，謂己為賢」，更是狹隘自大心理的表現，看不見自身毛病，便認為自己是最棒的。

為了消除文學批評的蔽障，曹丕提出文學批評的原則。他說：「蓋君子審己以度人，故能免於斯累，而作論文。」只有「審己以度人」，才能超越個人局限性，克服主觀偏見，從文學實際出發，通過具體的文學分析，從而對文學現象作出公正準確的評價。

正是秉持這樣的批評原則，曹丕對建安作家作了具體評價。他說：「王粲長於辭賦，徐幹時有齊氣，然粲之匹也。如粲之《初征》、《登樓》、《槐賦》、《征思》，幹之《玄猿》、《漏卮》、《圓扇》、《橘賦》，雖張、蔡不過也。然於他文，未能稱是。琳、瑀之章表書記，今之雋也。應瑒和而不壯；劉楨壯而不密。孔融體氣高妙，有過人者；然不能持論，理不勝辭；以至乎雜以嘲戲；及其所善，揚、班儔也。」王粲、徐幹長於辭賦，陳琳、阮瑀長於章表書記，

而於其他文體則未能稱是；孔融所善處超過他人，而有不能持論的弱項。這些分析既揚其長，也揭其短，立足於作家個性和文體特徵，對文學現象作具體分析，進而得出客觀準確的評價。這些評價貫徹了「審己以度人」的原則，爲文學批評樹立了典範。

《典論・論文》表現了文學批評的自覺意識。先秦諸子僅有片言隻語的文學批評；兩漢文學批評尚未從學術批評中分離出來，《詩大序》、《離騷序》、《兩都賦序》、《楚辭章句序》，或就一部書，或就一篇作品，或就一種文體立論。而《典論・論文》評論了多位作家和多種文體，討論了文學的根本問題，開創了魏晉南北朝文學批評的先例，對後世文學批評產生了深遠影響。

所謂「文學自覺」，最重要的當是作者主體的自覺和作品文體的自覺。離開了作者個性精神在具體文體上的表現，文學自覺是完全不可思議的。曹丕對作者主體的認識深入到精神個性，對作品文體的認識深入到審美特徵，而且又從讀者接受角度提出文學批評的原則，這樣深刻的認識眞正切合文學實際，從而使文學活動走進了自覺時代。從作者個性、作品文體、讀者批評三個方面，表現了對文學的自覺認識，這是對文學活動整體的自覺，足以成爲文學自覺時代的標誌。

（二）文學地位的提高

基於文學自覺的認識，曹丕對文學的社會價值，文學與作者德行等問題，作出了重新的估價和認識，表達了不同於傳統的觀念，爲文學獨立提供了思想基礎。

其一，文學的價值。

曹丕說：「蓋文章，經國之大業，不朽之盛事。」從兩方面肯定了文學的價值：一是經邦治國的政治價值，二是精神不朽的人生價值。前者是儒家傳統觀念的發展。儒家歷來強調文學的政治價值，但像曹丕這樣把文學看作經邦治國的大業，則是從來沒有過的。孔子稱：「行有餘力，則以學文。」把文學只看作「餘事」；漢武帝將作家「倡優畜之」，漢代文學兩司馬都懷才不遇；而曹丕把文學的地位提到空前的高度。如他對身邊作家多以朋友相待，如王粲死後，曹丕親自爲他送葬，在墓地提議說：仲宣生前喜歡聽驢叫聲，大家學聲驢叫來悼念他吧。於是，墓地響起了一片驢叫聲。當然，曹丕高估文學的政治價值，其實並不符合實際。文學就是文學，它不可能取代政治，指望用文學經邦治國，恐怕是會出亂子的。

後者是人主體意識覺醒後對文學價值的深刻認識。《左傳》有「立功、立德、立言」的說法，那「立言」其實並不包括詩、賦一類作品。而曹丕以文章爲「不朽之盛事」，顯然詩、賦佔據著重要地位。他說：「年壽有時而盡，榮樂止乎其身，二者必至之常期，未若文章之無窮。」以強烈的生命意識關注文學的精神價值，這樣的見解在曹丕之前完全看不到。他感慨道：「是以古之作者，寄身於翰墨，見意於篇籍，不假良史之辭，不託飛馳之勢，而聲名自傳於後。故西伯幽而演《易》，周旦顯而制《禮》，不以隱約而弗務，不以康樂而加思。夫然則古人賤尺璧而重寸陰，懼乎時之過已！而人多不強力，貧賤則懾於飢寒，富貴則流於逸樂，遂營目前之務，而遺千載之功。日月逝於上，體貌衰於下，忽然與萬物遷化，斯志士之大痛也！融等已逝，唯幹著論，成一家言。」在《與吳質書》中，他說：「德璉常斐然有述作之意，其才當足以著書，美志不遂，良可痛惜！間者歷覽諸子之文，對之垂淚，既痛逝者，行自念也。」〔註7〕在《與王朗書》中，他說：「生有七尺之形，死惟一棺之土。惟立德揚名，可以不朽；其次莫爲著篇籍。疫病數起，士人凋落，余獨何人，能全其壽？故論撰所著《典論》詩賦，蓋百餘篇。」〔註8〕

曹丕認爲，「成一家言」，使「聲名自傳於後」，是士人的「千載之功」；而「與萬物遷化」，「美志不遂」，是「志士之大痛也！」以精神不朽的觀念來鼓勵人們從事包括文學創作在內的立言行爲，「已帶有藝術至上主義的傾向」〔註9〕，對文學繁榮發揮了積極的推動作用。高度肯定文學的人生價值，只有在人主體意識得到提高，文學取得獨立地位的條件下才是可能的。

其二，文學與德行。

孔子言「有德者必有言」，儒家歷來強調德行與文學的密切聯繫，以德行規範制約作家的文學創作。而曹丕在《與吳質書》中提出了全新的看法。他說：「觀古今文人，類不護細行，鮮能以名節自立。」文人不護細行，不能以名節自立，於德行方面自然有些瑕疵。這句話的言外之意是：儘管德行有瑕疵，也不妨礙作家的文學成就。這其實是乃父肯定「不孝不仁，而有治國用兵之術」的人才思想在文學理論上的反映。

〔註7〕 （三國）曹丕：《與吳質書》，《曹丕集校注》，魏宏燦校注，安徽大學出版社2009年版，第255頁。

〔註8〕 （三國）曹丕：《與王朗書》，《曹丕集校注》，魏宏燦校注，安徽大學出版社2009年版，第282頁。

〔註9〕 劉大杰：《中國文學發展史》（上），中華書局1941年版，第170頁。

這種思想意在解除道德對文人的束縛，在當時無疑具有著思想解放的意義。平心而論，文學與德行既有聯繫，也有區別。儒家強調二者的聯繫，而曹丕強調二者的區別。無行未必無文，有行未必有文，文學與德行的區別是存在的。儒家把文學與德行捆綁在一起，往往導致因人廢言，因言廢人，這當然是不科學的。因此，曹丕的觀點未嘗沒有一些道理。然而，也應該看到，放鬆對文人的道德要求，便爲無行文人提供了辯護依據，這個觀點的消極影響也是不容忽視的。

此外，曹丕的「文」、「文章」等概念，尚不是純文學的概念。所論四科八體：奏議屬於政府公文，書論屬說理文，銘誄爲歌頌表彰人事的應用文；只有詩賦才屬於純文學。所舉「西伯幽而演《易》，周旦顯而制《禮》」，徐幹一家言之《中論》，也都不是純文學，而他所著《典論》的確又包含著文學作品。所論「不朽之盛事」，突出文學的精神價值，又不是政治所能範圍的。這種現象說明曹丕的文學觀念雖沿襲著傳統觀念，而已經表現出突破傳統的思想，可謂在雜文學背景中凸顯出了純文學的光輝。曹丕對文學活動的深刻認識，可以說達到了文學自覺的程度。所以，那種否定《典論·論文》具有文學自覺意識，乃是非常固執迂腐的看法。

《典論·論文》是我國文學批評史上第一篇宏觀地論述文學理論問題的專論，它打破了漢代僵化的意識形態的束縛，實事求是地總結了建安文學的新特點和新經驗，開啓了文學獨立的歷史進程，開闢了文學理論的發展道路，是中國文學歷史發展的重要里程碑！

二、陸機文學創作論

陸機（261～303），字士衡，吳郡吳縣華亭（今上海松江）人。祖父爲東吳丞相，父親爲東吳大司馬。東吳滅亡時，陸機年方二十。他退居鄉里，閉門讀書，潛心鑽研達十年之久。晉太康末年北上洛陽，與文學家張華等人交遊，受到當時玄學「言意之辨」的啓發，總結文學創作經驗寫出《文賦》，系統地探索了文學創作理論。《文賦》的核心就是探討文學創作的內在規律，將文學自覺進一步引向深入。

陸機自述寫作目的云：「余每觀才士之所作，竊有以得其用心。夫放言遣辭，良多變矣，妍蚩好惡，可得而言。每自屬文，尤見其情，恒患意不稱物，文不逮意，蓋非知之難，能之難也。故作《文賦》，以述先士之盛藻，因論作

文之利害所由，他日殆可謂曲盡其妙。」〔註10〕觀文，領會別人爲文之用心；屬文，感受自己爲文之用心。「爲文之用心」是「指窺見作品中用心之所在與心之如何用」〔註11〕，具體解決文學創作中「意不稱物，文不逮意」的問題，而抓住這個問題也就抓住了「作文之利害所由」的關鍵。一篇《文賦》，闡述「作文之利害所由」，爲文學實踐「曲盡其妙」提供了理論指導。

陸機受到玄學家王弼關於「象—意—言」理論的啓發，從文學創作中概括出「物—意—文」之間的關係。以創作主體爲中心，由物化意，這是文學創作的藝術構思階段；由意成文，這是文學創作的藝術表現階段。陸機深入研究「物—意—文」關係，完整地揭示了文學創作過程。文學創作過程包括創作準備、藝術構思、語言傳達三個階段。

（一）文學創作的準備

在進入文學創作之前，創作主體感受外物，儲聚學養，激發靈感，表現了「物—意—文」關係在創作準備階段的特點。陸機說：「佇中區以玄覽，頤情志於典墳。遵四時以歎逝，瞻萬物而思紛。悲落葉于勁秋，喜柔條於芳春，心懍懍以懷霜，志眇眇而臨雲。詠世德之駿烈，誦先人之清芬。遊文章之林府，嘉麗藻之彬彬。慨投篇而援筆，聊宣之乎斯文。」以前兩句爲綱，指出文學創作準備的兩個方面：

其一，感於外物。創作主體細緻觀察天地間萬物，在感受外物中產生創作衝動。「遵四時以歎逝，瞻萬物而思紛。悲落葉于勁秋，喜柔條於芳春，心懍懍以懷霜，志眇眇而臨雲。」春秋嬗遞，四時變遷，萬物並呈，千姿百態，這些物態激發了作者的悲喜之情，高潔之志，從而爲進入文學創作聚集了心理能量。

關於陸機「感物」說，還需認識下面兩點：一是「物」的局限性。陸機所謂「外物」，主要指自然界萬物的交替代謝，似乎忽視了廣闊的社會現實。從建安以來，人們自然審美意識不斷覺醒，詩歌中出現大量自然景物描寫，如陸機的詩歌描寫自然景物便頗爲突出。強調自然景物觸發情感的作用與自然審美意識覺醒正相吻合。特別西晉末北人南遷，南國山水景觀對北人的視覺衝擊，也爲自然審美意識覺醒提供了客觀條件。於是，人們在意識中放大了自然景物對觸發情感的作用，而忽視了社會現實對觸發情感的重要意義。

〔註10〕張懷瑾：《文賦譯注》，北京出版社 2002 年版，第 18 頁。本節凡引自此書者，不再注出。

〔註11〕郭紹虞：《中國歷代文論選》，上海古籍出版社 1979 年版，第 175 頁。

　　二是「意」的主體性。陸機「感物」說，是《樂記》「感物」思想的進一步發展。《樂記》云「人心之動，物使之然也」，揭示了人心對客觀外物的依賴性；而陸機更強調感受外物的主體情感。感物的目的在於引發作者主體「歎」、「思」、「悲」、「喜」的情感，也就是「感物興情」。比之《樂記》，《文賦》更強調主體對自然景物的情感呼應。他在意—物關係上，突出了作者主體的能動性，比較辯證地處理了意—物之間的互動關係。

　　其二，本於學養。「頤情志於典墳」，對文學創作具有重要的意義。作者需要認真學習古代典籍，於其中陶冶自己的情志。「詠世德之駿烈，誦先人之清芬。遊文章之林府，嘉麗藻之彬彬。慨投篇而援筆，聊宣之乎斯文。」古人駿烈清芬的道德給人以感染，古人文采麗藻的文章給人以借鑒。在詠誦之間，世德先人之駿烈清芬提升了人的思想境界，文章林府之彬彬麗藻豐富了人的藝術素養。而思想境界和藝術水平的提升是進入文學創作的基本前提。通過學習古代典籍，提高了作者的文學素養，激發了主體的創作動機。

　　在感受外物，儲備學養的基礎上，激發了作者的創作衝動，從而進入了文學創作的藝術構思階段。

（二）文學創作的構思

　　關於藝術構思，前人還沒有涉及。陸機第一次大膽探索了藝術構思，深入到作者的創作心理，揭示藝術構思的規律，在文學理論上具有重要價值。

　　他說：「其始也，皆收視反聽，耽思傍訊，精騖八極，心遊萬仞。」李善注曰：「收視反聽，言不視聽也；耽思傍訊，靜思而求之也。」〔註12〕創作主體閉目塞聽，沉思默想，思緒插上飛翔的翅膀，向八極之遠飛騰，向九霄之高游蕩。想像是藝術構思的起點，它突破了時間、空間的制約，上下五千年，東西南北中，浮想聯翩，湧上心頭。「觀古今於須臾，撫四海於一瞬」，「浮天淵以安流，濯下泉而潛浸」，陸機以生動語言揭示出想像的特徵。

　　又說：「其致也，情曈曨而彌鮮，物昭晰而互進。傾群言之瀝液，漱六藝之芳潤。」借助自由想像，感情與形象醞釀融匯，進入了形象思維的狀態：情感像初升的太陽愈來愈明朗了，物象紛至沓來也愈來愈清晰了，進而表達感情，描摹物象的語言湧現了出來。經過形象思維，文思將醞釀成熟，「物—意—文」密合無間，三位一體，互進互融，從而達到了「意能稱物，文能逮意」的理想境界。

〔註12〕張少康：《文賦集釋》，人民文學出版社 2002 年版，第 37 頁。

在藝術構思中，文思應感通塞現象也引起了陸機注意。他說：「若夫應感之會，通塞之紀。來不可遏，去不可止。藏若景滅，行猶響起。」文思應感通塞是藝術構思中的靈感現象。這個問題即使在當今也還沒有得到充分的科學解釋，而早在西晉時陸機就涉及到這個問題。他說：「方天機之駿利，夫何紛而不理。思風發於胸臆，言泉流於唇齒。紛葳蕤以馺遝，唯毫素之所擬。文徽徽以溢目，音泠泠而盈耳。及其六情底滯，志往神留。兀若枯木，豁若涸流。攬營魂以探賾，頓精爽而自求。理翳翳而愈伏，思軋軋其若抽。」靈感襲來，文思疾如風發，文辭快如泉湧，心之所想，筆之所擬，意、文密合，有聲有色，萬物為之生輝！而靈感退去，感情停滯，形如枯木，腹中空空，孜孜探求，苦苦思索，文思隱閉，艱如抽絲。於是，往往出現這樣的現象：「是以或竭情而多悔，或率意而寡尤。」精心之作竟多有遺憾，隨意之筆卻少有敗筆。

靈感究竟怎樣產生的？陸機實事求是承認對靈感現象並沒有認識清楚：「雖茲物之在我，非余力之所戮。故時撫空懷而自惋，吾未識夫開塞之所由。」儘管他沒有能夠解決靈感問題，而他提出這個問題本身就具有重要價值。

陸機細緻體會「為文之用心」，從創作心理入手，深入地探討「物—意—文」三者的關係。感情、物象互進，文思、文辭同步，在「物—意—文」的有機統一中，達到「意物相稱」，「文辭逮意」的理想境界。

（三）創作意圖的傳達

把成熟的藝術構思表達出來，並不是一件容易的事情。所謂「恒患意不稱物，文不逮意」，如果說藝術構思主要解決「意不稱物」的問題，那麼語言傳達則主要解決「文不逮意」的問題。《文賦》更多篇幅便是研究這個問題，從文體、結構、語言等方面，充分論述了「文能逮意」寫作要求。

其一，確定文體。「文能逮意」，先需要根據文意確定文體。文學創作最根本的事情就是把作者意圖通過具體文體表達出來。文體自覺是文學自覺的基本內容之一。在曹丕文體論的基礎上，陸機文體論有了更深刻的認識。曹丕稱「文本同而末異」，就文體的共同要求看，就是「要辭達而理舉，故無取乎冗長」；而更重要的是不同文體在內容和形式上具有不同要求。他說：「詩緣情而綺靡，賦體物而瀏亮。碑披文以相質，誄纏綿而悽愴。銘博約而溫潤，箴頓挫而清壯。頌優游以彬蔚，論精微而朗暢。奏平徹以閒雅，說煒曄而譎誑。」這樣的認識顯然比曹丕更加細緻準確了。

「詩緣情而綺靡，賦體物而瀏亮」，將詩、賦對舉，嚴格區別詩、賦的不同特點，遠遠超越了曹丕「詩賦欲麗」的認識。如「詩緣情而綺靡」，完全擺脫儒家詩教的束縛，既強調詩歌內容重情的要求，又突出了詩歌形式綺靡的特徵。「詩緣情」的認識，體現了人的覺醒後個性情感的張揚，也是對《古詩十九首》、民間樂府詩、建安詩歌所表達的「或喜、或怒、或哀、或樂、或悲憤憂思，或慷慨激昂」眞摯感情的理論概括。「詩綺靡」的認識，則體現了文的自覺後對詩歌形式美的追求，這是對先秦以來的審美觀念的重大超越。所謂「綺靡」，陳柱《講陸士衡〈文賦〉自記》稱「綺言其文采，靡言其聲音」〔註13〕。這是對魏晉詩歌形式美的理論概括，後人認爲陸機「以綺麗說詩」，而「重六朝之弊」，那完全把因果關係給倒置了。

又如「賦體物而瀏亮」，李善注曰：「賦比陳事，故曰體物。瀏亮，清明之稱。」〔註14〕「體物」指明賦體以狀物爲主的內容特點，「瀏亮」突出賦體清晰響亮的語言特點。這個認識不僅區別了詩、賦的不同，而且區別了辭、賦的不同。陸機所論顯然是指以摹物陳事的賦體，而與抒情言志的騷體不同，這個認識的深刻性也是不言而喻的。

其二，內容安排。在講了藝術構思之後，陸機接著說：「然後選義按部，考辭就班。」是說構思成熟後要按部就班地選擇事義、考究語言，包括內容安排與語言運用兩個方面，這也是創作意圖傳達的具體過程。

一是突出主旨。他說：「理扶質以立幹，文垂條而結繁。」理爲質而言爲文，質爲主而文輔之，形象地闡明了文質關係，表達了內容決定形式的觀點。「理翳翳而欲伏，思軋軋其若抽」，文理不明便「文不逮意」。「伊茲文之爲用，固眾理之所因」，文章功用便在於明理。文章重在突出主旨，有人批評《文賦》「不知理義之歸」，看來是不符合實際的。

二是剪裁材料。材料取捨需有利於主旨表達。他說：「或仰逼於先條，或俯侵於後章。或辭害而理比，或言順而義妨。離之則雙美，合之則兩傷。考殿最於錙銖，定去留於毫芒。苟銓衡之所裁，固應繩其必當。」權衡剪裁，錙銖必較，以義理爲主，方能取捨得當。

其三，語言運用。文學創作意圖最終都通過語言表現出來，所謂「不出字句聲色之間，捨此便無可窺尋矣」。陸機言：「夫放言遣辭，良多變矣，妍蚩好惡，可得而言。」《文賦》用了大量篇幅，總結語言運用的經驗。

〔註13〕郭紹虞：《中國歷代文論選》（一），上海古籍出版社 1979 年版，第 179 頁。
〔註14〕張少康：《文賦集釋》，人民文學出版社 2002 年版，第 112 頁。

一是妍美。他說：「其遣言也貴妍。暨音聲之迭代，若五色之相宣。」音聲搭配而餘意盡現，強調語言的表現力。所謂「抱景者咸叩，懷響者畢彈」，是說有形者寫出形象，有聲者寫出聲響。這樣的審美語言，自然可以「或因枝以振葉，或沿波而討源。或本隱以之顯，或求易而得難。或虎變而獸擾，或龍見而鳥瀾。……籠天地於形內，挫萬物於筆端。」強調語言的審美表現力，是語言審美性認識的深化。

二是凝練。他說：「立片言而居要，乃一篇之警策。雖眾辭之有條，必待茲而效績。」對於主旨表達，需要運用凝練的語言。語言凝練警策，如同「石韞玉而山輝，水懷珠而川媚」，使全篇煥發藝術光輝。否則，「言寡情而鮮愛，辭浮漂而不歸」；「或寄辭於瘁音，徒靡言而弗華」。他強調錘鍊語言，也開啓了「競一韻之奇，爭一字之巧」的雕琢之風。

三是創新。他說：「收百世之闕文，採千載之遺韻；謝朝華於已披，啓夕秀於未振。」根植於深厚的文學傳統，在繼承基礎上積極創新。「雖抒軸於予懷，怵他人之我先。苟傷廉而愆義，亦雖愛而必捐。」積極創新語言，捐棄陳詞濫調，這是語言個性化的必由之路。而語言的個性化又是文學風格形成的重要因素。所謂「故夫誇目者尚奢，愜心者貴當。言窮者無隘，論達者唯曠」，他把文學風格的差異歸結為個性化的語言，這無疑是真知灼見。

其四，避免文病。陸機闡述了應該怎麼寫，也闡述了不應該怎麼寫。《文賦》列舉各種文病，為了避免給文學寫作帶來損害。

一是文體單薄。如「或託言於短韻，對窮跡而孤興。俯寂寞而無友，仰寥廓而莫承。譬偏弦之獨張，含清唱而靡應。」李善注曰：「短韻，小文也。言文小而事寡，故曰窮跡。跡窮而無偶，故曰孤興。」〔註15〕此言文章短小，內容單薄，不足表達豐富的意旨。

二是旨意空虛。如「或遺理以存異，徒尋虛以逐微。言寡情而鮮愛，辭浮漂而不歸。猶弦麼而徽急，故雖和而不悲。」此言遺失義理，缺乏真情，言辭浮泛，虛談無根。

三是言辭惡俗。如「或寄辭於瘁音，徒靡言而弗華。混妍蚩而成體，累良質而為瑕」；「或奔放以諧合，務嘈囋而妖冶。徒悅目而偶俗，固高聲而曲下」。此言語辭妖冶，格調低俗，無法達到雅致的效果。

〔註15〕張少康：《文賦集釋》，人民文學出版社 2002 年版，第 184 頁。

文學寫作論和藝術構思論是同樣重要的，都是文學創作論的有機組成部份。對文體、結構、語言等方面的認識，構成陸機文學寫作論的主要內容。深入認識文學形式方面的因素，才能具體實現「文能逮意」的創作目的。

陸機《文賦》是一篇獨具特色的文藝理論專著。它以精心的藝術構思，卓越的藝術見解，深入探討了文學創作的特殊規律，在文藝思想史上樹立了一座不朽的豐碑。

三、摯虞文體流別論

隨著漢代文章體類的繁富，人們的文體意識也便逐漸覺醒，從東漢到魏晉時期，文體論逐步發展而蔚為大國。

（一）文體論興起

東漢時，班固《漢書‧藝文志》包括了深刻的文體認識。他說：「詩、賦百六家，千三百一十八篇」，他將賦體分為屈原賦之屬、陸賈賦之屬、孫卿賦之屬、雜賦之屬；概括賦體特徵為「不歌而誦謂之賦」；闡述詩、賦先後相承曰：「春秋之後，周道浸壞，聘問歌詠不行於列國，學詩之士逸在布衣，而賢人失志之賦作矣。」〔註16〕涉及文體特徵、文體分類、文體嬗變等重要問題。

東漢末，蔡邕作《獨斷》專論文體，分天子令群臣之文為四類：策書、制書、詔書、戒書；分群臣上天子之文為四類：章、奏、表、駁議。除了應用文體之外，他也論到韻文，如《銘論》溯銘體淵源曰：「黃帝有巾幾之法，孔甲有盤杆之誡，殷湯有甘誓之勒，蟣鼎有丕顯之銘。武王踐阼，咨於大師，而作席、機、楹、杖雜銘十有八章。周廟金人，緘口書背，銘之以慎言，亦所以勸進人主，勖於令德者也。」〔註17〕立論明確，分類嚴謹，源流清晰，文體思想更為深入。

至於曹丕《論文》言四科八體，重視文體特徵，其「詩賦欲麗」，突出文學文體的審美特徵，標誌著文學意識的自覺。此後，文筆之辨愈明，「有韻者文也，無韻者筆也」，成為人們的普遍認識。桓寬作《世要論》，論文體有《序作》、《贊像》、《銘誄》三篇，除著作書論「不尚其辭麗，而貴其存道也；不好其巧慧，而惡其傷義也」之外，更重視贊像、銘誄一類有韻之文。其言贊

〔註16〕　（漢）班固：《藝文志》，《漢書》第 1755～1756 頁。

〔註17〕　（漢）蔡邕：《銘論》，《太平御覽》（卷五九○），李昉等撰，中華書局 1960年版，第 2655 頁。

像曰：「夫贊像之所作，所以昭述勳德，思詠政惠，此蓋詩頌之末流也。」其言銘誄曰：「夫渝世富貴，乘時要世，爵以賂至，官以賄成。……此乃繩墨之所加，流放之所棄。而門生故吏，合集財貨，刊石紀功，稱述勳德，高邈伊周，下陵管晏，遠追豹產，近逾黃邵，勢重者稱讚，財富者文麗。後人相踵，稱以為義。外若贊善，內為已發，上下相效，競以為榮，其流之弊，乃至於此，欺曜當時，疑誤後世，罪莫大焉。」〔註18〕這些論述表現了重文輕筆的傾向，闡述了文體功用源流、運用利病等問題，把文體論與批評論結合了起來。

在前人理論積累的條件下，摯虞發展了文體論思想，進一步將文體論提升到一個新的高度。摯虞，（？～311），字仲洽，京兆長安（今西安）人，著名文學家、文學評論家。他年輕時師從皇甫謐。晉武帝太始四年（268），策試及第，中舉賢良方正，拜為中郎。後擢為太子舍人，除聞喜令，累官至太常卿。永嘉五年（311），洛陽遭遇荒亂，人饑相食，摯虞為官清廉，素來清貧，竟以饑餒而卒。摯虞與當時作家多有往來，如張華有《贈摯仲洽詩》曰：「君子有逸志，棲遲於一丘。仰蔭高林茂，俯臨淥水流。恬淡養玄虛，沈精研聖猷。」他與潘岳也有詩文相贈，他們曾一起討論禮樂制度，還一同列入「二十四友」，關係還是比較密切的。摯虞「才學博通，著述不倦」，《晉書·摯虞傳》曰：「撰《文章志》四卷，注解《三輔決錄》，又撰古今文章，類聚區分為三十卷，名曰《流別集》，各為之論，辭理愜當，為世所重。」〔註19〕

摯虞所撰《文章流別集》，具有重要的文體理論價值。唐明元認為：「《文章志》與《文章流別志》並不是同一書，而是兩部不同的目錄著作。真正同屬一個系列的是《文章流別集》、《文章流別志》、《文章流別論》，即摯虞撰《文章流別集》這一文學總集的同時或之後，另撰有《文章流別志》及《文章流別論》，其中《文章流別志》是《文章流別集》一書的目錄，而《文章流別論》則是專門對《文章流別集》各種文章體裁的性質、淵源及演變進行論述，探討源流，辨析名義，品評優劣。」〔註20〕若此論述符合事實，那《文章流別志》、《文章流別論》皆附屬於《文章流別集》，故將它們一併看待也比較確當。

〔註18〕穆克宏：《魏晉南北朝文論全編》，上海遠東出版社 2012 年版，第 29、26、27～28 頁。

〔註19〕（唐）房玄齡：《摯虞傳》，《晉書》（卷五十一），中華書局 2000 年版，第 939 頁。

〔註20〕唐明元：《摯虞文章志文章流別志考辨》，《圖書館理論與實踐》2000 年第二期，第 66 頁。

（二）文體之流別

《文章流別集》類聚區分古今文章，為文章總集之創始。魏徵《隋書·經籍志》云：「總集者，以建安之後，辭賦轉繁，眾家之集，日以滋廣。晉代摯虞，苦覽者之勞倦，於是採摘孔翠，芟剪繁蕪，自詩賦下，各為條貫，合而編之，謂為《流別》。」〔註21〕胡應麟《詩藪》引宋晁公武曰：「當晉之時，摯虞已患其凌雜難觀，嘗自詩賦以下，彙分之曰《文章流別》。後世祖述之而為總集，蕭統所選是也。」〔註22〕章學誠《文史通義》亦云：「魏、晉之間，文集類書，無所統系。魏文帝撰徐、陳、應、劉之文，都為一集。摯虞作《文章流別》，集之始也。」〔註23〕摯虞在選錄文章的基礎上，又評述各體文章，撰成《文章流別論》。在隋朝時，《文章流別論》已有亡佚，清人嚴可均《全上古三代秦漢三國六朝文》所輯佚文最為完備。〔註24〕

從《文章流別論》殘存片段來推測，《文章流別集》所收文章不包括無韻之筆，而「自詩、賦下」皆為有韻之文。牟世金說：「除嚴可均所輯十二條之外，失傳的已不可能很多了。已輯的十二條佚文，論及詩、賦、頌、七、箴、銘、誄、哀辭、哀策、對問、碑銘等體，全屬文類；筆類諸體一字未曾輯得。范文瀾《文心雕龍序志》注補輯二條，亦屬賦體。不可能是《流別論》所論筆類諸體全部失蹤了，而只能是它本身並未論及筆類。」〔註25〕所以，《文章流別集》早於李充的《翰林論》、蕭統的《文選》，而成為中國文學史上最早的文學總集。

從《文章流別論》殘存的片段中，可以比較完整地瞭解摯虞的文體論思想。《文章流別論》首段是序言，也是文體論的綱領，它包括了幾層意思：一是強調文章的社會政治功用。「文章者，所以宣上下之象，明人倫之敘，窮理盡性，以究萬物之宜者也。」〔註26〕窮理盡性，究物之宜，無非宣明教化，為封建政治服務。二是說明文體起於政治需要。「王澤流而詩作，成功臻而頌

〔註21〕（唐）魏徵：《經籍志》，《隋書》（卷三十五），中華書局1973年版，第1055頁。

〔註22〕（明）胡應麟：《載籍》，《詩藪》（雜編卷二），中華書局1962年版，第257頁。

〔註23〕（清）章學誠：《和州志藝文書序例》，《文史通義校注》，葉瑛校注，中華書局1985年版，第651頁。

〔註24〕（清）嚴可均：《全上古三代秦漢三國六朝文》（卷七十七），中華書局1958年版。

〔註25〕牟世金：《文心雕龍研究》，人民文學出版社1995年版，第208頁。

〔註26〕（晉）摯虞：《文章流別論》，《鍾嶸詩品評注》（附錄），天津古籍出版社1997年版，第592～598頁。本節凡引自此書者，不再注出。

興，德勳立而銘著，嘉美終而誄集。祝史陳辭，官箴王闕。」各類文體都是適應政治，為歌功頌德而產生出來。三是確立詩教的中心地位。「《周禮》太師掌教六詩：曰風、曰賦、曰比、曰興、曰雅、曰頌。言一國之事，繫一人之本，謂之風。言天下之事。形四方之風，謂之雅。頌者，美盛德之形容。賦者，敷陳之稱也。比者，喻類之言也。興者，有感之辭也。後世之為詩者多矣，其稱功德者謂之頌，其餘則總謂之詩。」詮釋六詩來闡述《詩經》傳統，以詩為中心統領各類文體。這種文學認識顯然與當時文壇盛行的緣情綺靡文風不同，表現出回歸儒家傳統觀念的傾向。

《文章流別論》分別討論了頌、賦、詩、七、箴、銘、哀辭、圖讖等文體，並對一些具體作品作了評論。

一曰頌。「頌，詩之美者也。古者，聖帝明王功成治定而頌聲興。於是史錄其篇，工歌其篇，以奏於宗廟，告於鬼神。故頌之所美者，聖王之德也，則以為律呂。或以頌形，或以頌聲，其細已甚，非古頌之意。昔班固為《安豐戴侯頌》，史岑為《出師頌》，和熹《鄧后頌》，與《魯頌》體意相類，而文辭之異，古今之變也。揚雄《趙充國頌》，頌而似雅；傅毅《顯宗頌》，文與《周頌》相似，而雜以風、雅之意。若馬融《廣成》、《上林》之屬，純為今賦之體，而謂之頌，失之遠矣。」他以頌為「詩之美者」，肯定頌體歌頌聖王之德，批評後來作品缺失了頌體之古義。

二曰賦。「賦者，敷陳之稱，古詩之流也。古之作詩者，發乎情，止乎禮義。情之發，因辭以形之；禮義之旨，須事以明之；故有賦焉。所以假象盡辭，敷陳其志。前世為賦者，有孫卿、屈原，尚頗有古詩之義，至宋玉則多淫浮之病矣。《楚辭》之賦，賦之善者也。故揚子稱賦莫深於《離騷》。賈誼之作，則屈原儔也。古詩之賦，以情義為主，以事類為佐。今之賦，以事形為本，以義正為助。情義為主，則言省而文有例矣。事形為本，則言當而辭無常矣。文之煩省，辭之險易，蓋由於此。夫假象過大，則與類相遠；逸辭過壯，則與事相違；辯言過理，則與義相失；麗靡過美，則與情相悖。此四過者，所以背大體而害政教。是以司馬遷割相如之浮說，揚雄疾『辭人之賦麗以淫。』」

以賦為「古詩之流」，自要遵循古詩之「發乎情，止乎禮義」宗旨。他以此分賦為古詩之賦與今之賦，古賦「頗有古詩之義」，如「《楚辭》之賦，賦之善者也。」而今賦背離古詩之義，造成假象過大、逸辭過壯、辯言過理、

麗靡過美，則與情相悖的「四過」，「背大體而害政教」，自然不能實現賦體的社會政治功能。

三曰詩。「《書》云：『詩言志，歌永言。』言其志謂之詩。古有采詩之官，王者以知得失。古之詩有三言、四言、五言、六言、七言、九言。古詩率以四言爲體，而時有一句二句雜在四言之間，後世演之，遂以爲篇。古詩之三言者，『振振鷺，鷺於飛』之屬是也，漢郊廟歌多用之。五言者，『誰謂雀無角，何以穿我屋』之屬是也，於俳諧倡樂多用之。六言者：『我姑酌彼金罍』之屬是也，樂府亦用之。七言者，『交交黃鳥止於桑』之屬是也，於俳諧倡樂多用之。古詩之九言者，『泂酌彼行潦挹彼注茲』之屬是也，不入歌謠之章，故世希爲之。夫詩雖以情志爲本，而以成聲爲節。然則雅音之韻，四言爲正；其餘雖備曲折之體，而非音韻之正也。」

摯虞推宗《詩經》，無論內容、形式、音韻，皆以《詩經》爲典範。他認同漢儒詩說，以「言其志謂之詩」，當以情志爲詩歌之本。後世詩歌的形式，也皆以四言爲宗演變而來，即「古詩率以四言爲體，而時有一句二句雜在四言之間，後世演之，遂以爲篇」。詩歌音韻也以四言雅音來規範，即「雅音之韻，四言爲正；其餘雖備曲折之體，而非音之正也」。

四曰七。「《七發》造於枚乘，借吳、楚以爲客主，先言『出輿入輦，蹷痿之損；深宮洞房，寒暑之疾；靡漫美色，宴安之毒；厚味暖服，淫曜之害。宜聽世之君子要言妙道，以疏神導體，蠲淹滯之累。』既設此辭，以顯明去就之路，而後說以聲色逸遊之樂。其說不入，乃陳聖人辨士講論之娛，而霍然疾瘳。此因膏梁之常疾，以爲匡勸，雖有甚泰之辭，而不沒其諷喻之義也。其流既廣，其義遂變。率有辭人淫麗之尤矣。崔駰既作《七依》，而假非有先生之言曰：『嗚呼！揚雄有言：「童子雕蟲篆刻，俄而曰：壯夫不爲也。」孔子疾小言破道，斯文之簇，豈不謂義不足而辨有餘者乎！賦者將以諷，吾恐其不免於勸也。』」

七爲賦體之分支，由模仿枚乘《七發》而來。他借《七發》說明辭與義的關係。主張七體要有諷喻之義，而反對辭人淫麗之尤。他評論賦體作品說：「《解嘲》之弘緩優大，《應賓》之淵懿溫雅，《達旨》之壯歷慷慨，《應間》之綢繆契闊，郁郁彬彬，靡有不長焉矣。」也是偏重內容涵義的分析。

五曰箴。「揚雄依《虞箴》作《十二州十三官箴》而傳於世，不具九官。崔氏累世彌縫其闕，胡公又以其首目而爲之解，署曰《百官箴》。」箴體由來

已久。《大戴禮記・武王踐阼》載周武王即位作戒書，有機銘、鑒銘、盥盤銘、楹銘、杖銘、帶銘、履屨銘、觴豆銘、戶銘、牖銘、劍銘、弓銘、矛銘等〔註27〕。然摯虞僅論揚雄諸人作品，相關論述恐已經佚失不全。

六曰銘。「夫古之銘至約，今之銘至繁，亦有由也。質文時異，則既論之矣。且上古之銘，銘於宗廟之碑。蔡邕爲揚公作碑，其文典正，末世之美者也。後世以來之器銘之嘉者，有王莽《鼎銘》，崔瑗《机銘》，朱公叔《鼎銘》，王粲《硯銘》，咸以表顯功德，天子銘嘉量，諸侯大夫銘太常、勒鍾鼎之義。所言雖殊，而令德一也。李尤爲銘，自山河都邑，至於刀筆平契，無不有銘，而文多穢病。討論潤色，言可採錄。」銘體變遷，古今不同，質約文繁，時代造成。然而，銘體「咸以表顯功德」爲主，至於山河都邑，刀筆平契，無所不銘，自然背離了銘體的宗旨。

七曰誄。「詩頌箴銘之篇，皆有往古成文，可放依商㩙。惟誄無定制，故作者多異焉。見於典籍者，《左傳》有魯哀公爲孔子誄。」誄體雖無定制，而他還是舉出《魯哀公爲孔子誄》，也是一番宗古意思。

八曰哀辭。「哀辭者，誄之流也。崔瑗、蘇順、馬融等爲之，率以施於童殤夭折，不以壽終者。建安中，文帝與臨淄侯各失稚子，命徐幹、劉楨等爲之哀辭。哀辭之體，以哀痛爲主，緣以歎息之辭。」「今所傳哀策者，古誄之義。」哀辭、哀策，以哀痛爲主，爲歎息之辭，皆古誄之流也。

九曰碑。「古有宗廟之碑。後世立碑於墓，顯之衢路，其所載者銘辭也。」碑爲銘體一種，古有宗廟之碑，後世有墓之碑。

十曰圖讖。「圈讖之屬，雖非正文之制，然以取其縱橫有義，反覆成章。」圖讖一體，當時頗爲社會看重，後世則逐步衰微，已沒有多少文體價值了。

《文章流別論》論述文體類別，尤其注重文體流別。對各類文體通常都溯其原始，討其流變，而時復舉證，論其得失。劉師培說：「溯其起源，考其正變，以明古今各體之異同，於諸家撰作之得失，亦多品評，集古今論文之大成。」〔註28〕羅根澤也說：「摯虞爲書，以流別命名，注重各體文學流別，即歷史演變。」〔註29〕後來劉勰《文心雕龍》以「原始以表末，釋名以章義，選文以定篇，敷理以舉統」論述文體，顯然受到了摯虞文體論的影響。

〔註27〕（清）王聘珍：《大戴禮記解詁》，中華書局1983年版，第104頁。

〔註28〕劉師培：《中國中古文學史講義》，上海古籍出版社2006年版，第62頁。

〔註29〕羅根澤：《中國文學批評史》，古典文學出版社1957年版，第155頁。

四、葛洪文學鑒賞論

葛洪（？283～363），字稚川，號抱朴子，丹陽句容（今屬江蘇）人。在兩晉儒、道合流思想趨勢的影響下，葛洪兼修儒、道，主張修道與治國兼得：「內寶養生之道，外則和光於世，治身而身長修，治國而國太平」〔註30〕。所著《抱朴子》凡七十卷，分內、外篇，「內篇言神仙，方藥，鬼怪、變化，養生、延壽，禳邪、卻禍之事，屬道家；其外篇言人間得失，世事臧否，屬儒家」〔註31〕。在儒家和道家兩方面，他均有重要的思想貢獻。

葛洪在《抱朴子》外篇中，也論及文學理論問題。在魏晉時期思想文化的薰染之下，葛洪繼承東漢思想家王充的理論遺產，又感受到那個時代文學自覺的意識，這就使他的文學思想具有廣闊的歷史視野和深刻的審美蘊涵。在中國文學思想史上，葛洪的文學思想具有重要的歷史地位。

（一）文學的本體地位

長期以來，文學並沒有獨立的地位。儒家主張「有德者必有言」，把文學視為德行的附庸；道家主張「得意而忘言」，把文學看作得道的言筌。到魏晉時期，文學意識開始覺醒，曹丕《典論·論文》標誌著文學的自覺，掀開了文學獨立的帷幕。處在文學自覺的思潮之中，葛洪特別強調文學的本體地位，將文學自覺的認識進一步引向深入。

針對儒家和道家的傳統觀念，葛洪闡述了文學的相對獨立性，批駁了那些把文學視為附庸小道的錯誤認識。他反對儒家重德輕言的傾向。人稱「德行者本也，文章者末也」，他反駁說：「本不必皆珍，末不必悉薄」〔註32〕；「且文章之與德行，猶十尺之與一丈。謂之餘事，未之前聞」。他也反對道家重道輕文的傾向。他說：「筌可以棄，而魚未獲則不得無筌；文可以廢，而道未行則不得無文。」可見，文學不是德行的附庸，也不是得道的言筌，文學具有相對的獨立性，這是德行和道體所無法取代的。

對於文學相對獨立性的認識，葛洪通過文學與非文學的比較作了深入表述。首先是文學自身的精妙性。他說：「若夫翰迹韻略之宏促，屬辭比事之疏

〔註30〕 （晉）葛洪：《抱朴子內篇校釋》，王明校釋，中華書局 1985 年版，第 148 頁。
〔註31〕 （晉）葛洪：《抱朴子外篇校箋》（下），楊明照校箋，中華書局 1997 年版，第 698 頁。
〔註32〕 （晉）葛洪：《尚博》，《抱朴子外篇校箋》（下），楊明照校箋，中華書局 1997 年版，第 108～113 頁。本節凡引自此篇者，不再注出。

密，源流至到之修短，蘊藉汲引之深淺。其懸絕也，雖天外、毫內，不足以喻其遼邈；其相傾也，雖三光、熠耀，不足以方其巨細。龍淵、鉛鋌，未足譬其銳鈍；鴻羽、積金，未足比其輕重。」從「翰迹韻略」、「屬辭比事」的形式因素到「源流至到」、「蘊藉汲引」的內容因素，文學與非文學都存在著巨大差異，正是文學構成因素的精妙性，把它與非文學區別開來。比之曹丕的「詩賦欲麗」來，葛洪的認識無疑更加具體細緻，顯示出對文學藝術特徵的深刻理解。

其次是主體才能的高超性。他說：「清濁參差，所稟有主，朗昧不同科，強弱各殊氣。而俗士唯見能染毫畫紙者，便概之一例。斯伯牙所以永思鍾子，郢人所以格斤不運也。蓋刻削者比肩，而班、狄擅絕手之稱；援琴者至眾，而夔、襄專知音之難。廄馬千駟，而騏驥有邈群之價；美人萬計，而威、施有超世之容；蓋有遠過眾者也。」文學創作主體與一般的染毫畫紙者存在著本質的差別，文學創作主體儘管稟氣有清濁強弱的不同，而他們的才能都具有邈群超世的高超性。這個認識比曹丕「文以氣為主」也深入得多，揭示出文學創作與一般寫作的區別，突出了創作主體在文學活動中的特殊性。

再次是文學品藻的難識性。通過比較德行與文學，葛洪提出「以文章為精，以德行為粗」的觀點。他說：「德行為有事，優劣易見；文章微妙，其體難識。夫易見者，粗也；難識者，精也。夫唯粗也，故銓衡有定也；夫唯精者，故品藻難一焉。吾故捨易見之粗，而論難識之精，不亦可乎？」德行的高下主要通過道德實踐體現出來，屬於「有事」而容易判斷。人們在道德標準方面也容易達成共識，故德行「優劣易見」。文章表達的內容雖然反映現實事物，但其本身屬於精神領域，其體微妙，沒有定規。而且在文學品藻中實在是眾口難調，其不確定性非常突出，從而使文章高下難以判定。文學品藻的難識性突出了文學作為精神產品的特殊性，這便從文學批評鑒賞的角度肯定了文學的相對獨立性。

文學自身的精妙性，主體才能的高超性，文學品藻的難識性，這是文學活動區別於其他事物的根本所在，也是文學之所以成為文學的關鍵。所謂德行和道體在這些方面是無能為力的，文學豈能是德行和道體的附庸？葛洪全面深入地闡述了文學活動的特殊性，充分論證了文學活動的相對獨立性，使文學擺脫了道德說教的糾纏，從而在理論上為文學爭得了獨立的本體地位。

當然，文學的獨立性是相對的，文學活動與社會生活的聯繫是不可分割的，在任何時候文學都不能脫離社會而孤立存在。葛洪強調文學的獨特性，

並沒有忽視文學的社會內容和社會作用。他說：「夫制器者珍於周急，而不以釆飾外形爲善；立言者貴於助教，而不以偶俗集譽爲高」〔註33〕；「著書者徒飾弄華藻，張礫迂闊，屬難驗無益之辭，治靡麗虛言之美，⋯⋯適足示巧表奇以誆俗，何異乎畫敖倉以救飢，仰天漢以解渴。」〔註34〕葛洪高度關注文學的社會內容和社會作用，這是他對王充文學思想的繼承。他在強調文學活動有別於道德活動的獨特本質時，並沒有取消文學的社會內容和道德責任，而是爲了更好實現文學的社會內容和道德責任，這是需要人們給以注意的。

（二）文學的發展進化

魏晉時期是文學創作繁榮時期，也是文學意識變革時期，在這樣特定的歷史時期內，文學觀念的衝突是不可避免的現象，而文學批評中「貴古賤今」與「今勝於古」的衝突便是具體表現之一。

早在東漢時，王充就針對「貴古賤今」的風氣，提出「古今一也」的觀點；至曹魏時，曹丕仍在指責「常人貴遠賤近」的錯誤傾向；葛洪繼承了前人的思想遺產，繼續抨擊這種不良的文學批評風氣，深入闡明了文學進化的規律，爲確立魏晉文學的歷史地位奠定了理論基礎。

首先，明確指出「貴古賤今」的弊病。他說：「然守株之徒，嘍嘍所玩，有耳無目，何肯謂爾！其於古人所作爲神，今世所著爲淺，貴遠賤近，有自來矣。故新劍以詐刻加價，弊方以僞題見寶也。是以古書雖質樸，而俗儒謂之墮於天也；今文雖金玉，而常人同之於瓦礫也。」〔註35〕這種不良風氣扼殺了超群之人，埋沒了益世之書，給文學造成了很大傷害。他說：「世俗率神貴古昔而黷賤同時，雖有追風之駿，猶謂之不及造父之所御也；雖有連城之珍，猶謂之不及楚人之所泣也；雖有擬斷之劍，猶謂之不及歐冶之所鑄也；雖有起死之藥，猶謂之不及和、鵲之所合也；雖有超群之人，猶謂之不及竹帛之所載也；雖有益世之書，猶謂之不及前代之遺文也。」「貴古賤今」的風氣，完全是思想僵化和盲目愚昧的表現。在魏晉思想解放的文化背景下，這種風氣更顯得愚蠢可笑了。

〔註33〕　（晉）葛洪：《應嘲》，《抱朴子外篇校箋》（下），楊明照校箋，中華書局1997年版，第414頁。

〔註34〕　（晉）葛洪：《應嘲》，《抱朴子外篇校箋》（下），楊明照校箋，中華書局1997年版，第416～419頁。

〔註35〕　（晉）葛洪：《鈞世》，《抱朴子外篇校箋》（下），楊明照校箋，中華書局1997年版，第71頁。

第二，深入揭示文學進化的規律。從歷史發展的觀點出發，葛洪對古今文學的發展作出深刻分析，總結出文學從醇素到雕飾的發展規律。他說：「且夫古者事事醇素，今則莫不雕飾，時移事改，理自然也。至於罽錦麗而且堅，未可謂之減於蓑衣；輻軒妍而又牢，未可謂之不及椎車也。……若言以易曉為辨，則書何故以難知為好哉？若舟車之代步涉，文墨之改結繩，諸後作而善於前事，其功業相次千萬者，不可復縷舉也。世人皆知之快於囊矣，何以獨文章不及古邪？」〔註36〕在葛洪看來，文學是進化的，由古代文學的醇素發展到當今文學的雕飾，這是文學的歷史進步。所謂「今詩與古詩俱有義理，而盈於差美」〔註37〕，是說今詩與古詩的差距突出表現在文辭華美方面，這是把文辭華美作為文學進化的成果，從審美形式角度肯定了當世文學對古代文學的超越。肯定文學的「雕飾」，乃是對曹丕「詩賦欲麗」和陸機「詩綺靡」思想的發展，從而在理論上進一步確立了審美文學的歷史地位。

第三，竭力推崇漢魏以來文學成就。立足於文學「雕飾」的立場，自然得出「今勝於古」的文學判斷，葛洪把辭藻雕飾作為文學進化的標誌，極力推崇漢魏以來所取得的文學成就。他說：「漢魏以來，群言彌繁，雖義深於玄淵，辭贍於波濤，施之可以臻徵祥於天上，發嘉瑞於后土，召環雉於大荒之外，安圓堵於函夏之內，近弭禍亂之階，遠垂長世之祉。」他看重文學雕飾，尤其讚美陸機的文章：「機文猶玄圃之積玉，無非夜光焉；五河之吐流，泉源如一焉。其弘麗妍贍，英銳漂逸，亦一代之絕乎？」〔註38〕「一手之中，不無利鈍，方之他人，若江漢之於橫污，及其精處，妙絕漢魏之人也。」〔註39〕從文學審美的角度看，葛洪的審美傾向是可以理解的。

在葛洪看來，雕飾的文學才能夠更好的發揮社會功能。因此，他高度評價漢魏以來的文學成就。他說：「且夫《尚書》者，政事之集也，然未若近代之優文、詔、策、軍書、奏、議之清富贍麗也。《毛詩》者，華采之辭也，然

〔註36〕（晉）葛洪：《鈞世》，《抱朴子外篇校箋》（下），楊明照校箋，中華書局 1997年版，第 77～78 頁。

〔註37〕（晉）葛洪：《抱朴子外篇校箋》（下），楊明照校箋，中華書局 1997 年版，第 596 頁。

〔註38〕（唐）房玄齡等：《陸機傳》，《晉書》（卷五十四），中華書局 1974 年版，第 1481 頁。

〔註39〕龐月光譯注，《抱朴子外篇佚文》，《抱朴子外篇全譯》，貴州人民出版 1997 年版，第 1003 頁。

不及《上林》、《羽獵》、《二京》、《三都》之汪濊博富也」〔註40〕；「若夫俱論宮室，而奚斯路寢之頌，何如王生之賦《靈光》乎？同說遊獵，而《叔畋》、《盧鈴》之詩，何如相如之言《上林》乎？並美祭祀，而《清廟》、《雲漢》之辭，何如郭氏《南郊》之豔乎？等稱征伐，而《出車》、《六月》之作，何如陳琳《武軍》之壯乎？」〔註41〕今天看來，儘管其中個別例證有失察之嫌，而他對文學發展的整體判斷還是可以成立的。

葛洪的文學進化思想來源於王充，而葛洪的文學觀念卻與王充不同。王充的文學非為「美麗之觀」，文學意識尚未自覺；而葛洪的文學則以「雕飾」為榮了，完全是文學自覺的產物。這便是東漢到魏晉文學觀念的巨大變化，顯示了審美文學觀念逐步走向成熟。

（三）文學的鑒賞規律

作為獨立的文學，自然存在特殊的內在規律。就文學創作而言，陸機《文賦》已經有深入的闡發；就文學鑒賞而言，葛洪也作出獨到的分析。

文學鑒賞是文學活動的重要組成部份，沒有文學鑒賞，文學價值就無從彰顯。葛洪指出：「然捐玄黎於涔淳，非夜光之不真也，由莫識焉；投彤盧而不彎，非繁弱之不勁也，坐莫賞焉。故瓊瑤俟荊和而顯連城之價，烏號須逢門而著陷堅之功，飛菟待子豫而飆騰，俊民值知己而宣力。若夫美玉不出重岫，良弓不鑿百札，驥騄不服朱軒，命世不履爵勢，則熟知其能攄符彩之耀曄，頓雲禽於千仞，騁逸迹以追風，康庶績於百揆乎？」〔註42〕文學價值有待於鑒賞主體的介入，有待於文學鑒賞的發現；只有通過文學鑒賞活動，文學潛在的價值才能得以實現。強調文學鑒賞在文學活動中的重要地位，這與當代西方接受美學思想有異曲同工之妙，可是我們要明白，葛洪理論的提出比西方接受美學早了十幾個世紀。

應該清楚，葛洪的文學鑒賞並不限於詩賦作品，還包括了深美富博的子書。他說：「或貴愛詩賦淺近之細文，忽薄深美富博之子書，以切磋之至言為

〔註40〕（晉）葛洪：《鈞世》，《抱朴子外篇校箋》（下），楊明照校箋，中華書局1997年版，第69～70頁。

〔註41〕（晉）葛洪：《鈞世》，《抱朴子外篇校箋》（下），楊明照校箋，中華書局1997年版，第75頁。

〔註42〕（晉）葛洪：《名實》，《抱朴子外篇校箋》（上），楊明照校箋，中華書局1997年版，第504頁。

駿拙，以虛華之小辯爲妍巧。眞僞顛倒，玉石混淆。同廣樂於桑間，鈞龍章於卉服。悠悠皆然，可歎可慨者也。」這倒不是葛洪的文學觀念還不夠純淨，而是他把審美文學觀念輻射於詩賦以外的語言作品中，這個思想其實是很有價值的。子書「內闢不測之深源，外播不匱之遠流，其所祖宗也高，其所抽繹也妙，變化不繫滯於規矩之方圓，旁通不凝閡於一途之逼促」，它們在語言藝術方面的努力當然具有審美價值，應該成爲文學鑒賞的對象。後來，劉勰《文心雕龍》論文敘筆，便是繼承了葛洪的文學視野。

葛洪非常重視文學鑒賞，對文學鑒賞主體作了比較深入的研究。首先，鑒賞主體需要具備相當的文學審美能力。他說：「華章藻蔚，非矇瞍所玩；英逸之才，非淺短所識。夫瞻視不能接物，則袞龍與素褐同價矣；聰鑒不足相涉，則俊民與庸夫一概矣。眼不見，則美不入神焉；莫之與，則傷之者至焉。」〔註43〕文學鑒賞是高級的精神活動，缺乏審美眼光，文學鑒賞便無法展開。文學鑒賞主體必須具有能夠感受美和欣賞美的眼光，「眼不見，則美不入神」。眼光短淺，盲目武斷，都無助於把握作品的韻味和作者的情趣。所以，提高讀者的鑒賞能力是文學鑒賞的基本前提。

其次，鑒賞主體需要具有超越現實的藝術精神。文學至精，鑒賞實難。文學鑒賞只有超越現實局限，才能領略文學作品的深厚意蘊。他說：「百家之言，雖有步起，皆出碩儒之思，成才士之手，方之古人，不必悉減也。或有汪濊玄曠，合契作者，內闢不測之深源，外播不匱之遠流，其所祖宗也高，其所紬繹也妙，變化不繫滯於規矩之方圓，旁通不凝閡於一塗之逼促。是以偏嗜酸鹹者，莫能知其味；用思有限者，不能得其神也。夫應龍徐舉，顧眄淩雲；汗血緩步，呼吸千里。而螻蟻怪其無階而高致，駑蹇患其過己之不漸也。若夫馳騁於《詩》《論》之中，周旋於傳記之間，而以常情覽巨異，以褊量測無涯，以至粗求至精，以甚淺揣甚深，雖始自髫齓，訖於振素，猶不得也。」鑒賞主體必須超越常情，才能領略文學的博大奇異；必須克服褊狹，才能把握文學的豐富內涵；必須告別粗疏，才能感悟文學的藝術境界；必須拋棄淺陋，才能體會文學的深遠價值。鑒賞主體只有超越了現實局限，才能進入文學鑒賞過程，才能最終達到「識其味」而「得其神」的審美境界！

〔註43〕（晉）葛洪：《擢才》，《抱朴子外篇校箋》（上），楊明照校箋，中華書局 1997年版，第 456 頁。

葛洪的文學鑒賞論具有重要的歷史地位。李澤厚、劉綱紀在《中國美學史》中說：「自南北朝始，文藝的鑒賞批評問題成了一個十分重要的問題。而最初爲這一問題奠定了理論基礎的正是葛洪。葛洪關於文藝的鑒賞批評的理論，是從曹丕的《典論・論文》到劉勰的《文心雕龍》、鍾嶸的《詩品》、謝赫的《古畫品錄》之間的一個重要環節。」〔註44〕這個評價是符合實際的。

（四）文學的美與美感

通過對文學鑒賞過程的研究，葛洪闡述了美與美感問題，爲中國古典美學作出了重要的理論貢獻。

第一，基於繁榮的文學創作，他認識到美的多樣性。魏晉時期文學自覺，文學創作空前繁榮，作家個性的豐富性和作品文體的多樣性形成文學苑圃萬紫千紅的景象。就作家個性言，「夫才有清濁，思有修短，雖並屬文，參差萬品。或浩漾而不淵潭，或得事情而辭鈍，違物理而文工。蓋偏長之一致，非兼通之才也」〔註45〕。就文體特徵言，「夫文章之體，尤難詳賞。苟以入耳爲佳，適心爲快，匙知忘味之九成，雅頌之風流也。所謂考鹽梅之鹹酸，不知大羹之不致；明飄颻之細巧，蔽於沉深之弘邃也。其英異宏逸者，則網羅乎玄黃之表；其拘束齷齪者，則羈紲於籠罩之內。振翅有利鈍，則翔集有高卑；騁迹有遲迅，則進趨有遠近。駑銳不可膠柱調也。文貴豐贍，何必稱善如一口乎？」〔註46〕眞是各有各的風格，各有各的文辭，文學作品的多樣統一構成了魏晉文學的空前繁榮的局面。

在這樣的基礎上，葛洪認識到了美的多樣性和統一性。他說：「五味舛而並甘，眾色乖而皆麗」〔註47〕；「色不均而皆豔，音不同而咸悲，香非一而並芳，味不等而悉美」〔註48〕，這是說美的多樣性。他又說：「五色聚而錦繡麗，

〔註44〕 李澤厚、劉綱紀：《中國美學史》（第二卷上），安徽文藝出版社 1999 年版，第 328 頁。

〔註45〕 （晉）葛洪：《辭義》，《抱朴子外篇校箋》（下），楊明照校箋，中華書局 1997 年版，第 394～395 頁。

〔註46〕 （晉）葛洪：《辭義》，《抱朴子外篇校箋》（下），楊明照校箋，中華書局 1997 年版，第 395～397 頁。

〔註47〕 （晉）葛洪：《辭義》，《抱朴子外篇校箋》（下），楊明照校箋，中華書局 1997 年版，第 395 頁。

〔註48〕 （晉）葛洪：《應譬》，《抱朴子外篇校箋》（下），楊明照校箋，中華書局 1997 年版，第 333 頁。

八音諧而簫韶美，群言合而道藝辨」〔註49〕；「群色會而衰藻麗，眾音雜而韶
濩和」；「單絃不能發《韶》、《夏》之和音，孑色不能成袞龍之瑋燁，一味不
能合伊鼎之甘，獨木不能致鄧林之茂」〔註50〕，這是說美的統一性。

多樣統一的美有著本質的規定。他說：「妍媸有定矣，而憎愛異情，故兩
目不相為視焉；雅鄭有素矣，而好惡不同，故兩耳不相為聽焉；真偽有質矣，
而趨舍舛忤，故兩心不相為謀焉。」〔註51〕所謂「妍媸有定」、「雅鄭有素」、
「真偽有質」，顯然承認多樣統一的美具有著客觀的規定性。

與自然美不同，文學作品是作家審美創造的產物。因此，葛洪高度肯定
作家在審美創造中的能動作用。他比喻說：「梓豫山積，非班匠不能成機巧；
眾書無限，非英才不能收膏腴」〔註52〕；「故瑤華不琢，則耀夜之景不發；丹
青不治，則純鈞之勁不就。火則不鑽不生，不扇不熾；水則不決不流，不積
不深。故質雖在我，而成之由彼也。」他通過比喻所要說明的是：「擒銳藻以
立言，辭炳蔚而清允者，文人也」〔註53〕。文學作品的藝術美，是文人用華
麗辭藻創造出來的，這與後世稱作家為語言藝術家是完全一致的。

第二，基於豐富的鑒賞經驗，他認識到美感的差異性。鑒賞主體對文學
作品的鑒賞是一個具體過程。不同主體即使對同一文學作品的鑒賞也有著不
同的審美感受。他說：「觀聽殊好，愛憎難同。飛鳥觀西施而驚逝，魚鼈聞《九
韶》而深沉。」〔註54〕受制於主觀、客觀兩方面原因，在文學鑒賞中必然表
現出美感的差異性。

從客觀原因看，時代風氣、環境習俗都影響審美主體的感受。「愛憎好惡，
古今不均，時移俗易，物同價異。譬之夏后之璜，囊直連城，鬻之於今，賤
於銅鐵。」〔註55〕這是說時代因素對美感的影響。「故衰藻之粲煥，不能悅裸

〔註49〕（晉）葛洪：《喻蔽》，《抱朴子外篇校箋》（下），楊明照校箋，中華書局1997
年版，第433頁。

〔註50〕（晉）葛洪：《交際》，《抱朴子外篇校箋》（上），楊明照校箋，中華書局1997
年版，第439頁。

〔註51〕（晉）葛洪：《抱朴子內篇校釋》，王明校釋，中華書局1985年版，第141頁。

〔註52〕（晉）葛洪：《辭義》，《抱朴子外篇校箋》（下），楊明照校箋，中華書局1997
年版，第393頁。

〔註53〕（晉）葛洪：《行品》，《抱朴子外篇校箋》（上），楊明照校箋，中華書局1997
年版，第536頁。

〔註54〕（晉）葛洪：《廣譬》，《抱朴子外篇校箋》（下），楊明照校箋，中華書局1997
年版，第388頁。

〔註55〕（晉）葛洪：《擢才》，《抱朴子外篇校箋》（上），楊明照校箋，中華書局1997

鄉之目；《朵菱》之清音，不能快楚隸之耳」〔註56〕。這是說民族、地域因素對美感的影響。

從主觀原因看，思想境界、個性愛好都會影響鑒賞主體的審美感受。山林隱士認爲，「藜藿嘉於八珍，寒泉旨於醴酪」〔註57〕，那是受思想境界的影響。而「人情莫不愛紅顏豔姿，輕體柔身，而黃帝述篤醜之嫫母，陳侯憐可憎之敦洽。人鼻無不樂香，故流黃鬱金，芝蘭蘇合，玄膽素膠，江離揭車，春蕙秋蘭價同瓊瑤，而海上之女，逐酷臭之夫，隨之不止。周文嗜不美之菹，不以易太牢之滋味；魏明好椎鑿之聲，不以易絲竹之和音。人各有意，安可求此以同彼乎？」〔註58〕那是受個人愛好的影響。

當然，承認文學鑒賞的差異性，並不否定文學批評的公允性。文學鑒賞可以見仁見智，文學批評卻要客觀公正。超越個人局限，從歷史和審美的高度觀照文學，可以作出合理的文學批評，而葛洪的文學批評具有這樣的特徵。

總之，在魏晉文學自覺思潮影響下，葛洪的文學思想前承曹丕、陸機，後啓劉勰、鍾嶸，具有重要的理論價值和歷史地位，加深對它的認識是很有必要的。

五、沈約文學新變論

沈約（441～513），字休文，吳興武康（今浙江德清）人。他歷仕宋、齊、梁三代，宋時累遷尙書度支郎；入齊累官至國子祭酒，以文學遊於竟陵王蕭子良門下，與謝朓等人合稱「竟陵八友」；後與范雲等人助梁武帝蕭衍成就帝業，以功封建昌縣侯，官至尙書令，卒諡隱。他少年好學，夜以繼日，苦讀不輟，母親擔心他身體，常常不得不滅掉他的燈燭。他博通群書，尤精文史，「年二十許，便有撰述之意」〔註59〕。他是齊、梁文壇領袖，與王融、謝朓等人創「永明體」詩，開啓詩歌新風氣，爲唐代格律詩奠定了基礎。他擅長史學，寫過《晉書》、《宋書》、《齊紀》，現在只有《宋書》流傳，被列於二十

年版，第 456 頁。

〔註56〕（晉）葛洪：《廣譬》，《抱朴子外篇校箋》（下），楊明照校箋，中華書局 1997 年版，第 388 頁。

〔註57〕（晉）葛洪：《嘉遯》，《抱朴子外篇校箋》（上），楊明照校箋，中華書局 1997 年版，第 47 頁。

〔註58〕（晉）葛洪：《抱朴子內篇校釋》，王明校釋，中華書局 1985 年版，第 230 頁。

〔註59〕（唐）姚思廉：《沈約傳》，《梁書》（卷三十），中華書局局 1973 年版，第 232 頁。

四史之內。他論文學求新求變，表達了獨到的見解。

（一）文學新變觀

沈約兼長文學與史學，使他的文學認識更具有歷史眼光。他從歷史高度審視文學，在描述文學發生、發展過程時，能夠著力揭示文學發展的規律，這比起一般文論家的就事論事來，更具有廣闊的視野和深邃的內涵。《宋書·謝靈運傳論》集中表達了沈約的文學思想，而尤其突出了他的文學史觀。

沈約以史學家的身份討論文學現象，著眼於文學的歷史過程。他首先關注到文學的起源問題。他說：「民稟天地之靈，含五常之德，剛柔迭用，喜慍分情。夫志動於中，則歌詠外發；六義所因，四始攸繫；升降謳謠，紛披風什。雖虞、夏以前，遺文不睹，稟氣懷靈，理或無異。然則歌詠所興，宜自生民始也。」〔註60〕人「稟天地之靈，含五常之德」，這是人與動物的根本區別。人之為人，情志於中，情感外發，是為歌詠。所以，文學產生的根本原因是人的情感因素。從這個基本原理推論：有了人，便有了人的情感；有了人的情感，便有了文學。沈約的結論是：「歌詠所興，宜自生民始也」。

沈約是比較早探討文學起源問題的。他從人的精神因素解釋歌詠的發生，符合文學精神創造的特點；他把文學發生和人的發生聯繫起來，也是相當重要的理論假設。今人鄧福星的博士論文《原始藝術研究》的基本觀點就是：藝術起源與人類起源同步發生。〔註61〕以此可見，沈約關於文學起源的見解具有著怎樣深刻的理論意義。

在《謝靈運傳論》中，沈約以更多篇幅描述了文學發展的歷史。他縱貫古今，從「周室既衰」寫到「爰逮宋氏」，概括了不同時代的文學嬗變和文學特徵：

一是周末：「周室既衰，風流彌著」。

二是漢魏：「自漢至魏，四百餘年，辭人才子，文體三變」。其中，楚漢：「相如巧為形似之言」——「屈平、宋玉導清源於前，賈誼、相如振芳塵於後，英辭潤金石，高義薄雲天」。東漢：「班固長於情理之說」——「王褒、劉向、楊、班、崔、蔡之徒，……雖清辭麗曲，時發而蕪音累氣，固亦多矣」、「平子豔發，文以情變，絕唱高縱」。建安：「子建、仲宣以氣質為體」——

〔註60〕（梁）沈約：《謝靈運傳論》，《宋書》（卷六十七），中華書局 1974 年版，第1743 頁。本節凡引自此文者，不再注出。

〔註61〕鄧福星：《藝術的發生》，生活‧讀書‧新知三聯書店 2010 年版，第 1 頁。

「曹氏基命，而祖陳王，咸蓄盛藻，甫乃以情緯文，以文被質」。

三是晉宋：其中，元康：「縟旨星稠，繁文綺合」──「潘、陸特秀，律異班、賈，體變曹、王，縟旨星稠，繁文綺合，綴平臺之逸響，採南皮之高韻」。中興：「玄風獨振」──「爲學窮於柱下，博物止乎七篇，馳騁文辭，義殫乎此」、「仲文始革孫、許之風，叔源大變太元之氣」。宋氏：「方軌前秀，垂範後昆」──「顏、謝騰聲，靈運之興會標舉，延年之體裁明密，並方軌前秀，垂範後昆」。

這些描述是文學批評史上第一次對文學發展軌跡的具體討論，表現了沈約的文學史觀。首先，主張文學發展的創新求變。從周代而漢魏，而晉宋，文學都在不斷地創新求變。《詩經》、《楚辭》乃文學之祖，漢魏文學雖「同祖風騷」，但由於「賞好異情」，文學面貌發生了很大改變。而「自漢至魏，四百餘年，辭人才子，文體三變」；而「降及元康」，潘、陸「體變曹、王」；東晉之末，「仲文始革孫、許之風，叔源大變太元之氣」；「爰逮宋氏，顏、謝騰聲」，文學發展無不表現爲創新求變的特點。當然，文學的創新求變並不是要割斷歷史，而要以繼承文學遺產作爲基礎的。漢魏「同祖風騷」，顏、謝「方軌前秀，垂範後昆」，就是談文學變革中的歷史繼承性。

其次，揭示不同時代的文學特徵。他以人的情感解釋詩歌的發生，同樣也以人的情感說明文學的發展。他稱：「周室既衰，風流彌著」；西漢以降，「情志愈廣」；漢魏之交，「平子豔發，文以情變」；建安文學，「以情緯文，以文被質」。這些都突出了不同時代文學的情感特點。沈約也認識到文學形式的重要性，他討論一個時代的文學，非常注意文學形式的特點。楚辭、漢賦，「英辭潤金石」；東漢文學，雖有「清辭麗曲」，也有「蕪音累氣」；建安文學，「咸蓄盛藻」；西晉潘、陸，「繁文綺合」；東晉玄風，無「遒麗之辭」。他從文學情感和文學形式的有機結合中，揭示不同時代的文學特徵。而不同時代文學的審美特徵，成爲他文學歷史分期的主要依據。

再次，肯定文學創新的主體努力。文學的變革是社會變化的結果，不同時代「賞好異情」，文學必然會發生變化。但是，在文學變革的過程中，文學家主體的努力是不能低估的。沈約高度評價在文學變革中作出貢獻的人物：「相如巧爲形似之言，班固長於情理之說，子建、仲宣以氣質爲體」；「平子豔發，文以情變」；「潘、陸特秀，律異班、賈，體變曹、王」；「仲文始革孫、許之風，叔源大變太元之氣」；顏、謝「方軌前秀，垂範後昆」。文學的變革

不是自發的過程，而是文學家自覺推動的結果。正是由於文學家們的努力，文學才能適應「賞好異情」，展示出每個時代獨特的審美風貌。

沈約的文學史論是文學史意識自覺的開始。葛洪論文學進化，還只是粗疏的宏觀議論；而沈約論文學變革，已經是深刻的具體分析了。《謝靈運傳論》確立了最早的文學史觀，開啟了用歷史的眼光認識以往文學現象的先河。在沈約文學思想的影響之下，劉勰《文心雕龍》，蕭子顯《南齊書‧文學傳論》，鍾嶸《詩品》都進一步展開更深入的文學史研究，從而建立了齊梁文學史觀的理論構架。

（二）永明聲病說

對語言音樂美的發現和重視，是自覺探討文學審美特徵的結果。永明聲病說的出現是中國文學史上的重要事件，它對語言音樂美規律的認識，使詩歌聲律之美有了科學的基礎，從而使詩歌藝術進入了一個嶄新的階段。

一是聲病說產生原因。詩歌與音律有著天然的聯繫，早在聲病說產生之前，詩歌也是講求音律的。《尚書》「詩言志，歌永言，聲依永，律和聲」；漢樂府「造為詩賦，略論律呂」，說得都是詩歌和音律的關係。但是，那時的詩歌多合樂演唱，其音律重在自然的聲韻。漢賦不歌而誦，文字自身節奏的重要性就凸顯出來；五言詩脫離樂府而獨立，變為了「不備管絃」的徒歌。詩賦脫離音樂，便要遵循「誦讀」的音律。所以，漢魏以來，詩賦誦讀是產生了探討語言音律的現實原因。

探討語言音律要有音韻學的知識積累。從魏晉開始，漢語音韻學研究有了很大發展。魏李登著《聲類》，以宮、商、角、徵、羽區別字音；孫炎著《爾雅音義》，用反切注音；晉李靜著《韻集》，收集了大量音韻資料。這些音韻學成就為聲病說的產生提供了語言學基礎。但是，音韻知識被運用到文學創作中，則是文學家們努力的結果。

作家在詩賦創作中對語言聲律的體會，為永明聲病說提供直接啟發。《西京雜記》載司馬相如論賦重視「一宮一商」的聲音搭配；《文心雕龍》言「魏武論賦，嫌於積韻，而善於貿代」；陸機《文賦》稱「暨音聲之迭代，若五色之相宜」。由自發的經驗到自覺的認識，聲病說便呼之欲出了。南朝劉宋初年的范曄在《獄中與諸甥姪書》中說：「性別宮商，識清濁，特能適輕重，濟艱難，斯自然也。觀古今文人，多不全了此處，縱有會此者，不必從根本中來。言

之皆有實證，非爲空談。」〔註62〕所言「清濁」、「輕重」，可能已經體會到語言的聲調了。

二是聲病說具體內容。「聲病」，指「四聲」與「病犯」。《南史・陸厥傳》云：「永明末，盛爲文章，吳興沈約、陳郡謝朓、琅邪王融以氣類相推轂。汝南周顒善識聲韻，約等文皆用宮商，以平上去入爲四聲，以此制韻，有平頭、上尾、蜂腰、鶴膝；五字之中，音韻悉異，兩句之內，角徵不同，不可增減，世呼永明體。」〔註63〕這裡指出「永明體」對「四聲」與「病犯」的講求。

在《謝靈運傳論》中，沈約談音律還沒有這麼明確：「夫五色相宣，八聲協暢，由乎玄黃律呂，各適物宜。欲使宮羽相變，低昂互節，若前有浮聲，則後須切響。一簡之內，音韻盡殊，兩句之中，輕重悉異，妙達此旨，始可言文。」逯欽立認爲：沈約所言包括聲韻與聲調兩個方面。「宮羽」指韻類言，「宮羽相變」，謂韻類須異；「輕重」指聲類言，「輕重悉異」，謂十字之中不得有清濁相同之雙聲字也。合而言之，就是兩句以內不得有同韻同聲之字。「低昂」，就四聲言，《韻詮》「低昂依下，輕重依上」之言可爲佐證。「浮聲」、「切響」，則兼就上舉三者合言之。蓋凡平聲字清母字，其聲必浮；仄聲字濁母字，其響必切。」〔註64〕

蔡鍾翔認爲：沈約要求在兩句之內實現「和」，就是一簡（五字）或兩句（十字）之中避免字調的重複和聲韻的重複，以極盡變化之能事。由於在五字或十字中四聲遞用很難做到，因此只要求「宮羽」、「低昂」、「輕重」、「浮切」之相間。這裡已表現出四聲「二元化」的傾向，事實上成爲平仄的先聲〔註65〕。

沈約是「永明聲病說」的代表人物。事實上，他不一定是「四聲」的發明者。南朝談「四聲」，大都把周顒放在沈約之前。如《南史・周顒傳》云：「顒始著《四聲切韻》，行於世」；《南史・陸厥傳》云：「汝南周顒善識聲韻，約等文皆用宮商，以平上去入爲四聲，以此制韻」。然而，沈約無疑是將「四聲」運用到詩歌創作中貢獻最大的。在《謝靈運傳論》中，他講詩歌聲律後，非常自負地說，「自靈均以來，多歷年代，雖文體稍精，而此秘未睹」，儼然

〔註62〕（梁）沈約：《范曄傳》，《宋書》（卷六十九），中華書局1974年版，第1819頁。

〔註63〕（梁）蕭子顯：《陸厥傳》，《南齊書》（卷五十二），中華書局1972年版，第897頁。

〔註64〕逯欽立：《四聲考》，《漢魏六朝文學論集》，陝西人民出版社1984年版，第513頁。

〔註65〕蔡鍾翔等：《中國文學理論史》（一），北京出版社1987年版，第211頁。

以爲獨得之秘。《南史・沈約傳》也說，「約撰《四聲譜》，以爲在昔詞人，累千載而不悟，而獨得胸襟，窮其妙旨，自謂入神之作」〔註66〕。沈約將「四聲」運用到詩歌創作中，具體研究詩句聲、韻、調的配合，指出應該避免的聲律毛病，即「病犯」。

關於「病犯」，有「八病」的說法。《南史・陸厥傳》只提到「四病」，即：平頭、上尾、蜂腰、鶴膝。到了隋唐才有了「八病」之說。隋人王通《中說・天地》中引李伯藥所云：「吾上陳應、劉，下述沈、謝，分四聲八病，剛柔清濁，各有端序。」〔註67〕初唐盧照鄰《南陽公集序》云：「八病爰起，沈隱侯永作拘囚。」〔註68〕便把「八病」的發明權也歸於沈約。而有人從沈約作品中找出病犯之處，從而否定沈約發明「八病」。

「八病」未必是沈約發明，但沈約講求聲律，必然要注意病犯。他說東漢詩歌「蕪音累氣，固亦多矣」，難道不就是「病犯」？而「永明體」講求「平頭、上尾、蜂腰、鶴膝」，也是史有明證。至於「八病」是否沈約發明並不重要。聲律的研究愈細，注意的病犯愈多。所以，《文鏡秘府論》言病犯有「二十八種病」之多〔註69〕。關於「八病」，《文鏡秘府論》有相應的解釋：一曰平頭：「平頭詩者，五言詩第一字不得與第六字同聲，第二字不得與第七字同聲。同聲者，不得同平上去入四聲。犯者名爲犯平頭。」二曰上尾：「上尾詩者，五言詩中第五字不得與第十字同聲，名爲上尾。」三曰蜂腰：「蜂腰詩者，五言詩一句之中，第二字不得與第五字同聲。言兩頭粗，中間細，似蜂腰也。」四曰鶴膝：「鶴膝詩者，五言詩第五字不得與第十五字同聲。言兩頭細，中間粗，似鶴膝也。」五曰大韻：「大韻詩者，五言詩若以『新』爲韻，上九字在中更不得安『人』、『津』、『鄰』、『身』、『陳』等字，既同其類，名犯大韻。」六曰小韻：「小韻詩者，除韻以外，而有迭相犯者，名爲小韻病也。」七曰旁紐：「旁紐詩者，五言詩一句之中有『月』字，更不得安『魚』、『元』、『阮』、『願』等字，此即雙聲，雙聲即犯旁紐。」八曰正紐：「正紐者，五言詩『壬』、『衽』、『任』、『入』四字爲一紐，一句之中已有『壬』字，更不得安『衽』、

〔註66〕（唐）李延壽：《沈約傳》，《南史》（卷五十七），中華書局 1975 年版，第1403 頁。

〔註67〕（隋）王通：《中說》，中華書局 1985 年版，第 5 頁。

〔註68〕（唐）盧照鄰：《南陽公集序》，《盧照鄰集編年箋注》，黑龍江人民出版社 1989年版，第 351 頁。

〔註69〕（日）遍照金剛：《文鏡秘府論》，人民文學出版社 1975 年版，第 179 頁。

『任』、『入』等字。如此之類，名爲犯正紐之病也。」這樣煩瑣的要求，使詩歌反而受到束縛。

聲病說總結詩歌創作中語言搭配的規律，爲創造詩歌音樂之美提供了規範，促進了詩歌格律的形成，它在文學史上具有重要的價值。但是，過份強調聲律作用，以爲「妙達此旨，始可言文」，則是不符合事實的。至於煩瑣的聲病要求，「使文多拘忌，傷其眞美」，那就與它最初的目的完全相反了。

（三）文章三易論

文學史研究爲文學實踐提供藝術借鑒和理論指導。沈約立足於對文學發展規律的認識，對當時文學創作也提出了明確要求：文章當從三易。顏之推《顏氏家訓・文章》載：「沈隱侯曰：『文章當從三易：易見事，一也；易識字，二也；易讀誦，三也。』邢子才常曰：『沈侯文章用事不使人覺，若胸臆語也。』深以此服之。祖孝徵亦嘗謂吾曰：『沈詩云：「崖傾護石髓」，此豈似用事耶？』」〔註70〕

沈約對東晉玄言詩是非常不滿意的。他說：「有晉中興，玄風獨振，爲學窮於柱下，博物止乎七篇，馳騁文辭，義殫乎此。自建武暨乎義熙，歷載將百，雖綴響連辭，波屬雲委，莫不寄言上德，託意玄珠，遒麗之辭，無聞焉爾。」針對這種抽象生澀的詩風，他呼喚文學的變革。殷仲文開始改變玄言詩風；謝混描寫山水景物風格清美，給詩壇帶來新鮮空氣；謝靈運詩如芙蓉出水，顏延之詩如錯彩鏤金，開闢出文學發展的光明道路。對這些文學變革的積極現象，沈約都給予眞誠的讚譽。在反對玄言詩的文學潮流中，沈約正面提出「文章當從三易」，指出文學內容和形式都趨向平易的發展方向。

一是「易見事」，就是主張寫眞情實感，反對「文章殆同書抄」。在《謝靈運傳論》中，沈約稱讚「先士茂制，諷高歷賞，子建『函京』之作，仲宣『霸岸』之篇，子荊『零雨』之章，正長『朔風』之句，並直舉胸情，非傍詩史」。所謂「直舉胸情，非傍詩史」，便是「易見事」的最好注腳，正是沈約對文學內容的要求。

二是「易識字」，就是主張語言平易，不用艱澀難認的字眼。玄言詩注解老莊哲學，脫離實際，語言艱澀，這是沈約所不願見到的。沈約曾受到吳歌、

〔註70〕　（北齊）顏之推：《文章》，《顏氏家訓集解》，王利器集解，中華書局1993年版，第299頁。

西曲等民間文學的影響，民歌語言平易的特點對他的「易識字」的看法無疑是有啓發的。如他作樂府詩《夜夜曲》云：「河漢縱且橫，北斗橫復直。星漢空如此，寧知新有憶。孤燈曖不明，寒機曉猶織。零淚向誰道，雞鳴徒歎息。」〔註71〕就是語言平易的典範。

三是「易讀誦」，就是主張語音和諧流利，強調詩歌誦讀有音樂之美。他稱讚謝朓「好詩圓美流轉如彈丸」〔註72〕，體現了一種新的審美趣味。怎樣才能使詩歌做到誦讀時有音樂之美呢？這就要遵循所謂「聲病說」。所以，「永明聲病說」是在文章「易讀誦」的基礎上提出來的具體藝術方法。

「文章三易論」是指導文學創作的理論，以「三易」爲標準進行文學創作，沈約和王融、謝朓等人創造了「永明體」的新詩。《南齊書‧陸厥傳》云：「永明末，盛爲文章，吳興沈約、陳郡謝朓、琅邪王融以氣類相推轂；汝南周顒，善識聲韻。約等文皆用宮商，以平上去入爲四聲，以此制韻，不可增減，世呼永明體。」〔註73〕這裡只強調了永明體對語音的講究；其實，永明體在「用事」、「用字」方面也有趨向平易的特點。他們用平易曉暢的語言寫景抒情，辭意雋美，風格清新，標誌著古典詩歌的一大進步，對後來的唐詩產生了積極的影響。

六、鍾嶸五言詩美論

鍾嶸（約 468～約 518），字仲偉，潁川長社（今河南長葛）人。他於永明中爲國子生，漢代有太學而無國學，國學始立於西晉惠帝元康三年，專收士族子弟。入國學之後，他便有品評詩歌的興趣。《詩品》言及謝朓曰：「朓極與余論詩，感激頓挫過其文。」由於素有品詩之積蓄，梁武帝天監年間，他仿漢代「九品論人，七略裁士」之例，寫成五言詩評論專著《詩品》。序文爲全書總論，提出對詩歌的原則性看法。

（一）詩歌發生與功能

詩歌是怎樣發生的？鍾嶸繼承傳統的物感說。所謂「氣之動物，物之感

〔註71〕 余冠英等：《古詩精選》，江蘇古籍出版社 2002 年版，第 184 頁。
〔註72〕 （唐）李延壽：《王筠傳》，《南史》（卷二十二），中華書局 1975 年版，第 609 頁。
〔註73〕 （梁）蕭子顯：《陸厥傳》，《南齊書》（卷五十二），中華書局 1972 年版，第 897 頁。

人，故搖蕩性情，行諸舞詠。」〔註74〕對於「物」的解釋，他沒有僅僅停留在自然物象上面，而是進一步認識到社會生活對觸發詩人感情的重要作用。

他說：「若乃春風春鳥，秋月秋蟬，夏雲暑雨，冬月祁寒，斯四候之感諸詩者也。嘉會寄詩以親，離群託詩以怨。至於楚臣去境，漢妾辭宮；或骨橫朔野，或魂逐飛蓬；或負戈外戍，殺氣雄邊；塞客衣單，孀閨淚盡；或士有解佩出朝，一去忘返；女有揚蛾入寵，再盼傾國。凡斯種種，感蕩心靈，非陳詩何以展其義；非長歌何以騁其情？」除了四候感觸詩人，那些離愁別緒，征人思婦，戰爭死亡，仕愁宮怨，更是感蕩詩人心靈的因素。他能夠超越時代，認識到「人際感蕩」是詩歌創作更重要的源泉。

對於詩歌的社會功能，鍾嶸的認識比較全面。他稱「照燭三才，暉麗萬有」，概括詩歌的反映—認識功能；他稱「非陳詩何以展其義；非長歌何以騁其情」，概括詩歌的表現—感染功能；他稱「靈祇待之以致饗，幽微藉之以昭告，動天地，感鬼神，莫近於詩」，則是沿襲詩歌古老的宗教功能傳統。

鍾嶸對詩歌功能的認識，更能深入到個體心理之中。他主張詩以「吟詠情性」為本，而在吟詠情性之中，尤其強調以怨為主。那些人際感蕩的因素，都通過個體心理創造和表達出來，進而發揮著撫慰人心的功能。他認為詩「可以怨」，能夠「使貧賤易安，幽居無悶」。立足於個體情懷，釋放個體憂怨，從而將詩歌社會功能落實到個體心理層面。錢鍾書指出：「『使窮賤易安，幽居靡悶，莫尚於詩』，強調了作品在作者生時起的功用，能使他和艱辛冷落的生涯妥協相安。換句話說，一個人潦倒愁悶，全靠『詩可以怨』獲得排遣、慰藉或補償。」〔註75〕當然，鍾嶸所謂「怨」，怨刺社會的力度有所削弱了，而突出了哀怨的情感和心靈的感受，更增強了詩歌的審美效果。

（二）詩歌特徵與極致

五言詩是詩歌發展的重要形式，成為漢魏六朝文學的主流。鍾嶸以敏銳的藝術洞察力，高度肯定詩歌形式的發展，認識到五言詩的顯著的藝術表現力。他說：「五言居文詞之要，是眾作之有滋味者也，故云會於流俗。豈不以指事造形，窮情寫物，最為詳切者耶？」「吟詠情性」是詩歌的本質，「至於吟詠情性，亦何貴於用事？」以五言詩來吟詠情性，最顯著的便是形象性特

〔註74〕　（梁）鍾嶸：《詩品序》，《詩品集注》，曹旭集注，上海古籍出版社 1994 年版，第 1 頁。本節凡引自此篇者，不再注出。

〔註75〕　錢鍾書：《七級集》，上海古籍出版社 1985 年版，第 124 頁。

徵。所謂「指事造形，窮情寫物」，就是通過造形來指事，通過寫物來窮情，造形寫物即是摹寫形象，沒有形象也就無法敘事和抒情。

造形寫物的具體方法是「詩三義」。在傳統「詩六義」的基礎上，他略去作爲詩體的風、雅、頌，而對興、比、賦作了重新解釋，完全消解了儒家詩論的教化之義，而突出它們創造形象的特點。他說：「故詩有三義焉：一曰興，二曰比，三曰賦。文已盡而意有餘，興也；因物喻志，比也；直書其事，寓言寫物，賦也。」他將「興」提到了前面，「文已盡而意有餘」，釋義突出了以有限之文表現無限之意的形象性特徵。黃侃《文心雕龍札記》曰：「鍾記室云：『文已盡而意有餘』，爲興也，殊與詩人因所見而起興之旨不合。」〔註76〕「因物喻志」，是說志因物而喻，即通過形象表達詩人之志，也不同於一般對「比」的解釋。「賦」本直書其事，而鍾嶸又以「寓言寫物」來補充，自然突出「寫物」的形象特徵。所以，鍾嶸對「興、比、賦」的解釋，既不同於漢儒強調政治教化，也不同於一般認爲的修辭方式，而是強調通過形象來抒情言志，突出彰顯了詩歌的藝術特徵。

在詩歌形象性的基礎上，他又表達了詩歌藝術的理想。他說：「弘斯三義，酌而用之，幹之以風力，潤之以丹彩，使味之者無極，聞之者動心，是詩之至也。」詩歌的理想境界乃是「幹之以風力，潤之以丹彩」，即內容和形式的完美結合。這樣的詩作才能達到「味之者無極，聞之者動心」的藝術效果。

怎樣才能做到「風力」和「丹彩」的結合，《詩品》正文體現了相關的認識。「風力」，主要指內容充實健康，符合風雅精神，其典型代表便是「建安風力」。建安詩人繼承漢樂府民歌現實主義傳統，反映社會動亂和民生疾苦，表現了詩人建功立業的志向，具有悲涼慷慨的時代特徵。劉勰概括說：「觀其時文，雅好慷慨，良由世積亂離，風衰俗怨，並志深而筆長，故梗概而多氣也。」〔註77〕鍾嶸推崇建安風力，慨歎永嘉之後「建安風力盡矣。」他把建安風力作爲詩歌典範，在評詩中有重怨、貴雅、尚氣的審美傾向。

他認定的上品詩人中，有七位以「怨」見稱。他評李陵曰：「文多悽愴，怨者之流」；評曹植曰：「情兼雅怨，體被文質」；評左思曰：「文典以怨」。如班婕妤《怨歌行》（一名《團扇》）曰：「新裂齊紈素，鮮潔如雪霜。裁爲合歡扇，團團似明月。出入君懷袖，動搖微風發。長恐秋節至，涼風奪炎熱。棄

〔註76〕黃侃：《文心雕龍札記》，華東師大出版社1995年版，第221頁。
〔註77〕劉勰：《文心雕龍注釋》，周振甫注，人民文學出版社1981年版，第478頁。

捐篋笥中，恩情中道絕。」鍾嶸列之上品，評曰：「《團扇》短章，辭旨清捷，怨深文綺，得匹婦之致。」又《詩品序》稱：「從李都尉迄班婕妤，將百年間，有婦人焉，一人而已。」又如貴雅，他評曹植《贈白馬王彪》為「情兼雅怨」，稱「陳思贈弟」為「五言之警策者也」。正是看重其「雅」。曹植與曹彪執手話別，悲憤交集，一發於詩，全詩蒙上一層悲涼氣氛；而詩意又僅是篤於兄弟之愛，君臣之義，怨情雖深，而表達頗有分寸。再如尚氣，他評劉楨曰：「仗氣愛奇，動多振絕，貞骨凌霜，高風跨俗。」尤其讚賞劉詩的非凡氣骨。其《贈從弟》曰：「亭亭山上松，瑟瑟谷中風。風聲一何盛，松枝一何勁。冰雪正慘淒，終歲常端正。豈不罹凝寒，松柏有本性。」詩作精神昂揚，意氣縱橫，頗得鍾嶸的讚賞。

「丹彩」，是詩歌形式方面的要求，即用華麗的語詞使詩歌形象更加秀美。詩歌以形象吟詠情性，需要詞采潤飾其外。鍾嶸在評詩中，表達了對詞采的高度重視，體現出好奇、愛秀、慕采的審美傾向。

《詩品》多處提到「奇」，評曹植曰：「骨氣奇高，詞采華茂」；評劉楨曰：「仗氣愛奇，動多振絕」；評張華曰：「其體華豔，興託多奇」；評謝朓曰：「奇章秀句，往往警遒」。所謂「奇」，就是不同於平凡庸常，具有強烈的個性風格。如曹植《雜詩》（其一）曰：「高臺多悲風，朝日照北林。之子在萬里，江湖迥且深。方舟安可極，離思故難任。孤雁飛南遊，過庭長哀吟。翹思慕遠人，願欲託遺音。形影忽不見，翩翩傷我心。」起調警策，筆力雄厚，給全詩塗抹上一層雄渾悲涼的基調；而結尾寫鴻雁哀吟，而傳書不得，詩篇終了，而餘音不絕。又如謝靈運的山水詩以秀美見稱，鍾嶸對之評價極高。其《登池上樓》「池塘生春草，園柳變鳴禽」，寫初春景色，清新雋永；其《登江中孤嶼》「雲日相輝映，空水共澄鮮」，寫長江景色，明麗空靈。再如慕采，鍾嶸重視文辭華美，稱讚潘岳「潘才如江」，列之上品。又曰：「翩翩然如翔鳥之有羽毛，衣服之有綃縠，猶淺於陸機。」〔註78〕而曹操詩言辭質樸，故列之為下品。

五言詩以形象來吟詠情性，從而達到詩歌藝術的極致，成為「眾作之有滋味者也」。鍾嶸提出滋味問題，具有重要的理論意義。從詩歌創作言，「五言居文詞之要，是眾作之有滋味者也」；「於時篇什，理過其辭，淡乎寡味。」他以「有滋味」、「淡乎寡味」評價詩作之高下。從詩歌欣賞言，「使人味之，

〔註78〕張懷瑾：《鍾嶸詩品評注》，天津古籍出版社1997年版，第207頁。

亹亹不倦」〔註79〕;「使味之者無極,聞之者動心,是詩之至也」。他從形象創造到藝術欣賞,提出詩歌滋味問題,從感性體悟來說明詩歌藝術給人的薰陶,這完全符合藝術思維的規律。

(三)五言詩的歷程

鍾嶸從詩歌史角度對五言詩作了系統研究,清晰地勾勒出五言詩發展的基本輪廓,列舉出五言詩的三次高潮及其代表詩人,批評了五言詩發展過程中出現的各種弊病,從而為五言詩的健康發展指明了正確道路。

從五言詩之濫觴以及五言詩之著目開始,《詩品序》簡要地敘述了五言詩的發展歷程。其云:「故知陳思為建安之傑,公幹、仲宣為輔。陸機為太康之英,安仁、景陽為輔。謝客為元嘉之雄,顏延年為輔。斯皆五言之冠冕,文詞之命世也。」他以建安、太康、永嘉為五言詩正宗,為五言詩創作確立了學習的典範。

對五言詩的各種弊病,他也作出尖銳的批判。朱東潤說:「論文之士不為時代所左右,不顧時勢之利鈍,與潮流相違,卓然自信者,求之六代,鍾嶸一人而已。」〔註80〕以五言詩的正宗典範為標尺,對偏離了詩歌藝術特徵的錯誤現象,鍾嶸做出深入的分析和批判。

一是對玄言詩的批判。他說:「永嘉時,貴黃、老,稍尚虛談。於時篇什,理過其辭,淡乎寡味。爰及江表,微波尚傳,孫綽、許詢、桓、庾諸公詩,皆平典似《道德論》,建安風力盡矣。」違背了「吟詠情性」的詩歌本質,偏離了建安詩歌的正確軌道,玄言詩只是些「淡乎寡味」的玄理說教。

二是對事類詩的批判。他說:「觀古今勝語,多非補假,皆由直尋。……故大明、太始中,文章殆同書抄。近任昉、王元長等,詞不貴奇,競須新事,爾來作者,浸以成俗。遂乃句無虛語,語無虛字,拘攣補衲,蠹文已甚。但自然英旨,罕值其人。詞既失高,則宜加事義。雖謝天才,且表學問,亦一理乎!」詩歌來源於生活,而非來源於書本,脫離了生活感受,剽竊古人的言辭,便完全違背了詩歌的藝術規律。

三是對永明體的批判。他說:「王元長創其首,謝朓、沈約揚其波。三賢或貴公子孫,幼有文辯,於是士流景慕,務為精密。襞積細微,專相凌架。

〔註79〕張懷瑾:《鍾嶸詩品評注》,天津古籍出版社1997年版,第213頁。
〔註80〕朱東潤:《中國文學批評史大綱》,武漢大學出版社2009年版,第55頁。

故使文多拘忌，傷其眞美。余謂文制，本須諷讀，不可蹇礙，但令清濁通流，口吻調利，斯爲足矣。」鍾嶸主張自然的音律，「但令清濁通流，口吻調利，斯爲足矣」；而反對四聲八病的講求，認爲這樣會「使文多拘忌，傷其眞美」。在聲律說初盛之時，便洞察到它的形式主義苗頭，可謂慧眼如炬。

四是對新變體的批判。他說：「庸音雜體，人各爲容。至使膏腴子弟，恥文不逮，終朝點綴，分夜呻吟。獨觀謂爲警策，眾睹終淪平鈍。次有輕薄之徒，笑曹、劉爲古拙，謂鮑照羲皇上人，謝朓今古獨步。而師鮑照終不及『日中市朝滿』，學謝朓劣得『黃鳥度青枝』。」鄙棄文學傳統，一味鼓吹新變，結果便是「徒自棄於高明，無涉於文流矣」。爲文取法乎上僅得其中，創新當以文學傳統爲基礎，背離優秀的文學傳統，那是沒有藝術生命力的。

（四）詩歌批評與鑒賞

鍾嶸開創了推源溯流的批評方法。《詩品》對三十六家代表詩人，標明其風格淵源，進而歸納出《國風》、《楚辭》、《小雅》三種風格類型。如源於《國風》的，有曹植；源於《小雅》的，有阮籍；源於《楚辭》的，有李陵、王粲。這種推源溯流的批評方法，對於認識詩歌發展規律具有重要意義。

鍾嶸發展了意象批評的方法。《詩品》運用比喻聯想，描繪詩歌特徵，對五言詩作了精彩鑒賞，褒朱貶紫，廓清了詩壇風氣。通過具體的鑒賞批評，他提出五言詩創作的審美要求。一是直尋，即從生活中激發性情與表現性情，而不是在書本裏討生活。所謂「觀古今勝語，多非補假，皆由直尋」，諸如「思君如流水」、「高臺多悲風」、「清晨登隴首」、「明月照積雪」之類，都是直接抒寫詩人所見所感。二是眞美，即詩歌要表現自然英旨。他崇尚描摹自然山水，批評文章殆同書鈔。評顏延之曰：「湯惠休曰：『謝詩如芙蓉出水，顏詩如錯彩鏤金。』顏終身病之。」評張協「巧構形似之言」，列之爲上品。而宮商聲病和用典用事則背離自然準的，他斥之爲「拘攣補衲，蠹文已甚，但自然英旨，罕值其人」。

在文學批評方面，鍾嶸不滿前代「不顯優劣」，「曾無品第」，《詩品》採取以品裁士的方法顯示詩人優劣。他說：「陸機《文賦》，通而無貶；李充《翰林》，疏而不切；王微《鴻寶》，密而無裁；顏延論文，精而難曉；摯虞《文志》，詳而博贍，頗曰知言：觀斯數家，皆就談文體，而不顯優劣。至於謝客集詩，逢詩輒取；張騭《文士》，逢文即書：諸英志錄，並義在文，曾無品第。」

於是，他收錄五言詩一百二十二位詩人，列上品十一人，中品三十九人，下品七十二人。這種將詩人區分爲不同級別的評價方式，其實也是當時的風氣，如庾肩吾有《書品》，謝赫有《畫品》，沈約有《棋品》，而在鍾嶸之前，劉士章也「欲爲當世詩品」。

《詩品》將曹操列入下品，陶淵明列入中品，這樣安排多爲後人詬病。當然，文學批評也存在時代局限，在崇尙語言華麗的時代，曹詩的質樸，陶詩的平淡，他們不爲批評家認可，也是可以理解的。鍾嶸說：「至斯三品升降，差非定制，方申變裁，請寄知者耳。」對於《詩品》的評價，後人當可作出修正。有陳延傑《詩品注》引《太平御覽文部詩之類》曰：「鍾嶸《詩品》曰『古詩、李陵、班婕妤、曹植、劉禎、王粲、阮籍、陸機、潘岳、張協、左思、謝靈運、陶潛十二人，詩皆上品。』是陶詩原屬上品。迨至陳振孫著《直齋書錄題解》，則云上品十一人，是又不數陶公也。」〔註81〕假如意見屬實，那鍾嶸可謂慧眼獨具了。

章學誠說：「《詩品》之於論詩，視《文心雕龍》之於論文，皆專門名家，勒爲成書之初祖也。《文心》體大而慮周，《詩品》思深而意遠；蓋《文心》籠罩群言，而《詩品》深從六藝溯流別也。論詩論文，而知溯流別，則可以探源經籍，而進窺天地之純，古人之大體矣。」〔註82〕五言詩是文學自覺以來的取得的最高成就，《詩品》以五言詩爲品評對象，識見洞達，妙達文理，成爲第一部純文學理論著作。它對五言詩發展進行理論總結，建立了一個以審美爲中心的詩學體系，對後世的詩歌理論產生了深遠影響。

七、劉勰《文心雕龍》

劉勰是中國古代文學理論史上最重要的理論家，《文心雕龍》是中國古代文學理論史上最重要的著作。魯迅先生指出：「東則有劉彥和之《文心》，西則有亞里士多德之《詩學》，解析神質，包舉洪纖，開源發流，爲世楷式。」〔註83〕充分說明劉勰《文心雕龍》在世界文學理論史上的重要地位。

劉勰（469？～532？），字彥和，東莞莒（今山東莒縣）人。永嘉之亂後，其先祖移居京口（今江蘇鎭江）。關於劉勰的身世，《梁書·劉勰傳》載：「父

〔註81〕（梁）鍾嶸：《詩品注》，陳延傑注，人民文學出版社1980年版，第43頁。

〔註82〕（清）章學誠：《詩話》，《文史通義校注》，葉瑛校注，中華書局1985年版，第559頁。

〔註83〕魯迅：《題記》，《魯迅全集》（第八卷），人民文學出版社1982年版，第332頁。

尚，越騎校尉。勰早孤，篤志好學。」〔註 84〕越騎校尉爲軍隊中級官吏，其父過早去世，給他帶來生活不幸。《序志》云：「予生七齡，乃夢彩雲若錦，則攀而採之。」他夢見上青天攬彩雲，表示年少有奇志。劉勰十三歲時進入齊代，「齊高帝少爲諸生，即位後，王儉爲輔，又長於經禮，是以儒學大振」，〔註 85〕這種文化風氣對劉勰思想形成有直接的影響。其母可能卒於他二十歲時，守喪三年之後，他進入定林寺，「依沙門僧祐，與之居處，積十餘年」。

他協助僧祐整理佛教經論，同時也研習了儒家經典、諸子百家、文學著作。《序志》云：「齒在逾立，則嘗夜夢執丹漆之禮器，隨仲尼而南行。旦而寤，乃怡然而喜，大哉！聖人之難見哉，乃小子之垂夢歟！」〔註 86〕於是，他產生一種「敷贊聖旨」的文化使命。在「敷贊聖旨，莫若注經，而馬鄭諸儒，弘之已精，就有深解，未足立家」的情況下，便「搦筆和墨，乃始論文」，開始《文心雕龍》的撰寫，意圖在文學領域來輔佐聖人。

在三十七歲左右，他寫成了《文心雕龍》。「既成，未爲時流所稱。勰自重其文，欲取定於沈約。約時貴盛，無由自達，乃負其書，候約出，干之於車前，狀若貨鬻者。約便命取讀，大重之，謂之深得文理，常陳諸几案。」〔註 87〕可能由於沈約之譽薦，劉勰於天監二年起家奉朝請，天監三年，臨川王蕭宏引爲記室。天監六年出太末令，政有清績。太末令滿，除仁威南康王記室，兼東宮通事舍人。天監十七年，僧祐卒。天監十八年，他奉梁武帝蕭衍之命，重返定林寺撰經，功畢皈依空門，改法名慧地。未滿一年而卒，享年五十六歲。

劉勰思想是比較複雜的。他精通佛理，除整理佛教經論外，還寫有《滅惑論》等佛學著作；他又推崇儒學，《文心雕龍》以儒家思想爲主。這樣的思想狀況與當時的文化背景分不開。魏晉南北朝時期，儒、道、釋三種思想相互滲透，相互融合，「外儒家而內釋老」，即以儒家思想入世，以釋老思想養性，成爲文人比較普遍的思想選擇。劉勰認爲，「孔釋教殊而道契」，「梵漢語

〔註 84〕　（唐）姚思廉：《劉勰傳》，《梁書》（卷五十），中華書局局 1973 年版，第710 頁。

〔註 85〕　（清）趙翼：《南朝經學》，《二十二史札記》（卷十五），世界書局 1979 年版，第 195 頁。

〔註 86〕　（梁）劉勰：《序志》，《文心雕龍注釋》，周振甫注，人民文學出版社 1981 年版，第 534 頁。本節凡引自本書篇章者，首次注出，餘不出注。

〔註 87〕　（唐）姚思廉：《劉勰傳》，《梁書》（卷五十），中華書局局 1973 年版，第710 頁。

隔而化通」，明確表現出「三教同源」的思想。所以，《文心雕龍》固然以儒家思想爲主，而在創作思想方面有道家思想的影響，在邏輯論證方面有佛學思想的影響。

《文心雕龍》出現，不是偶然的現象。首先，先秦以來的文學實踐積累了豐富的文學創作經驗，這是文學理論研究取得成就的深厚土壤；其次，隨著文學自覺，湧現出一大批文學理論著作，這是《文心雕龍》重要的理論資源。《序志》云：「詳觀近代之論文者多矣：至如魏文述典，陳思序書，應瑒文論，陸機《文賦》，仲治《流別》，弘範《翰林》，各照隅隙，鮮觀衢路，或臧否當時之才，或銓品前修之文，或汎舉雅俗之旨，或撮題篇章之意。魏典密而不周，陳書辯而無當，應論華而疏略，陸賦巧而碎亂，《流別》精而少功，《翰林》淺而寡要。又君山、公幹之徒，吉甫、士龍之輩，汎議文意，往往間出，並未能振葉以尋根，觀瀾而索源。」《文心雕龍》的撰作，原是要克服前人理論的不足，眞正做到「彌綸群言」，「明觀衢路」，「振葉以尋根，觀瀾而索源」的。爲此，劉勰對前人的理論成果進行了系統梳理，取其精華，去其糟粕，從而建構了自己的理論體系。他說：「及其品列成文，有同乎舊談者，非雷同也，勢自不可異也；有異乎前論者，非苟異也，理自不可同也。同之與異，不屑古今，擘肌分理，唯務折衷。」所以，《文心雕龍》總結了南齊之前文學理論批評的豐富經驗，成爲一部「體大而慮周」的集大成著作。在中國古代文學理論史上，《文心雕龍》理論的系統性，結構的嚴密性，論述的精深性，文辭的優美性，都是空前絕後的。

《序志》是總序，對理解全書具有非常重要的意義。首先，《文心雕龍》是什麼性質的一部書？有說是文章學理論的，有說是寫作學理論的，更多說是文學理論的。現在，人們把《文心雕龍》看成是文學理論，相當於文學概論那樣的性質。其實，劉勰的認識可能並不是這樣的。《序志》開篇云：「夫『文心』者，言爲文之用心也」，明確指出此書是講用心作文的；而「古來文章，以雕縟成體」，是說作文之法像雕龍般精細。范文瀾指出：「《文心雕龍》的根本宗旨，在於講明作文的法則。」〔註88〕可見，《文心雕龍》原是一部探討寫作方法的書，通過闡述寫作方法來端正文體，糾正文風。這當然並不妨礙人們從文學理論的角度對《文心雕龍》進行研究。

〔註88〕范文瀾：《中國通史簡編》，人民出版社 1958 年版，第 412 頁。

其次,《文心雕龍》的理論結構怎樣?《序志》云:「蓋《文心》之作也,本乎道,師乎聖,體乎經,酌乎緯,變乎騷:文之樞紐,亦云極矣。若乃論文敘筆,則囿別區分,原始以表末,釋名以章義,選文以定篇,敷理以舉統:上篇以上,綱領明矣。至於剖情析采,籠圈條貫,摛《神》、《性》,圖《風》、《勢》,苞《會》、《通》,閱《聲》、《字》,崇替於《時序》,褒貶於《才略》,怊悵於《知音》,耿介於《程器》,長懷《序志》,以馭群篇:下篇以下,毛目顯矣。」按照《序志》的提示,《文心雕龍》分上、下兩篇,上篇包括「文之樞紐」和「論文敘筆」兩部份,前者屬於總論,後者屬於文體論;下篇有「摛《神》、《性》」四句與「崇替於《時序》」四句兩部份,按今天的說法,包括有創作論、風格論、批評論等內容。下面依此來具體闡發《文心雕龍》的文學思想。

(一)總論:執正而馭奇

《文心雕龍》論「文之樞紐」有五篇文章,即《原道》、《徵聖》、《宗經》、《正緯》、《辨騷》,按內容又分為兩組。《原道》、《徵聖》、《宗經》一組,重在推崇儒家傳統的文學觀。所謂「道沿聖以垂文,聖因文而明道」,道、聖、經是三位一體的有機系統。在劉勰看來,文的本原乃是「道」。就廣義的文(天文)而言,文所體現的是自然之道,即宇宙萬物的普遍規律。所謂「夫玄黃色雜,方圓體分,日月疊璧,以垂麗天之象;山川煥綺,以鋪理地之形:此蓋道之文也」。就狹義的文(人文)而言,它體現的是儒家的政治之道。所謂「人文之元,肇自太極,幽讚神明,《易》象惟先。庖犧畫其始,仲尼翼其終。而《乾》、《坤》兩位,獨制《文言》。言之文也,天地之心哉!」〔註89〕既然人文體現了「道」,而「妙極生知,睿哲惟宰」的聖人,自然最能體會「道」的精微,故「徵之周孔,則文有師矣」;而「五經」為「群言之祖」,是聖人之文的典範。所以,「原道」、「徵聖」最後落實到「宗經」上面。

劉勰認為,文體源於五經,五經為文體典範,故「宗經」是文學的根本原則,「若稟經以制式,酌雅以富言,是即山而鑄銅,煮海而為鹽也」。他強調說:「文能宗經,體有六義:一則情深而不詭(感情深厚而不浮詭),二則風清而不雜(文風清新而不蕪雜),三則事信而不誕(記事信實而不荒誕),四則義貞而不回(思想正直而不邪曲),五則體約而不蕪(文體要約而不雜

亂），六則文麗而不淫（文辭妍麗而不淫豔）。」〔註90〕可見，他把儒家經典看作是文學至高無上的典範，這是他文學思想的主導方面。

劉勰並不一概排斥「五經」以外的文學創作，他主張在宗經的前提下批判地吸收「五經」以外的文學營養。《正緯》、《辨騷》一組便體現了這樣的思想。《正緯》就是正讖緯之偽，以明緯書與經書無關。他從四個方面指責緯書多偽，與經書背謬，即「今經正緯奇，倍摘千里，其偽一矣。經顯，聖訓也；緯隱，神教也。聖訓宜廣，神教宜約，而今緯多於經，神理更繁，其偽二矣。有命自天，乃稱符讖，而八十一篇，皆託於孔子，則是堯造綠圖，昌制丹書，其偽三矣。商周以前，圖籙頻見，春秋之末，群經方備，先緯後經，體乖織綜，其偽四矣。」〔註91〕儘管如此，他還是肯定緯書奇異的材料和宏麗的語言，稱其「事豐奇偉，辭富膏腴，無益經典而有助文章。是以後來辭人，採摭英華」。可見，他既要正緯書之偽，而又要酌緯書之文。

《辨騷》是依經辨騷。劉勰指出《楚辭》典誥之體、規諷之旨、比興之義、忠恕之辭等四事「同於《風》、《雅》」，詭異之辭、譎怪之談、狷狹之志、荒淫之意等四事「異乎經典者」。在具體分析的基礎上，他對《楚辭》評價曰：「固知《楚辭》者，體憲於三代，而風雜於戰國，乃《雅》、《頌》之博徒，而詞賦之英傑也。觀其骨鯁所樹，肌膚所附，雖取熔《經》旨，亦自鑄偉辭。故《騷經》、《九章》，朗麗以哀志；《九歌》、《九辯》，綺靡以傷情；《遠遊》、《天問》，瓌詭而慧巧，《招魂》、《大招》，耀豔而深華；《卜居》標放言之致，《漁父》寄獨往之才。故能氣往轢古，辭來切今，驚采絕豔，難與並能矣。」〔註92〕這個評價是中肯而全面的。

劉勰認為，在宗崇儒家經典的前提下，應當酌取緯書和《楚辭》的奇辭麗采，所謂「憑軾以倚《雅》、《頌》，懸轡以馭楚篇，酌奇而不失其貞，翫華而不墜其實」，以做到奇正相參，華實並茂。可見，他宗崇五經，而不囿於五經，能夠辯證地理解文學根本與文學發展的關係，把原則性和靈活性有機地結合了起來。

〔註90〕（梁）劉勰：《宗經》，《文心雕龍注釋》，周振甫注，人民文學出版社1981年版，第19頁。

〔註91〕（梁）劉勰：《正緯》，《文心雕龍注釋》，周振甫注，人民文學出版社1981年版，第28頁。

〔註92〕（梁）劉勰：《辨騷》，《文心雕龍注釋》，周振甫注，人民文學出版社1981年版，第35頁。

（二）文體論：論文而敘筆

《序志》云：「若乃論文敘筆，則囿別區分，原始以表末，釋名以章義，選文以定篇，敷理以舉統。」這是劉勰文體論的綱領。

南朝文筆之爭，反映了人們文學認識的逐步加深。《總術》言「今之常言，有文有筆，以爲無韻者筆也，有韻者文也」。劉勰「論文敘筆，則囿別區分」，即按有韻、無韻將文章分爲文、筆兩類。其中《明詩》以下八篇爲有韻之文，《史傳》以下十篇爲無韻之筆，中間《雜文》、《諧隱》介乎文筆之間。

此外，《辨騷》也兼屬文體論，王達津稱其「兼有綱領與文體兩方面意義」。〔註93〕從文體論言，《辨騷》與《詮賦》並舉，正體現了騷、賦有別的看法，比之漢代騷、賦不分，可謂文體認識的進步。至於黃侃所云：「彥和論文，別騷於賦，蓋欲以尊屈子，使《離騷》上追《詩經》，非謂騷、賦有二。觀《詮賦篇》云：『靈均唱騷，使廣聲貌。』是仍以《離騷》爲賦矣。」〔註94〕他以文體聯繫來掩蓋文體區別，顯然忽略了劉勰文體認識的重要價值。

《文心雕龍》二十篇對騷、詩、樂府、賦、頌、贊、祝、盟、銘、箴、誄、碑、哀、弔、雜文、諧、隱、史傳、諸子、論、說、詔、策、檄、移、封禪、章表、奏、啓、議、對、書、記等三十三類文體作了深入研究。其研究分爲四個步驟，即「原始以表末，釋名以章義，選文以定篇，敷理以舉統」。

一是「原始以表末」，即敘述文體起源和演變。如《詮賦》曰：「然則賦也者，受命於詩人，而拓宇於《楚辭》也。於是荀況《禮》、《智》，宋玉《風》、《釣》，爰錫名號，與詩畫境，六義附庸，蔚成大國。遂述客主以首引，極聲貌以窮文。斯蓋別詩之原始，命賦之厥初也。」〔註95〕詳細敘述賦體的源流，賦體由六義萌芽，成長於楚辭，荀況、宋玉始以「賦」名篇，標誌著賦體的正式誕生。

二是「釋名以章義」，說明文體名稱和意義。如《明詩》曰：「大舜云：『詩言志，歌永言。』聖謨所析，義已明矣。是以『在心爲志，發言爲詩』，舒文載實，其在茲乎！詩者，持也，持人情性；三百之蔽，義歸「無邪」，持之爲

〔註93〕王達津：《論文心雕龍的文體論》，《文心雕龍學刊》（第二輯），齊魯書社 1984 年版，第 190 頁。

〔註94〕黃侃：《文心雕龍札記》，中華書局 1962 年版，第 21 頁。

〔註95〕（梁）劉勰：《詮賦》，《文心雕龍注釋》，周振甫注，人民文學出版社 1981 年版，第 80 頁。

訓，有符焉爾。」〔註96〕以「持人性情」釋「詩」，強調詩歌要把持人的情感，即所謂「發乎情，止乎禮義」，這顯然是對儒家詩教的堅守。

三是「選文以定篇」，對文體的代表作進行評論。如《詮賦》曰：「觀夫荀結隱語，事數自環，宋發誇談，實始淫麗。枚乘《菟園》，舉要以會新；相如《上林》，繁類以成豔；賈誼《鵩鳥》，致辨於情理；子淵《洞簫》，窮變於聲貌；孟堅《兩都》，明絢以雅贍；張衡《二京》，迅發以宏富；子雲《甘泉》，構深瑋之風；延壽《靈光》，含飛動之勢：凡此十家，並辭賦之英傑也。及仲宣靡密，發篇必遒；偉長博通，時逢壯采；太沖安仁，策勳於鴻規；士衡子安，底績於流制，景純綺巧，縟理有餘；彥伯梗概，情韻不匱：亦魏、晉之賦首也。」評論戰國以來十多位賦家，標舉其代表作，概括其藝術特色。

四是「敷理以舉統」，論述文體特色和寫作要求。如《明詩》曰：「故鋪觀列代，而情變之數可監；撮舉同異，而綱領之要可明矣。若夫四言正體，則雅潤為本；五言流調，則清麗居宗，華實異用，惟才所安。故平子得其雅，叔夜含其潤，茂先凝其清，景陽振其麗，兼善則子建、仲宣，偏美則太沖、公幹。然詩有恒裁，思無定位，隨性適分，鮮能通圓。若妙識所難，其易也將至；忽以為易，其難也方來。至於三六雜言，則出自篇什；離合之發，則萌於圖讖；回文所興，則道原為始；聯句共韻，則柏梁餘製；巨細或殊，情理同致，總歸詩囿，故不繁云。」以四言為正體，以五言為流調，指出它們不同審美特點。至於詩人也各有所長，當選擇適合自己的體裁和風格。

劉勰的文體論不限於文學文體，也包括實用文體，充分顯示了折中的文學觀念。他將有韻之文放在前面，說明對審美文體的重視；將無韻之筆包括在內，表明並不排斥實用文體。比起片面突出審美文體，這種觀念似乎更具有包容性。

（三）創作論：馭文之首術

劉勰創作論在借鑒陸機創作論的基礎上形成。《神思》為其創作論的綱領，主要談文學創作過程第一步，即構思與想像，這是文學創作成敗的關鍵，故曰：「此蓋馭文之首術，謀篇之大端。」〔註97〕

〔註96〕（梁）劉勰：《明詩》，《文心雕龍注釋》，周振甫注，人民文學出版社1981年版，第48頁。

〔註97〕（梁）劉勰：《神思》，《文心雕龍注釋》，周振甫注，人民文學出版社1981年版，第295頁。

　　其一，藝術想像的特徵。

　　《神思》首先描述了藝術構思中想像的特點：「古人云：『形在江海之上，心存魏闕之下。』神思之謂也。文之思也，其神遠矣。故寂然凝慮，思接千載；悄焉動容，視通萬里；吟詠之間，吐納珠玉之聲；眉睫之前，卷舒風雲之色；其思理之致乎！」神思，是一種神奇的藝術思維。當作者進入想像的時候，突破感官，超越時空，身在此而心在彼，想像翅膀飛翔得很高很遠，千載之上，萬里之外，無所不至，無所不達；當作者注視想像情景的時候，彷彿聽到了珠玉般悅耳的聲音，彷彿看到風雲般變幻的色彩。

　　其二，藝術思維的規律。

　　藝術構思不是漫無邊際的胡思亂想，而是有規律可循的特殊思維。藝術思維的規律表現為物、情、言三者之間的密切關係。《神思》云：「故思理為妙，神與物遊。神居胸臆，而志氣統其關鍵；物沿耳目，而辭令管其樞機。樞機方通，則物無隱貌；關鍵將塞，則神有遁心。……意翻空而易奇，言徵實而難巧也。是以意授於思，言授於意，密則無際，疏則千里。」「神與物遊」是講藝術構思中神與物的關係；用語言把構思所得意象表現得「物無隱貌」，是講言與物的關係；而要求言與意「密則無際」，則屬於言與情的關係。對於文學創作怎樣處理好物、情、言三者的關係，《文心雕龍》作了全面深入的探討。

　　一是物與情：情以物遷。

　　審美活動是一個物我交融的過程。明人陳嗣初云：「作詩必情與景會，景與情合，始可與言詩矣。如『芳草伴人還易老，落花隨水亦東流』，此情與景合也；『雨中黃葉樹，燈下白頭人』，此景與情合也。」〔註98〕一切藝術無不如此，沒有物與情的結合，便沒有了藝術。

　　首先，人稟七情。《明詩》云：「人稟七情，應物斯感，感物吟志，莫非自然。」作為審美主體，人不是「無識之物」，而是「有心之器」，人是有知覺、有感情、有思想的，只有這樣才能與外物形成審美關係。

　　其次，情以物遷。《物色》云：「春秋代序，陰陽慘舒，物色之動，心亦搖焉。……是以獻歲發春，悅豫之情暢；滔滔孟夏，鬱陶之心凝。天高氣清，陰沉之志遠；霰雪無垠，矜肅之慮深。歲有其物，物有其容；情以物遷，辭以情發。一葉且或迎意，蟲聲有足引心。」〔註99〕春暖花開的景色，使人愉

〔註98〕 （明）都穆：《南濠詩話》，中華書局 1991 年版，第 16 頁。

〔註99〕 （梁）劉勰：《物色》，《文心雕龍注釋》，周振甫注，人民文學出版社 1981 年版，第 493 頁。

悅舒暢；秋高氣爽的景象，引人遐思遠想；不同季節的景物，產生不同情感；隨著自然景色變幻，人的思想感情也隨之變化。如「春日遲遲，采蘩祁祁；女心傷悲，殆及公子同歸」；「悲哉，秋之為氣也；蕭瑟兮，草木搖落而變衰」。在生活實踐中，「目既往還，心亦吐納」，「情往似贈，興來如答」，人的情感受到外物的觸發和制約。在情與物的交互作用中，由生活感受逐步進入藝術構思。

再次，神與物遊。在藝術想像中，情與物表現出更加緊密的關係。《神思》云：「登山則情滿於山，觀海則意溢於海，我才之多少，將與風雲而並驅矣。」情與物的結合是藝術想像的根本特徵，無論作者才氣大小，當他想到登山、觀海、風雲景色時，他的情感都會與物並驅，進而才能創造出情景交融的作品。

將情與物結合得如同肝膽一樣密切，就必須「觸物圓覽」，即全面接觸、觀覽所寫之物。所謂「是以詩人感物，聯類不窮。流連萬象之際，沉吟視聽之區。寫氣圖貌，既隨物以宛轉；屬采附聲，亦與心而徘徊。」先是對「萬象」有深厚情懷，進而對所見所聞所感之物沉思默想，使心與物發生更密切的聯繫，然後心隨物以宛轉，物隨心而徘徊。從形貌的描繪到聲采的安排，都是情與物之間的互動。這樣才能創造出情與物相融合的藝術形象。

二是言與物：寫氣圖貌。

言與物的關係主要有兩個問題，一是言辭怎樣寫氣圖貌，二是寫作如何趨辭逐貌。只有通過具體物象的描寫，才能把作者的情態表達得生動感人。如表達哀傷之情的誄文，只用「嗚呼哀哉」之類的空話是缺乏感人力量的；而傅毅《北海王誄》借景物來抒發哀傷感情，稱「白日幽光，霧霧杳冥」，意為北海王死後，白日光輝為之暗淡失色，暴雨也下得天昏地暗。至於怎樣趨辭逐貌，具體表現為幾個方面：

首先，體物為妙，功在密附。《物色》云：「體物為妙，功在密附。故巧言切狀，如印之印泥，不加雕削，而曲寫毫芥。故能瞻言而見貌，即字而知時也。」形似是描寫的基本要求，故描寫事物要準確逼真。

其次，擬容取心，斷辭必敢。《物色》云：「然物有恒姿，而思無定檢，或率爾造極，或精思愈疏。」劉勰並不主張機械的真實，物色盡而情有餘，只有神似才能表達有餘之情。

再次，以少總多，情貌無遺。《物色》云：「物色雖繁，而析辭尚簡。」劉勰總結《詩經》寫作經驗云：「故『灼灼』狀桃花之鮮，『依依』盡楊柳之

貌，『杲杲』爲出日之容，『瀌瀌』擬雨雪之狀，『喈喈』逐黃鳥之聲，『喓喓』學草蟲之韻。『皎日』、『嘒星』，一言窮理；『參差』、『沃若』，兩字連形：並以少總多，情貌無遺矣。」

三是言與情：志足而言文。

言與情是文學創作的重要方面，所謂「綴文者情動而辭發」，文學本來就是用言辭抒情寫志的。情屬於文學內容，言屬於文學形式，情與言的關係，也是內容與形式的關係。正確處理二者的關係，對文學創作具有重要意義。

首先，情經辭緯。《情采》云：「夫鉛黛所以飾容，而盼倩生於淑姿；文采所以飾言，而辯麗本於情性。故情者文之經，辭者理之緯；經正而後緯成，理定而後辭暢：此立文之本源也。」〔註100〕情是第一位的，辭從屬於情，情經而辭緯，乃是二者基本的關係。

其次，爲情造文。《情采》云：「昔詩人什篇，爲情而造文；辭人賦頌，爲文而造情。」《詩經》作者，有感而發，抒發眞情，故爲情而造文。漢賦作者，獻賦干謁，矯揉造作，故爲文而造情。兩種寫作方式，高下天地懸殊。

再次，情信辭巧。《徵聖》云：「褒美子產，則云『言以足志，文以足言』；汎論君子，則云『情欲信，辭欲巧』：此修身貴文之徵也。然則志足而言文，情信而辭巧，乃含章之玉牒，秉文之金科矣。」〔註101〕劉勰以孔子言論爲據，提出情與言的根本要求，以爲寫作的金科玉律。

其三，藝術創作的準備。

《神思》云：「是以秉心養術，無務苦慮；含章司契，不必勞情也。」所謂「秉心」，就是精神上的修養；所謂「養術」，就是寫作能力的培養。

關於「秉心」。他說：「是以陶鈞文思，貴在虛靜，疏瀹五藏，澡雪精神。」即文學構思必須排除雜念，保持沈寂寧靜的心態，使精神淨化，思路暢通，這樣才能思考專一，文思暢達。關於「養術」。他說：「積學以儲寶，酌理以富才，研閱以窮照，馴致以懌辭。」即是說，一是積累知識來儲藏珍寶；二是明辨事理來增加才能；三是研究閱歷來洞察事理，印證所積之學是否有用，所酌之理是否正確；四是培養情致以準確運用文辭。

〔註100〕（梁）劉勰：《情采》，《文心雕龍注釋》，周振甫注，人民文學出版社 1981 年版，第 346 頁。

〔註101〕（梁）劉勰：《徵聖》，《文心雕龍注釋》，周振甫注，人民文學出版社 1981 年版，第 11 頁。

有了藝術準備的兩個條件，便可以順利進入藝術構思。所謂「然後使元解之宰，尋聲律而定墨；獨照之匠，窺意象而運斤」。

（四）風格論：因內而符外

文學風格形成是文學成熟的重要標誌。隨著文學的自覺，作家創作表現出獨特文學風格。如建安時期，「人人自謂握靈蛇之珠，家家自謂抱荊山之玉」〔註102〕，文學風格問題開始引起人們重視。曹丕謂「文以氣為主」，便明確指出作家個性對作品風格的決定作用。劉勰風格論也沿著這個思路，強調作家內在情感決定著作品外在風格。

其一，文學風格的成因。

一是作家個性。劉勰認為，文學風格和作家個性有著密切關係，《體性》專門討論了這個問題。「體」有兩重含義，一指體裁，一指風格，在《體性》「體」為文學風格；「性」為作家才性。《體性》著力研究文學風格與作家才性的關係。所謂「夫情動而言形，理發而文見，蓋沿隱以至顯，因內而符外者也。」〔註103〕明確指出文學風格與作家個性存在著必然聯繫，這是《文心雕龍》風格論的綱領。

文學風格形成的主要因素是作家個性；而作家個性形成有四個方面的因素。他說：「才有庸俊，氣有剛柔，學有淺深，習有雅鄭，並情性所鑠，陶染所凝，是以筆區雲譎，文苑波詭者矣。故辭理庸俊，莫能翻其才；風趣剛柔，寧或改其氣；事義淺深，未聞乖其學；體式雅鄭，鮮有反其習：各師成心，其異如面。」作家個性是文學風格形成的根本原因，文學創作不可能背離作家個性。才、氣屬於作家個性的先天因素，學、習屬於後天因素，由於作家個性的多樣性，必然形成文學風格的多樣性。

二是作品體裁。不同的文學體裁，其內容和形式具有不同特點，這也決定了文學作品風格的不同。《定勢》論述了文學風格形成的體裁因素。其云：「是以括囊雜體，功在銓別，宮商朱紫，隨勢各配。章表奏議，則準的乎典雅；賦頌歌詩，則羽儀乎清麗；符檄書移，則楷式於明斷；史論序注，則師範於覈要；箴銘碑誄，則體制於宏深；連珠七辭，則從事於巧豔：此循體而

〔註102〕（三國）曹丕：《與吳質書》，《曹丕集校注》，魏宏燦校注，安徽大學出版社2009年版，第255頁。

〔註103〕（梁）劉勰：《體性》，《文心雕龍注釋》，周振甫注，人民文學出版社1981年版，第308頁。

成勢，隨變而立功者也。」〔註104〕不同體裁有不同的審美要求，「循體而成勢」即按照不同體裁的審美要求而形成不同的文學風格。所以，文學體裁是形成文學風格的客觀因素。

三是社會時代。文學風格也離不開社會時代的影響和制約。《時序》篇云：「自獻帝播遷，文學蓬轉，建安之末，區宇方輯。魏武以相王之尊，雅愛詩章；文帝以副君之重，妙善辭賦；陳思以公子之豪，下筆琳瑯；並體貌英逸，故俊才雲蒸。仲宣委質於漢南，孔璋歸命於河北，偉長從宦於青土，公幹徇質於海隅；德璉綜其斐然之思；元瑜展其翩翩之樂。文蔚、休伯之儔，于叔、德祖之侶，傲雅觴豆之前，雍容衽席之上，灑筆以成酣歌，和墨以藉談笑。觀其時文，雅好慷慨，良由世積亂離，風衰俗怨，並志深而筆長，故梗概而多氣也。」〔註105〕建安時期「梗概而多氣」的文學特徵，既是漢末「世積亂離」現實的反映，也與曹氏父子喜愛提倡分不開。文學風格形成與社會時代密切相關，結論是：「故知文變染乎世情，興廢繫乎時序，原始以要終，雖百世可知也。」

其二，文學風格的類型。

文學風格多種多樣，風格研究需要將多樣風格歸納出基本的風格類型。《體性》云：「若總其歸塗，則數窮八體：一曰典雅，二曰遠奧，三曰精約，四曰顯附，五曰繁縟，六曰壯麗，七曰新奇，八曰輕靡。典雅者，鎔式經誥，方軌儒門者也；遠奧者，馥采曲文，經理玄宗者也；精約者，覈字省句，剖析毫釐者也；顯附者，辭直義暢，切理厭心者也；繁縟者，博喻醲采，煒燁枝派者也；壯麗者，高論宏裁，卓爍異采者也；新奇者，擯古競今，危側趣詭者也；輕靡者，浮文弱植，縹緲附俗者也。故雅與奇反，奧與顯殊，繁與約舛，壯與輕乖，文辭根葉，苑囿其中矣。」顯然，這是受到易經八卦的啓發而得到的理論創造。

在八種風格類型基礎之上，劉勰推崇明朗剛健的文學風格，作為審美創造的典範，這就是風骨。《風骨》云：「《詩》總六義，風冠其首，斯乃化感之本源，志氣之符契也。是以怊悵述情，必始乎風；沉吟鋪辭，莫先於骨。故

〔註104〕 （梁）劉勰：《定勢》，《文心雕龍注釋》，周振甫注，人民文學出版社 1981
　　　　　 年版，第 339 頁。

〔註105〕 （梁）劉勰：《時序》，《文心雕龍注釋》，周振甫注，人民文學出版社 1981
　　　　　 年版，第 476 頁。

辭之待骨，如體之樹骸；情之含風，猶形之包氣。結言端直，則文骨成焉；意氣駿爽，則文風清焉。若豐藻克贍，風骨不飛，則振采失鮮，負聲無力。是以綴慮裁篇，務盈守氣，剛健既實，輝光乃新。其為文用，譬征鳥之使翼也。」〔註106〕

風骨是針對當時不良文風而提出的審美理想。風與骨本是兩個概念，風是對情志的要求，骨是對言辭的要求。「意氣駿爽，則文風清焉」，風指作家思想感情在作品中體現出來的氣度風貌；「結言端直，則文骨成焉」，骨指作品語言之端直者。范文瀾曰：「辭之端直者謂之辭，而肥辭繁雜亦謂之辭，惟前者始得文骨之稱，肥辭不與焉。」〔註107〕風、骨二者又緊密結合，思想感情通過語言來表現，語言質樸剛健，思想感情才鮮明爽朗；反之，語言肥辭繁雜，思想感情便喪失明朗風貌。所以，王運熙說：「風是指文章中的思想感情表現得鮮明爽朗，骨是指作品的語言質樸而勁鍵有力，風骨合起來，是指作品具有明朗剛健的藝術風格。」〔註108〕

最能夠代表風骨的是建安文學。建安文學（特別是五言詩）所具有的鮮明爽朗、剛健有力的文風，以作家慷慨飽滿的思想感情為基礎所表現出來的藝術風貌，被尊為「建安風骨」。

（五）批評論：披文以入情

《知音》是文學批評史上第一篇專論，集中闡述了文學鑒賞和批評的原理。「知音」原指對音樂的正確理解，此處借指對文學的正確評價。《知音》首句便慨歎文學批評的困難：「知音其難哉！音實難知，知實難逢，逢其知音，千載其一乎！」〔註109〕

其一，文學批評的困難。知音的根本困難，在於音實難知，因為「形器易徵」而「文情難鑒」。精神產品與物質產品不同，「情數詭雜」、「文情之變深矣」，文情的複雜多樣，注定了文學批評的不易。具體而言，有貴古賤今，有崇己抑人，有信偽迷真。這些文學批評的蔽障，妨礙了人們對文學作品做出公正準確的評價。

〔註106〕（梁）劉勰：《風骨》，《文心雕龍注釋》，周振甫注，人民文學出版社 1981 年版，第 320 頁。
〔註107〕范文瀾：《文心雕龍注》，人民文學出版社 1958 年版，第 516 頁。
〔註108〕王運熙：《中古文學要義十講》，復旦大學出版社 2004 年版，第 138 頁。
〔註109〕（梁）劉勰：《知音》，《文心雕龍注釋》，周振甫注，人民文學出版社 1981 年版，第 517 頁。

其二，文學批評的途徑。他說：「夫綴文者情動而辭發，觀文者披文以入情，沿波討源，雖幽必顯。」文學鑒賞批評與文學創作的方向相反，它由文辭到文情，由波到源，由表入裏，即由文學形象到思想感情。確定文學批評的途徑，爲鑒賞作品指出正確方向，也爲文學鑒賞批評確立了理論框架。

其三，文學批評的方法。他說：「是以將閱文情，先標六觀：一觀位體，二觀置辭，三觀通變，四觀奇正，五觀事義，六觀宮商。斯術既行，則優劣見矣。」六觀均屬於「文」的範疇，「披文以入情」，作品思想感情就可以把握，作品藝術高下就可以評價。

對「六觀」的意蘊，范文瀾注曰：「一觀位體，《體性》等篇論之；二觀置辭，《麗辭》等篇論之；三觀通變，《通變》等篇論之；四觀奇正，《定勢》等篇論之；五觀事義，《事類》等篇論之；六觀宮商，《聲律》等篇論之。」〔註110〕范注大抵符合文意，也存在一些疑義。如「一觀位體」以《體性》論之，便頗有可疑之處。「體」有二義，一爲體裁，一爲風格。《鎔裁》有「設情以位體」，《定勢》有「因情立體」，均爲依據內容來安排體裁，正是「位體」的本義。而《體性》之體，乃風格之義，與「位體」之義並不符合。

其四，文學批評的修養。「知音其難」，重點在「音實難知」，不具備相當文學修養是很難進行文學鑒賞和批評的。文學批評的修養主要有兩個方面：一要「博觀」。「凡操千曲而後曉聲，觀千劍而後識器。故圓照之象，務先博觀。」只有廣泛閱讀文學作品，才能提高文學鑒賞水平。二要「深識」。「夫唯深識鑒奧，必歡然內懌，譬春臺之熙眾人，樂餌之止過客，蓋聞蘭爲國香，服媚彌芬。」只有具備深刻見識，才能領略文學作品的精微奧妙。此外，文學批評者還需要克服主觀局限性。「知多偏好，人莫圓該」、「會己則嗟諷，異我則沮棄」，這些主觀能力的制約和主觀偏好的局限，都會給文學批評造成偏差。所以，批評者具有正確的態度，「無私於輕重，不偏於憎愛」，就能「平理若衡」；批評者具有豐富的文學修養，就能「照辭如鏡」。

其五，文學批評的特點。所謂「書亦國華，玩繹方美」，正強調文學鑒賞的玩賞態度。文學鑒賞是非功利的，擺脫功利才能感受到審美的愉悅。在玩賞中得到審美享受，讀者與作品發生強烈共鳴，就會「歡然內懌，譬春臺之熙眾人，樂餌之止過客」。

〔註110〕范文瀾，《文心雕龍注》，人民文學出版社1958年版，第713頁。

　　《文心雕龍》集前代文論之大成，對各種文體作了全面總結，對文學理論作了全面論述，構建了一個完整的理論體系。在中國文學理論史上，還沒有哪部著作可以與它相媲美。作爲中國古代文論的偉大著作，至今閃耀著理論的光輝，對文學理論和文學研究產生著重要影響。

八、蕭統審美文學觀

　　蕭統（501～531），字德施，南蘭陵（今江蘇常州西北）人。梁武帝蕭衍長子，曾立爲太子，未即位而卒，諡昭明，世稱昭明太子。他愛好文學，招聚文學之士，編集《文選》三十卷。《文選》是我國最早的一部詩文選集，共收錄了從戰國至梁初約 800 年間知名或佚名的 130 餘位作者的 750 餘篇作品。蕭統對文學的見解主要表現在《文選序》和其他一些文章中。

　　蕭統的文學觀是一種審美的文學觀，它是魏晉以來審美文學觀產生發展和不斷深化的集中體現。曹丕主張「詩賦欲麗」，陸機探討爲文用心，摯虞論述文體源流，葛洪著眼文學鑒賞，沈約關注語言音律，鍾嶸品評五言得失，劉勰折中集其大成，他們從不同方面發展了審美文學觀。而審美文學觀的成熟則是由蕭統來完成的。蕭統《文選》展現了文學的完全獨立姿態，明確了文學純粹審美的本質，從理論與實踐上標誌著雜文學向純文學的歷史演進。

　　審美文學觀是在文學與非文學的比較中逐步明確的，南朝的文筆之爭就反映了人們對文學審美特徵的不斷認識。漢代「文筆」一詞乃是「文章」的別稱，由於文章結集的需要開始了文體辨析，而文體辨析便認識到文筆的區別。梁蕭繹說：「古之學者有二，今之學者有四。」〔註 111〕所謂「有二」，指漢代有文學、文章之分；所謂「有四」，指今人從文學中分出儒與學，從文章中分出文與筆。最早的文筆區別，主要著眼於文體的不同功能。文指詩、賦，筆指詔、策、奏、章。前者是藝術文，後者是應用文。《南史·顏延之傳》云：「宋文帝問延之諸子才能。延之曰：『竣得臣筆，測得臣文。』」〔註 112〕這是最早把「文筆」析之爲二的記載。隨著音律說的興盛，文筆區別更著眼於文體的音韻之美。《文心雕龍·總術》云：「今之常言，有文有筆，以爲無韻者

〔註 111〕（梁）蕭繹：《立言》，《金樓子校箋》，許逸民校箋，中華書局 2011 年版，第 966 頁。

〔註 112〕（唐）李延壽：《顏延之傳》，《南史》（卷三十四），中華書局 1975 年版，第 877 頁。

筆也，有韻者文也。」〔註113〕其後，文筆區別進一步著眼於文體的情感特徵。蕭繹云：「吟詠風謠，留連哀思者謂之文，而學者率多不便屬辭，守其章句，遲於通變，質於心用。……筆退則非謂成篇，進則不云取義，神其巧惠，筆端而已。至如文者，惟須綺縠紛披，宮徵靡曼，唇吻遒會，情靈搖蕩。」〔註114〕他對文筆之分提出三個原則，即語言文采、詩言聲韻、審美怡情，這是文筆區分的三種特徵。由文體功能到文體音韻，再到感情特徵，表現了人們對文學審美特徵的認識由外而內，由表及裏的不斷深化過程，而這個過程的必然結果就是蕭統的審美文學觀。

（一）文學演進論

　　文學是一個歷史演進過程，從非文學到文學，從實用到審美，只有在歷史演進過程中才能得到正確的理解。蕭統對文學審美的認識，便具有深厚的歷史感。他說：「式觀元始，眇覿玄風。冬穴夏巢之時，茹毛飲血之世，世質民淳，斯文未作。逮乎伏羲氏之王天下也，始畫八卦，造書契，以代結繩之政，由是文籍生焉。《易》曰：『觀乎天文，以察時變；觀乎人文，以化成天下。』文之時義遠矣哉！」〔註115〕從「斯文未作」的野蠻時代，到「文籍生焉」的文明時代，人類社會走過了漫長的歷史過程，而文學就是在這個過程中產生和發展起來的。

　　他用歷史演進的眼光看待文學的審美本質。他說：「若夫椎輪為大輅之始，大輅寧有椎輪之質；增冰為積水所成，積水曾微增冰之凜。何哉？蓋踵其事而增華，變其本而加厲；物既有之，文亦宜然。」文學是從非文學演化而來的，審美是從實用中演化而來的。文學與非文學，審美與實用，就像大輅與椎輪，增冰與積水的關係一樣。椎輪雖為大輅之始，而它們的本質已經不同；增冰雖為積水所成，而它們的功能已經有異；審美文學從實用語言中發展起來，從質樸到藻飾，性質已經完全不同，語言藻飾已經具有審美本質和審美功能。「踵其事而增華，變其本而加厲」，這是事物發展的普遍規律，自然也是文學演進的規律。

〔註113〕（梁）劉勰：《總術》，《文心雕龍注釋》，周振甫注，人民文學出版社 1981
　　　　年版，第 469 頁。
〔註114〕（梁）蕭繹：《立言》，《金樓子校箋》，許逸民校箋，中華書局 2011 年版，第
　　　　966 頁。
〔註115〕（梁）蕭統：《文選序》，《魏晉南北朝文論選》，郁沅編，人民文學出版社 1999
　　　　年版，第 328 頁。本節凡引自本文者，不再注出。

蕭統對文學演進的理解，不只是認識到語言由簡單到複雜，由質樸到藻飾的發展，更重要的是他認識到這個過程中發生了由量變到質變的飛躍，即實用向審美的飛躍，非文學向文學的飛躍，這是葛洪等人所沒有認識到的。

（二）審美功能論

傳統文學觀看重文學的教化功能，忽視文學的審美功能。曹丕稱「蓋文章，經國之大業，不朽之盛事」，雖然認識到文學政治以外的其他功能，而政治功能依然佔據著最重要的位置；鍾嶸稱「非陳詩何以展其義，非長歌何以騁其情」，雖然體會到詩歌感化人心的作用，但尚沒有純粹審美娛樂的那份輕鬆。蕭統對文學審美功能的認識則完全不同於前人，他基本擺脫了文學政治功能的糾纏，在文學的實用功能、認識功能、教化功能、審美功能之中，開始明顯地向審美功能方面傾斜。

《文選序》在概述各種文體之後總結道：「譬陶匏異器，並為入耳之娛；黼黻不同，俱為悅目之玩。作者之致，亦云備矣。」各種文體，「眾製蜂起，源流間出」，它們「並為入耳之娛」，「俱為悅目之玩」，都具有使讀者感官愉悅的審美功能。

對文學審美功能的認識，必然造成對文學的審美態度。蕭統對文學的態度便是一種審美的態度。他說：「余監撫餘閒，居多暇日，歷觀文囿，泛覽辭林，未嘗不心遊目想，移晷忘倦。」在對文學的賞玩之中，「心遊目想，移晷忘倦」，潛移默化地獲得一種超越世俗欲望的審美愉悅。

也許，文學審美是從自然審美擴展而來的。晉人避亂南遷，文人醉心於南方山水景色，自然審美意識得以滋長，山水文學也得以興起，自然審美也便順勢擴展到文學審美。在《答晉安王書》中，他表達了同樣的認識：「炎涼始貿，觸興自高，睹物興情，更向篇什。」在他的視野中，吟誦篇什與賞玩自然原是同樣的，文學篇什也可以造成「物色之動，心亦搖焉」的審美效果。他說：「居多暇日，穀核墳史，漁獵詞林，上下數千年間無人，致足樂也。知少行遊，不動亦靜。不出戶庭，觸地丘壑。天遊不能隱，山林在目中。冷泉石鏡，一見何必勝於傳聞；松塢杏林，知之恐有逾吾就。」〔註116〕從直接的自然景色欣賞，到間接的山水文學欣賞，都能夠帶給人審美的愉悅。

〔註116〕（梁）蕭統：《答晉安王書》，《魏晉南北朝文論選》，郁沅編，人民文學出版社 1999 年版，第 330 頁。

當然，這種文學審美態度也受到老莊思想的影響。在南朝盛行談玄的文化風氣中，老莊淡泊無爲的思想，也促進了文學審美態度的形成。他說：「披莊子七篇，逍遙物外；玩老聃兩卷，恍惚懷中。」〔註117〕可見，不只對於山水文學，審美態度也擴展到文史閱讀中來。他說：「吾靜然終日，披古爲事。覽六籍，雜玩文史。見孝友忠烈之事，治亂驕奢之事，足以自慰，足以自言」〔註118〕。面對嚴肅的儒家經典與文史著作，竟然也可以忽略其教化功能，而凸顯其審美功能。所謂「覽六籍，雜玩文史」，而「足以自慰，足以自言」，這種審美態度是不見於前人的。

蕭統之所以看重文學的審美功能，正如李澤厚在《中國美學史》中所述：「這是因爲他和蕭綱、蕭繹一樣談不上什麼儒家所說的治國平天下的鬥爭業績和豪情壯志，他們的作品只能是梁代宮廷貴族的享樂生活的表現。文藝對於他們來說，在本質上只是一種精神上的享樂而已。用蕭統的話來說，就是『與其飽食終日，寧遊思於文林』。」〔註119〕正是把文學看作是「精神上的享樂」，從而使他所編集的《文選》更具有純文學的性質。

（三）文學特徵論

蕭統編集《文選》，表現出一種純化文學的努力。什麼是文學？什麼不是文學？在他心裏自然非常清晰。所以，選擇什麼，不選什麼，他都給出了比較明確的理由。這些理由便體現了蕭統對文學特徵的認識。

首先，他闡述以詩賦爲中心的文體入選理由。他說：「譬陶匏異器，並爲入耳之娛；黼黻不同，俱爲悅目之玩」，明確以審美功能作爲選擇作品的重要標準。

其次，他也闡述經籍子史不被入選的具體理由。一是經籍。他說：「若夫姬公之籍、孔父之書，與日月俱懸，鬼神爭奧；孝敬之準式，人倫之師友；豈可重以芟夷，加以剪截。」表面上推崇儒家經典，以爲不可割裂剪裁，這顯然不是眞正的理由，而眞正理由有難言之隱。其實，眞正原因是儒家經典不能帶來審美快感，並不符合審美文學的標準。

〔註117〕（梁）蕭統：《林鍾六月》，《錦帶書及其他二種》，商務印書館 1960 年版，第 3 頁。

〔註118〕（梁）蕭統：《答晉安王書》，《魏晉南北朝文論選》，郁沅編，人民文學出版社 1999 年版，第 330 頁。

〔註119〕李澤厚：《中國美學史》（魏晉南北朝編），安徽文藝出版社 1999 年版，第 536 頁。

　　二是子書。他說：「老莊之作，管孟之流，蓋以立意爲宗，不以能文爲本，又以略諸。」這個理由則非常乾脆。「以能文爲本」便是《文選》選擇作品的根本原則，經籍子史，概莫例外。

　　三是史書。他說：「至於記事之史，繫年之書，所以褒貶是非，紀別異同；方之篇翰，亦已不同。」史書「褒貶是非，紀別異同」，與文學「篇翰」的功能自然不同。蕭統並不重視人物傳記，因爲它們缺乏駢文之美。

　　四是說辭。他說：「若賢人之美辭，忠臣之抗直，謀夫之話，辯士之端；冰釋泉湧，金相玉振；……蓋乃事美一時，語流千載；概見墳籍，旁出子史。若斯之流，又以繁博。雖傳之簡牘，而事異篇章，今之所集，亦所不取。」比之經籍子史，說辭倒更具有文學色彩，故蕭統說了「冰釋泉湧，金相玉振」的讚美之詞。但是，說辭「概見墳籍，旁出子史」，並「不以能文爲本」；縱然文學色彩比較濃，而「繁博」難以甄別，最終「亦所不取」。儘管如此，他還是選入辭采華美的個別說辭，如司馬相如《上書諫獵》，枚乘《上書諫吳王》、《上書重諫吳王》等。蕭統選擇作品的根本準則是「以能文爲本」。經籍子史「不以能文爲本」，不以審美功能爲主導，所以被排除在文學之外。

　　再次，他闡述贊論序述入選的理由。蕭統把史書排除在文學範圍之外，可又將史書中的「贊論序述」選擇進來，這是爲什麼呢？他說：「若其贊論之綜緝辭采，序述之錯比文華，事出於沉思，義歸乎翰藻。」所謂「辭采」、「文華」、「翰藻」，就是指駢偶、辭藻、音韻、用典等駢體文學的語言美。一句話，贊論序述入選的理由還是「以能文爲本」。贊論序述是從《漢書》，《晉紀》等史書中選錄的議論片段，並不是泛指評論歷史人物和事件的論文。它們不同於史書的根本之處，在於「事出於沉思，義歸乎翰藻」，完全是自覺的文學創作。

　　所謂「以能文爲本」，其根本特徵就是「事出於沉思，義歸乎翰藻」，這也是蕭統文學特徵論的全部內涵。這兩句互文見義，即「事」、「義」均「出於沉思」，「歸乎翰藻」。「事」、「義」，即文章的題材、主題，這些均屬於文章的內容要素。「沉思」，指深刻的藝術構思；「翰藻」，指生動的美麗辭藻。也就是說，通過精心的藝術構思，使文章所用的材料能夠很好地爲表現主題服務，然後選用華麗的語言訴諸於文字，使文章內容與形式得到完美地結合。

　　蕭統從藝術構思和藝術表現兩個方面對文學特徵做出規定：文學區別於其他精神生產，在於它獨特的藝術構思──沉思；文學區別於其他精神產品，在於它獨特的藝術語言──翰藻。從創作過程和創作成果的獨特性認識文學，這個認識是非常深刻的。

　　蕭統編集《文選》是一種純化文學的努力，他選擇作品完全以對文學特徵的認識爲理論基礎。審美文學觀念的清晰，表現爲選文標準的嚴格。《文選》成爲純文學作品的第一次的集結，也成爲審美文學成熟的重要標誌。

（四）文體分類論

　　魏晉南北朝時期，文體論得到充分發展。曹丕肇始，後賢繼之，文體研究，空前繁榮。而關於文學文體的理論研究，最具體地體現在蕭統的《文選》。

　　《文選》分文體三十九類：一賦，二詩，三騷，四七，五詔，六冊，七命，八教，九策，十表，十一上書，十二啓，十三彈事，十四牋，十五奏記，十六書，十七移書，十八檄，十九難，二十對問，二十一設論，二十二辭，二十三序，二十四頌，二十五贊，二十六符命，二十七史論，二十八述贊，二十九論，三十連珠，三十一箴，三十二銘，三十三誄，三十四哀，三十五碑文，三十六墓誌，三十七行狀，三十八弔文，三十九祭文。

　　《文選序》對重要文體作了說明，但多是對前人研究成果的繼承。《文選序》稱：「凡次文之體，各以匯聚，詩賦體既不一，又以類分。類分之中，各以時代相次。」他將賦體分出子類十五，將詩體分出子類二十三，其分類多以題材類別劃分。同類作品則以時代先後爲序。後人多批評蕭統文體分類的瑣碎，而從文選編輯的角度來看，這樣分類自有其必要性。

　　《文選》選錄各個作家、各種作品的數量情況，正體現了蕭統的文學審美趣味。蕭統主張「麗而不浮，典而不野，文質彬彬」〔註120〕，故《文選》重視文采的同時，又重視雅正文風，不選南朝過於浮豔的作品，也不選表現愛情的樂府民歌，而對風格典麗的作品選的較多。正如魯迅先生所言：「凡是對於文術，自有主張的作家，他所賴以發表和流佈自己的主張的手段，倒並不在作文心，文則，詩品，詩話，而在出選本。」〔註121〕

　　建安以來，文學開始走向自覺，中經曹魏、西晉、東晉與南朝的宋、齊、梁，歷時三百多年。這三百年間，作家文人高手輩出，詩文創作空前繁榮，文學理論也顯得格外興旺。蕭統則以編某一部文學總集的方式對屈原以來，特別是近三百年的作家作品做了一個全面的總結，並在序言以及有書信中就

〔註120〕（梁）蕭統：《答湘東王求文集及詩苑英華書》，《魏晉南北朝文論選》，郁沅編，人民文學出版社1999年版，第331頁。
〔註121〕魯迅：《選本》，《魯迅全集》（第七卷），人民文學出版社1973年版，第502頁。

文學演進、文學功能、文學特徵、文學體裁諸方面，發表了全新的見解。蕭統的文學思想確有一些發前人之所未發，在文學思想史上具有重要的地位。

九、北朝的文學思想

永嘉之亂，中原橫潰，晉人南遷，整個北方地區處於匈奴、鮮卑、羯、氐、羌等少數民族的控制之下。經過十六國（實際不止十六國）的紛亂，北魏拓跋珪統一了北方，中經東魏和西魏的分裂，北周和北齊的對峙，至隋滅陳而南北重歸統一。在南北分裂近三個世紀期間，由於民族、經濟的基本條件差異，政治、文化的發展水平不同，南北文學及文學思想形成了各自的特徵。

南朝文學沿著魏晉開啟的審美文學方向前行，重視詞采，重視音律，卻忽視了社會現實，導致形式主義傾向。誠如劉勰所言：「去聖久遠，文體解散，辭人愛奇，言貴浮詭，飾羽尚畫，文繡鞶帨，離本彌甚，將遂訛濫。」〔註122〕北朝則因文化南移，戰亂頻仍，文學殄滅。誠如令狐德棻所言：「中州板蕩，戎狄交侵，僭偽相屬，士民塗炭，故文章黜焉。」〔註123〕在這樣的歷史條件下，北朝統治者依據現實需要，繼承文化傳統，參照南朝文學，逐步形成了崇儒重實的文學思想。

南北文學水平存在著巨大差異，決定了北方文人大多仰慕南方文學。北魏孝文帝主政，大力推行漢化，優禮江右人士，重視文學發展，所謂「衣冠仰止，咸慕新風，律調頗殊，曲度遂改」〔註124〕，東魏、北齊一仍斯風，南方文人多受歡迎，如顏之推入北，深為北齊信重，使之主持文林館。西魏、北周，文士奇缺，王褒、庾信入關，宇文泰喜出望外，稱「昔平吳之利，二陸而已。今定楚之功，群賢畢至，可謂過之矣。」〔註125〕南人入北，帶來南方文風，也促進了北朝文學發展。

然而，禮遇南方文人，追捧南方文學，這只是文化的表面現象，從政治層面看，這樣做乃是借助南方文人的社會聲望來挑戰南朝的文化正統地位。

〔註122〕（梁）劉勰：《序志》，《文心雕龍注釋》，周振甫注，人民文學出版社 1981 年版，第 534 頁。

〔註123〕（唐）令狐德棻：《王褒庾信傳論》，《周書》（卷四一），中華書局 1971 年版，第 743 頁。

〔註124〕（唐）李延壽：《文苑傳》，《北史》（卷八三），中華書局 1974 年版，第 2783 頁。

〔註125〕（唐）令狐德棻：《王褒傳》，《周書》（卷四一），中華書局 1971 年版，第 731 頁。

從這個角度來考量，北朝統治者當然不能聽任南方文學自由泛濫，那樣豈不等於向敵國文化繳械投降？所以，北朝統治者制定思想文化政策，必然堅持北方文化本位的立場。他們爲了宣示自己政治統治的合法性，便推崇儒家的思想傳統和文學觀念。

（一）大統文體改革

西魏大統年間，宇文泰進行改制，他讓蘇綽起草《六條詔書》，其一「先治心」，其二「敦教化」，其三「盡地利」，其四「擢賢良」，其五「恤獄訟」，其六「均賦役」。意在建立以《周禮》爲核心的思想體系。在大統改制的背景下，同時也開始文體改革。宇文泰命蘇綽模仿《尚書》作《大誥》，要求「文筆皆依此體」〔註126〕。大家知道，「周誥殷盤，佶屈聱牙」，在新時代怎麼可以推行這種文體？從文學發展角度看，這樣的主張無疑是倒行逆施。所以，這項政策顯然出於政治上爭奪文化正統地位的考慮，政治考量遠大於文學考量。所以，陳寅恪指出：「要言之，即陽傅周禮經典之文，陰適關隴胡漢現狀之實而已。」〔註127〕蘇綽主導的思想文化改革，乃是北朝文學觀念形成的標誌。具體而言，主要包括兩方面：

一是推崇儒學，標榜正統。魏周要爭奪正統地位，必然要尋繹文化根脈。他們附會稱，宇文氏「出自炎帝神農氏，爲黃帝所滅，子孫遁居朔野」〔註128〕。又以周朝發源於關中，便攀附姬周稱國號爲周。大統改制依託《周禮》，推崇儒學，睥睨漢魏，秕糠蕭梁、高齊，豎起文化正統的旗幟。

二是釐正文體，還淳返素。鑒於「自有晉之季，文章競爲浮華，遂成風俗」，蘇綽提出「移風易俗，還淳返素」的主張。他所作《大誥》多用單行散筆，質樸而古奧，「乃欲以謨誥變儷偶」〔註129〕。至於以行政命令方式，要求「文筆皆依此體」，其實際頗有出入。錢鍾書稱：「《周書·蘇綽傳》言綽《大誥》後，群臣『文筆皆依此體』。然《史通·雜說》中曰：『蘇綽軍國詞令，皆準《尚書》，太祖敕朝廷他文悉準於此，蓋史臣所記，皆稟其規』；則所『革』者限於官書、公文，非一切『文筆』，《周書》未核。」〔註130〕

〔註126〕（唐）令狐德棻：《蘇綽傳》，《周書》（卷），中華書局1971年版，第382～394頁。

〔註127〕王永興：《陳寅恪先生史學述略稿》，北京大學出版社1998年版，第47頁。

〔註128〕（清）王夫之：《讀通鑒論》（中），中華書局，第497頁。

〔註129〕錢基博：《中國文學史》，上海古籍出版社2015年版，第244頁。

〔註130〕錢鍾書：《管錐編》（四），中華書局1979年版，第1551頁。

蘇綽的文學改革，回歸儒家傳統，反對浮華文風，提出崇儒重實的文學主張，確立了北朝文學思想的基本觀念。北朝文學思想的進一步發展，集中體現在顏子推《顏氏家訓》之中。

（二）顏之推斟酌南北

顏之推（531～約590），琅琊臨沂（今山東臨沂）人，生活於南北朝至隋朝期間。他出生儒學世家，「世善《周官》、《左氏》學」。由於家世影響，他具有濃厚的儒學氣質。《北齊書‧文苑傳》載：「年十二，值（蕭）繹自講莊、老，便預門徒，虛談非其所好，還習禮傳。」〔註131〕他的父親顏協，曾任湘東王蕭繹的諮議參軍，其文風不從流俗。顏子推說：「吾家世文章，甚爲典正，不從流俗；梁孝元在蕃邸時，撰《西府新文》，訖無一篇見錄者，亦以不偶於世，無鄭、衛之音故也。」〔註132〕可見，顏子推儘管生長於南朝，而他的思想文風與當時風氣卻頗有一些距離。

顏子推二十四歲，在西魏攻陷時被俘。二十六歲，他冒險逃至北齊，本打算由此返梁，卻得到陳霸先廢梁自立的消息，只好留仕北齊。北齊亡而入北周，北周亡而入隋朝，他在北朝生活了三十六年之久。他既受到南朝文學的影響，也受到北朝文學的薰染，而他本來就與南朝文風存在距離，便更容易認同北朝的文學觀念。因此，顏子推的文學思想有以北朝爲主而兼融南朝的特點。

其一，崇儒宗經，尚德重行。

顏子推從小受到儒學思想薰陶，並終身服膺儒學。對於南朝思想文風，他其實多有不滿。到了北朝之後，對於北朝統治者出於爭奪文化正統地位而推崇儒學，他自然非常認同。所以，他論述文學問題，便首先崇儒宗經。《文章》開宗明義講：「夫文章者，原出《五經》：詔命策檄，生於《書》者也；序述論議，生於《易》者也；歌詠賦頌，生於《詩》者也；祭祀哀誄，生於《禮》者也；書奏箴銘，生於《春秋》者也。」乃是從根本上肯定儒家《五經》的重要地位。

儒家論文，尤重德行。孔子說「有德者必有言」，強調文人的德行。而魏

〔註131〕（唐）李百藥：《文苑傳》，《北齊書》（卷四五），中華書局 1972 年版，第 617 頁。

〔註132〕（北齊）顏之推：《文章》，《顏氏家訓集解》，王利器集解，上海古籍出版社 1980 年版，第 221 頁。本節凡引自本文者，不再注出。

晉以來，文德日漸分離。蕭綱說：「立身之道，與文章異：立身先須謹重，文章且須放蕩。」〔註133〕連劉勰也說：「人稟五材，修短殊用，自非上哲，難以求備。」〔註134〕因而造成文人無行的狀況，顏子推對此非常不滿，給予嚴厲指責：「自古文人，多陷輕薄。」他一口氣推出四十一個文人大加撻伐，其中還包括他的五世族祖顏延之。

顏子推強調文人德行，乃是回歸儒家思想，要求立身與爲文的統一。他說：「每嘗思之，原其所積，文章之體，標舉興會，發引性靈，使人矜伐，故忽於持操，果於進取。今世文士，此患彌切，一事愜當，一句清巧，神厲九霄，志凌千載，自吟自賞，不覺更有傍人。」鑒於爲文的偏頗，他提出：「凡爲文章，猶人乘騏驥，雖有逸氣，當以銜勒制之，勿使流亂軌躅，放意墳坑岸也。」這正是儒家「發乎情，止乎禮義」的主旨。

其二，應世經務，餘力學文。

南朝文學，采麗競繁，而不周世用。如蕭繹喜愛文學，而不善治國。叛將侯景攻入金陵，他將藏書盡數焚毀說：「讀書萬卷，猶有今日。」顏子推經歷世亂，自然更認識到應世經務的重要性。他說：「吾見世中文學之士，品藻古今，若指諸掌，及有試用，多無所堪。居承平之世，不知有喪亂之禍；處廟堂之下，不知有戰陳之急；保俸祿之資，不知有耕稼之苦；肆吏民之上，不知有勞役之勤，故難以應世經務也。」〔註135〕在這樣的歷史背景下，顏子推突出強調文章應世經務的功能。他說：「朝廷憲章，軍旅誓誥，敷顯仁義，發明功德，牧民建國，施用多途。至於陶冶性靈，從容諷諫，入其滋味，亦樂事也。行有餘力，則可習之。」顏子推先文章而後文學，乃是應世經務的必然選擇。誠如李延壽所說：「然近於倉卒，牽於戰陣。章奏符檄，則燦然可觀；體物緣情，則寂寥於世。非其才有優劣，時運然也。」〔註136〕

顏子推強調應世經務，倒並不是否定文學，而是回歸儒家「行有餘力，則以學文」的傳統。魏晉文學獨立，「文義之士，多迂誕浮華，不涉世務」，

〔註133〕（梁）蕭綱：《誡當陽公大心書》，《魏晉南北朝文論選》，郁沅編，人民文學出版社 1999 年版，第 354 頁。

〔註134〕（梁）劉勰：《程器》，《文心雕龍注釋》，周振甫注，人民文學出版社 1981 年，第 529 頁。

〔註135〕（北齊）顏之推：《涉務》，《顏氏家訓集解》，王利器集解，上海古籍出版社 1980 年，第 290 頁。

〔註136〕（唐）李延壽：《庾信傳》，《北史》（卷八三），中華書局 1974 年版，第 2793 頁。

造成嚴重後果，把文學重新放在餘事位置，應該是實事求是的認識。顏子推並不否定文學，而且對否定文學的觀點多有駁議。漢代揚雄否定漢賦，曾說：「童子雕蟲篆刻，壯夫不爲也。」顏子推給以駁斥：「虞舜歌《南風》之詩，周公作《鴟鴞》之詠，吉甫、史克《雅》、《頌》之美者，未聞皆在幼年累德也。孔子曰：『不學《詩》，無以言』、『自衛返魯，樂正，《雅》、《頌》各得其所。』大明孝道，引《詩》證之。揚雄安敢忽之也？」所以，顏子推並沒有否定文學的意思。

對於世務與文學，顏子推是主張兩者兼顧的。他說：「夫學者，猶種樹也。春玩其華，秋登其實。講論文章，春華也；修身利行，秋實也。」〔註137〕他還舉例說：有個叫席毗的人，官至行臺尚書，被譽爲「清幹之士」，他嘲笑文人說：「君輩辭藻，譬若榮華，須臾之玩，非宏才也。」而認爲自己是「千丈松樹，常有風霜，不可凋悴矣！」被人反問道：「既有寒木，又發春華，何如也？」他最終不得已點頭稱是。可見，顏子推要「既有寒木，又發春華」，秋實春華兼顧的。

其三，積學累功，評裁與人。

顏子推強調應世經務，自然主張先文章而後文學。魏晉以來文筆之辨，認識到文章與文學的區別。文章需要學問積累，文學需要天才逸氣。顏子推說：「學問有利鈍，文章有巧拙。鈍學累功，不妨精熟；拙文研思，終歸蚩鄙。但成學士，自足爲人。必乏天才，勿強操筆」；「自古執筆爲文者，何可勝言。然至於宏麗精華，不過數十篇耳。但使不失體裁，辭意可觀，便稱才士；要須動俗蓋世，亦俟河之清乎！」所以，他更關注文章寫作的積學累功。

顏氏重視後天學問的積累，他主張明六經，涉百家，還倡導從書本以外求學問。他說：「夫學者，貴能博聞也。郡國山川、官位姓族、衣服飲食、器皿制度，皆欲根尋，得其原本」；「農商工賈、廝役奴隸、釣魚屠肉、飯牛牧羊，皆有先達，可爲師表。博學求之，無不利於事也。」〔註138〕他列舉前人因學問不逮而導致的錯誤，說明學問積累的重要性。他也指出文章寫作的各種細節問題，如代人爲文、輓歌辭、詩之刺箴美頌等注意事項。這樣庶幾使文章「不失體裁，辭意可觀」。

〔註137〕（北齊）顏之推：《勉學》，《顏氏家訓集解》，王利器集解，上海古籍出版社
　　　　 1980 年版，第 141 頁。
〔註138〕（北齊）顏之推：《勉學》，《顏氏家訓集解》，王利器集解，上海古籍出版社
　　　　 1980 年版，第 141 頁。

　　文章最忌師心自任，當需開展文學批評。他說：「學爲文章，先謀親友，得其評裁，知可施行，然後出手；愼勿師心自任，取笑旁人也。」文學批評貴在客觀公正，不能成爲虛贊與攻擊的工具。如劉孝標攻擊何遜《早朝》詩音韻不諧，而并州人竟在一片「虛相贊說」中至死不覺。顏氏還比較了南北文學批評風氣的不同。他說：「江南鬥制，欲人彈射，知有病累，隨即改之。陳王得之於丁廙也。山東風俗，不通去難：吾初入鄴，遂嘗以此忤人。」他還指出：「規天下書未遍，不可妄下雌黃。或彼以爲非，此以爲是；或本同末異；或兩文皆欠，不可偏信一隅也」；「凡一言一行，取於人者，皆顯稱之。不可竊人之美，以爲己力。雖輕雖賤者，必歸功焉。」〔註139〕這些都是有益文學批評的見解。

　　其四，斟酌南北，本末兩存。

　　顏子推認同北朝文學觀念，而又深受南朝文學影響，其文學思想便有斟酌南北，融匯古今的特徵。他說：「古人之文，宏材逸氣，體度風格，去今實遠；但緝綴疏樸，未爲密緻耳。今世音律諧靡，章句偶對，諱避精詳，賢於往昔多矣。宜以古之制裁爲本，今之辭調爲末，並須兩存，不可偏棄也。」這裡把南北問題歸結爲古今本末問題。北朝文學推宗儒家，爲古爲本；南朝文學率多浮豔，趣末棄本。古人優於制裁，今人得之辭調。如果能夠斟酌古今，融匯南北，體辭均取，本末並存，則善莫大焉！

　　因此，顏子推並不否定南朝文學，而是對之多有吸取。譬如，他肯定沈約「文章當從三易」的觀點，指出沈約觀點也得到北方文人邢子才、祖孝徵的認同。又如，他對王籍《入若耶溪》「蟬噪林欲靜，鳥鳴山更幽」，感慨其有情致；他對蕭慤《秋詩》「芙蓉露下落，楊柳月中疏」，愛其蕭散，宛然在目；對何遜詩，讚歎其「實爲清巧，多形似之言」，這些都透露著南方的審美趣味。

　　正是基於對南北文學得失的認識，顏子推正面提出自己的文學改革理想。他說：「文章當以理致爲心腎，氣調爲筋骨，事義爲皮膚，華麗爲冠冕。今世相承，趨末棄本，率多浮豔。辭與理競，辭勝而理伏；事與才爭，事繁而才損。放逸者流宕而忘歸，穿鑿者補綴而不足。時俗如此，安能獨違？但務去泰去甚耳。必有盛才重譽，改革體裁者，實吾所希。」這段話正確解決

〔註139〕（北齊）顏之推：《慕賢》，《顏氏家訓集解》，王利器集解，上海古籍出版社
　　　　1980年版，第128頁。

了文學內容和形式的關係，實爲去南北之短而合南北之長，爲文學發展指明了正確的道路。

顏子推的文學思想，既堅持了北朝文化原則，又吸收了南朝文學營養，體現了北朝文學思想的發展，顯示了南北文學融匯的方向，對隋唐文學思想產生了重要影響。